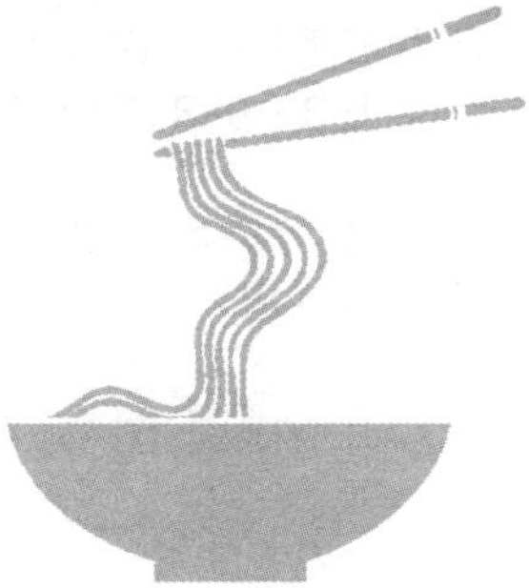

dawan chuanqi niuroumian zhuan

大碗传奇

牛肉面传

赛炳文　著

青海人民出版社

图书在版编目(CIP)数据

大碗传奇:牛肉面传 / 赛炳文著. -- 西宁:青海人民出版社,2020.8(2022.9重印)
ISBN 978-7-225-06005-7

Ⅰ.①大… Ⅱ.①赛… Ⅲ.①传记文学—中国—当代 Ⅳ.① I25

中国版本图书馆 CIP 数据核字(2020)第 145832 号

大碗传奇:牛肉面传

赛炳文　著

出 版 人　樊原成
出版发行　青海人民出版社有限责任公司
西宁市五四西路 71 号　邮政编码:810023　电话:(0971)6143426(总编室)
发行热线　(0971)6143516 / 6137730
网　　址　http://www.qhrmcbs.com
印　　刷　陕西龙山海天艺术印务有限公司
经　　销　新华书店
开　　本　890mm × 1240 mm 1/32
印　　张　7.75
字　　数　170 千
版　　次　2020 年 9 月第 1 版　2022 年9月第 3 次印刷
书　　号　ISBN 978-7-225-06005-7
定　　价　49.80 元

目　录
CONTENTS

目 录
CONTENTS

目　录
CONTENTS

目　录
CONTENTS

第一章　南滩街的马保子

东城壕是个市场

1919年，不知道是哪一天——所有的口述史都没有精确的说法，就连这个年份，也是根据众多的口述资料推导出来的——南滩街人马保子在东门外的城壕租下了一间铺面，开始了牛肉面的生意[①]。他用一种复杂的工序，加上几味简单的调料，把上好的牛肉熬煮成清如开水的白汤，这是这个划时代事件的第一个关键点。第二个关键点是，这个天赋异禀的中年男人——这一年，他49岁，在那个年代，这已经是接近老年了——用熬制自一种野生

① 兰州市原副市长马琦明证实，1980年代中期，兰州市政府相关部门组织专家对牛肉面的起源进行了考证，综合各种资料，最后确定以1915年马保子首创热锅子面、1919年马保子在东城壕首开牛肉面店为官方口径。

蓬草的草木灰水作为和面的添加剂，通过对面团的反复揉、捶、摔、打，制作出一种可以反复拉扯而不断的面条。这两种食物被以司空见惯的方式组合后，辅之以香菜和油炸辣椒汁，便产生了奇妙的味觉效应。这种新兴的饮食被叫作牛肉面。这一年被称为兰州牛肉面元年。

东城壕是当时的兰州人最熟悉的地方，它集今天的古玩市场、日杂市场、花鸟鱼虫市场、人力资源市场和购物街于一体，城外的人说进城去，就是指到东城壕，城里的人说逛街去，也是指到东城壕。东城壕地区在一派嘈杂纷乱的表象下蕴含着无限的生机，古玩、旧货、日杂商品、农产品以及廉价劳动力充斥着城墙与壕沟之间不足千米的条状地带，构成了兰州最繁荣的市井万象。东城壕原本是护城河的所在，曾几何时，也是碧波荡漾，小型船只可以来去自如。不知从哪年开始，外来的垃圾和泥土渐渐地淤塞了河道，在城墙和护城河之间填出了一绺平地，护城河也就变成城壕了。

兰州至今还保留着东城壕的地名，是一条长约 500 米、宽不足 5 米的小巷子，被两边高楼相夹，城墙的遗迹已不复存在，壕沟上早已立起了钢筋水泥的建筑。1919 年的东城壕是外来民工和城市平民的聚集地，来自陇南和天水的担担客是最引人注目的群体。这些满面风尘、衣衫褴褛的壮年男子，都有着过人的体力和精细的计算能力。他们通常裤脚高绾，挑着一副装满各种小商品小玩意的担子，长年奔走于兰州通往陇东、陇南的通衢大道上，与汽车和马车竞赛着脚力，每每赶到兰州城下时，城门已关，便在城墙下歇脚。即便赶上城门敞开，他们也不必入城，城门之内是另一番优雅而清净的世界，似乎与他们的身份格格不入，也与他们的目的大相径庭。担担客的世界就在这一片乱象丛生的自由空间里，以货易货，或者用面额最小的纸币积攒着对生活的期望。

一种叫作“共和”的新的政治体制开始释放社会的创造力，社会底层的民众对新生活的向往和上层权贵们的野心一起迅速滋长，而旧时代的秩序并未被更新。东城壕是这个城市最具活力的部位，是下层阶级的乐园，偶尔也有中产阶级人士光临。城墙上已经被挖了许多窑洞，洞口的草帘子上有一些细微的标记，标示着洞里人暂时的所有权。除了担担客，这些窑洞的主人可能还是杂耍艺人、泥瓦匠、卖旧货的、卖农产品的，各色人等。他们在侵浸城市肌体的同时，也给城市带来最基本的物质资源。东城壕的热闹和繁荣完全仰赖于这些外来的民工、城市的边缘人，其魅力也在你来我往的交易中令人趋之若鹜。南来北往的客商和本地的商贩们撑起了兰州最大的露天市场。随着市场的繁荣，平地上搭起了越来越多的窝棚，沿着壕沟一溜儿排开，里面是蓬头垢面的人和杂乱摆放的小商品。窝棚后面的壕沟在时光的流逝中日益狭浅，蚊蝇乱飞，只剩下集纳雨水和生活污水的功能了。

马保子的铺子就在出东门的左手第一间，紧贴着城墙，需要上三四个台阶才能推门而入。因为处在把头的位置，它比别的铺子多开了一扇门，正门和侧门。铺子是简易的窝棚，面积不大，摆着四张粗陋的桌子，配之以同样粗陋的凳子。灶台在屋子最里头靠北的位置，占去了空间的三分之一。一天中的大部分时间，马保子和雇佣的一个伙计都处于清闲状态，阳光从低矮却宽敞的大开间门洞里洒进来，牛肉面特殊的香味清清爽爽地飘荡在东城壕的空气中。香味来自一锅清明透亮的牛肉汤和油炸辣椒汁。这气味和今天的牛肉面馆里数十种调料混合熬成的气味完全不同，它来自食物本身，若有若无地飘散在空气中，挑拨着那些精细的味觉神经。

马保子选择东城壕的理由不外乎两点：一是租金低廉，二是人流密集。但东城壕的大部分人并不是马保子的顾客。“一天也就卖着十斤左右的面。”马保子的重孙马千里引用来自祖父马杰三的回忆说。这和马保子的孙子马福祥所引述的记忆差不多，这位目前在世的唯一陪伴过马保子的后人说：“马保子那时一天也就卖着七八斤面。”七八斤面粉的生意如何支撑起一家饭馆的经营？“一碗面也就一筷子，主要是喝汤。”“马保子牛肉面的吃头也就在那一碗汤里。”家族里所有的传说都证明，马保子一开始走的是高端路线，单是那复杂而精细的工艺，考究的食材，守得住寂寞和冷清的耐心，就已经把普通大众排除在外。粗陋的桌凳收拾得干干净净，碗是精细的白瓷碗，碗里只有一筷子面，上面飘着绿绿的香菜末和红红的辣椒油，顾客主要是城里的官员一类的城市中产阶级。这些人踱进店来，不是为了填饱肚子，为的就是享受这份阶级身份的尊荣，他们翩然而去时，把人们羡慕的目光牢牢地吸引在自己的背影上。偶尔也会有拉大车的、挑担担的进来，这时候，面自然要下得大一些，汤也不会止于一碗。看人下面——已经在饮食行当里讨生活几十年的马保子自然深谙其道。

南滩街的味道

马保子是南滩街人，一生的大部分时光在这条街上度过。

从东门外到南滩街，先要进城，沿东大街至辕门南拐上南大街，出南门来到孝友街。这里是著名的南关回坊，当时兰州最大的回民社区，南关清真大寺从明代初期就坐落在这里，所占面积是今天的两倍还多，那古意盎然的木制门楼是孝友街最有魅力的建筑。民国初年，南关大概有一二百户回民，分布在南门至南稍门之间的孝友街和与之垂直相交的南滩街上。据说，孝友街上出过大孝子，街坊邻里之间和睦友善，因而被命名。南滩街东西走向，东接城墙，因地势低洼，城里的雨水和生活污水汇积于此。民国初年，甘肃提督马安良掘城引水，将这里常年积聚的污水导向城外的一个巨大水坑，这里始成滩地，故曰南滩。今天的老人们还记得，城外的这个水坑周围是一片广阔的盐碱滩，更远处便是农田和果园。因为南滩的缘故，南关地区的水位很高，家家户户都有井，不然城门关了，居民就没地方挑水了。

民谣云："兰州城六里三，四大城门修得宽"。兰州城建于明朝初年的肃王时期，东西南北四大城门各自有名，分别叫承恩门、永宁门、崇武门、广源门。明宣德年间增筑外城，周长十八里一百二十步。明正统年间在承恩门外又增筑外郭，并建外郭九门，俗称九个稍门。南门和南稍门之间的南关地区，自明代初期就是回民的主要居住区之一，南关清真大寺就始建于明洪武年间。这里回汉杂居，邻里关系极好，在回民的记忆中，每逢清真寺修缮，汉民捐资出力十分踊跃。民国初期，南关清真大寺设兰州回民劝学所，下设清华小学，回汉子弟兼收。来自回民官员和民间的助学捐款，回汉子弟享受同等资助，不分彼此。

南滩街呈反“9”字形，从位于孝友街的街口向东进入，在里头转一个圈又走了出来。巷子全长384米，宽3米。巷口的一段叫“滩口上”，巷子深处的部分叫“滩脑里”。南滩街人马建斌在一篇回忆文章中如此描述这条巷子：“巷子里，巷道套巷道，院子连院子。初入巷子的人，定会在一番晕头转向后，不知不觉地又从巷口走出，只因它的路线只是迂回婉转，并不通向哪里。巷子里的每个院落都住有数户人家，或本家或什家。”“或许，年代更早一些的话，这里的房子可能还算错落有致吧。但是，自打我记事起，由于家家孩子成群住房紧张，左邻右舍的院子都已是杂乱无章了。不是住在东屋的盖个厨房，就是住在西家的垒个鸡舍。”[①] 尽管如此，在许多古旧底色的回忆底片上，风吹动门帘，泻进成片的阳光，折射在斑驳的墙壁上的情景总是在不同人的记忆中留存着持久的温馨。喜欢洁净的回民阿爷阿奶在逼仄的院子里栽花种草，或支个鱼缸，以抵御俭朴生活的灰调。

南滩街的空气中最常弥漫着三种气味，较清淡的是烟草味和牛粪味，较刺鼻的是芒硝味。烟草味来自四家水烟房，都是汉民开的。售卖的烟草来自榆中的青城镇，这里一直被称作中国的水烟之乡，出产全国品质最好的水烟。青城古镇是一座因水烟而盛又因水烟而衰的历史名镇。直到今天，当地人还试图唤醒这一黄河古镇的水烟记忆，打造所谓的水烟文化。遍布各个街巷的水烟

---

① 引自马建斌《父亲的面馆　回坊的早晨》，《回族文学》2016年第2期。

房也是兰州人市井记忆的重要组成部分，南滩人也不例外。虽然回民不抽水烟，但位于回民区的这四家水烟房生意似乎并不错，其经营一直持续到公私合营。

南滩的回民养牛者较多。家家户户都是一进套一进的院子，狭小的大门进去，里面却是一个广阔的世界。牛棚一般在最里面的院子里，数头或者数十头的都有。养殖户通常还有一个称呼叫奶户，养的都是奶牛，牛奶的供应范围就不止南关地区了。养牛户算是比较盈实的人家了，贫寒人家是养不起的。所以，南滩人的创业目标既简单又现实，就是买得起牛，做一家养殖户。

南滩最大的作坊是皮革作坊，一条街上开着好几家。空气中弥漫的芒硝味就来自这些作坊。芒硝是鞣制皮革的重要原料，与之相关的工序叫熟皮子，经过鞣制，生皮变成了熟皮，就可以作为生产原料了。散户们从居民或者市场上收来牛皮羊皮，天热时扛到黄河里焖上半天，用杠子反复敲打，泡洗干净，然后用杠子挑着，交给皮革作坊。皮货行是劳动密集型行业，劳动强度高，吸收了不少社会底层的回民子弟。皮货行最辛苦的工序是铲水皮，一根木头做的月牙形铲柄固定在长方形铲头的小孔上，工人们把这根木柄顶在胸前，一点点地把皮子上附着的肉皮、肉筋铲干净。“皮货行的伙计一律都是气管炎。”南滩街目前健在的海延武老人如是说。海爷生于1936年，他见证了南滩街在民国时期像静水一样一成不变的生活。在他的记忆中，回民的生计大都围绕着皮毛进行，多数人走在街上都有显著的特征，那就是一身白花花的羊毛，他们都是皮匠，皮革作坊的打工者。作坊主都是大老板，通常生意做得杂，皮货可能只是主业。皮子做好了就运到黄河码头，用木筏发到内地，或者用骆驼驮运。

即使皮货行当这么发达，它甚至让南滩街的大部分身强体健的男人都参与其中，但饮食行当才算是回民家的老本行。回民对饮食的严苛要求使这一行当具有了特殊的意义。在兰州人的记忆中，南关回坊就是一个小吃博览园，灰豆子、甜醅子、热锅子面、卤面、凉面等五花八门的饮食让南关具有了特殊的味道。海爷家就是做灰豆子的。海家灰豆子不仅在南关回坊有名，甚至名扬整个兰州城。海家也可能是兰州灰豆子的主要源头，截至目前，我们还没见到它的第二个源头。但到了夏天，高温给灰豆子的储存带来了困难，当时的人们还没有找到低成本的避免发酸的方法，于是，海家又做起了泥瓦匠。在海爷的记忆中，他的叔伯们夏天做泥瓦匠，冬天卖灰豆子。

海家的灰豆子后来失传了，原因在于这种只能做半年的营生并不能真正地养家糊口，而马保子的热锅子面并没有这一忧虑。

马保子不叫马保子

马保子本姓海，名耀山，兰州西关外海家滩子人。

南滩街的海姓来自海家滩子，海延武是马保子的本家堂侄，所以，海延武一直把马保子叫“大大”（兰州回民对叔伯辈的亲切称呼）。

海家滩子是白塔山对岸的黄河滩涂，地势平坦开阔，自明朝初年就是回民的聚居地，其中的桥门清真寺就建于明初。海家滩子的另一座清真寺——西关清真寺据说也建于明代。海家人自称是明朝初年追随肃王朱楧自南京迁居兰州的。这一说法在南关非常盛行，几乎所有的传说都认为，兰州南关回民的来源与明肃王密切相关，包括南关人数最多的马姓人家，他们在迁来兰州之前居住在南京的大柳树巷。目前大多的资料都保留了这一传说。海延武相信他与明代万历年间的名臣海瑞同宗，因为海瑞是历史上有名的敢于直谏的清官，很受历代回民的崇敬。海延武去海南旅行的时候还特意到海瑞墓上了坟。但我们知道，海瑞的祖上是从福建迁居广州的，他们可能是沿海上丝绸之路来到泉州的阿拉伯或波斯人。海瑞的曾祖父海答儿在明洪武年间由广州迁居海南岛的琼山，海瑞就出生在琼山。由此可见，海瑞与兰州的海家滩子海姓并无关系。至于海家滩子的海姓从何而来，海延武的说法姑且算作一种。另一种说法是来自中国伊斯兰经堂教育创始人胡登洲太师的嫡传弟子海东阳的后裔。海东阳是陕西人，著名的伊斯兰经学教育家，出师后到韦州（今宁夏韦州）设帐讲学，其后代多居韦州，其中有一位没留下姓名的来到兰州。此人大概也非普通人物，影响非同小可，黄河南岸滩涂上的这一片回民聚居区因而被称作海家滩子。这两种说法哪一种更为准确，目前尚未见可靠的资料。

清同治十一年（1872 年），左宗棠率平定回民起义的大军进驻兰州，海家滩子的回民遭受了空前劫难，幸存者被强制分散迁移，一部分迁到了南滩街，海耀山和海延武家族随之迁居南滩街。两个社区的居民历来就有交往，相对于流落到榆中北山等僻壤而飘零失根者，海家人入住南关街，算是比较幸运的。这一年，海耀山才两岁。

不幸的是，海耀山刚刚 5 岁时，父亲去世，母亲改嫁到马姓人家。按南关人的说法，这个 5 岁的幼童就是“给马家保给了”，他在成年之前的生活将由马家人来负责，故称“马保子”，而他的本名耀山反而被人忘记了。从此以后，海耀山在坊间人的口中就变成了马保子。

马家应该是比较盈实的人家，对子女的文化教育有着罕见的开明。马保子有八位隔山的兄弟姊妹，四男四女，都受过一定的教育，其中老大，从小进清真寺接受宗教教育，后来穿衣挂帐成了阿訇。马阿訇有一个儿子叫马光天，曾经在宁夏和平解放的事件中扮演过重要角色，但马保子的后人对这位家族名人的记忆并不是很多。我们只知道马光天少年时期很可能在井儿街的义学就读，青年时期在北京上学，毕业后在宁夏为官，解放后担任过兰州市副市长。

左宗棠督甘期间，在兰州办了 16 所义学，其中一所就在与南滩街相邻的井儿街。在此之前，回民子弟大多在清真寺接受经堂教育，个别能学到穿衣挂帐，做个阿訇，从事宗教教职；大部分在掌握了基本的宗教常识后重回社会，年纪轻轻便步入生意行当。井儿街义学想必也吸收了一些回民子弟入学，但并未改变南关人的教育状况，一直到民国初年，回坊上粗通文墨者寥寥无几。南滩人马廷秀回忆，南关回坊在咸丰、同治年间曾涌现过三个举人、三个贡生和四个秀才，但均未得到上升的机会。其中最负盛名的举人马世焘，博学多才，淡泊名利，古诗文造诣极深，曾做过陕甘总督穆图善的家庭教师，先后任县立皋兰书院和府立五泉书院山长，但因为没有政治资源，仅得过一个四川绵竹县知事的虚职，无意赴任，专心在兰州讲学。[①]马世泰的经历给一部分南关回民上学求官的梦想带来了打击，这和当时的主流看法是一致的。

直到新的时代来临，潜伏的梦想又被重新唤醒。1912年，时任中华民国政府教育次长的湖南回民马邻翼出任甘肃提学使、教育司司长。这位教育家此前曾在自己的家乡湖南邵阳举办了最早的回民新式学校，在北京的回民教育界也是位举足轻重的人物。到兰州的第二年，马邻翼与甘肃提督马安良、甘肃公立法政专门学校（兰州大学前身）校长蔡大愚等创办了兰州回教劝学所，所址就设在南关清真寺内。劝学所下设高小（六年制）一处，初小（四年制）四处，高小设在南关清真寺内，名为清真第一高等小学（现兰州清华小学）。这些学校均被冠以“清真”名号，不仅免费，还发放生活补助，兰州回民较为普及的新式教育自此肇始。南滩街回民马廷秀（1900—1994年）在其晚年著作《百年见闻录》中以自身经历对这一时期南关回民子弟的上学情况有较为详细的记录，但书中对长他两岁的马光天的求学和成长经历只字未提。马廷秀是清真第一高等小学的首批学生，这就意味着马光天走的是另一条求学之路。

马光天毕业于北洋政府时期的北京警官高等学校，1929年5月任第15路军参谋处少将处长兼第11军参谋处长，1933年12月任第11军参谋长，1943年8月任宁夏省保安司令部参谋处长，1947年3月任宁夏省保安司令部少将参谋长，1948年9月

① 引自马廷秀《百年见闻录》，甘肃民族出版社，1992年11月第1版。

任西北军政副长官公署参谋长，1949 年 5 月兼任宁夏兵团参谋长。1949 年 9 月 23 日，马光天与时任国民军 128 军军长卢忠良、宁夏省政府秘书长兼代民政厅厅长马廷秀作为宁夏方面军政代表与中国人民解放军 19 兵团司令员杨得志、政委李志民签署了《和平解决宁夏问题之协议》，宣告宁夏和平解放。在这一重大历史事件中，同为南滩街人的马廷秀和马光天扮演了重要角色。这一事件出现在马廷秀的著作中，是该著作唯一提到马光天的地方。

解放后，马光天曾任兰州市人民政府副市长、兰州市政协副主席、民革甘肃省委顾问。1986 年去世，与他的隔山伯父马保子同埋于兰州大砂沟祖坟。

但作为“马家保子”的马保子却没有机会上学，而是很早就作为家里的一份劳力承担起了家务。稍微年长，便接过了家里养牛的活计。这种成长轨迹与南关普通人家的子女并无大异，再正常不过了。马家养牛可能不止一两头，应该是当时的养殖户，在南滩的社会阶层中属于中等以上家庭。马保子到了成年，继父便主持给他娶了亲，置办了一些家当，分开单过。这就意味着，家庭对他的帮扶、资助从此断档。

十八九岁的马保子从此开始了独自创业。在南滩街老人们的印象中，中年时期的马保子高大魁梧，方脸浓须，长得干散俊朗，可谓一表人才，加之脾气耿直，在坊间颇有威望。但对于青年时期的马保子，已经没有人可以详细描述了，坊间只是有一些含混的传说，说马保子从十几岁开始给一些饮食行当的主雇打工。但我们考察 19 世纪末的兰州饮食行当便知，当时卖吃喝的多是小家小户的小本生意，都是在自家厨房做好，挑着担子上街叫卖，作坊和店铺式的经营尚未出现，雇佣伙计的可能性不是很大。因此，马保子极有可能只是在某位亲戚的指导下学习过一段时间的手艺。

那是个信息极度闭塞的时代，南滩街人的生活在弥漫的烟草味、牛粪味、芒硝味中静若止水。夏天，街上悠然走过的大多是一身粉白的皮匠、提着瓦刀的泥瓦匠、挑着凉面担子的卖面人。街道只有三米多宽，马安良为街面铺上了石子，但作为孝友街的一条支路，完全没有车水马龙的繁华景象，平民阶级的脸上流露着一份安静从容；冬天，街上显然要寂寥很多，芒硝味没有了，牛粪味被寒冷的空气冻结在深厚的院子里，街上的空气清新了许多。这时候，热锅子面的香味便格外地浓香诱人。

南关地区据说文风昌隆，兰州城郭唯一的文昌楼就矗立于此。但文昌楼并没有生产出多少描述兰州市井生活的文字，特别是关于南关回坊的资料更是凤毛麟角，以至于今天难以寻觅。所以这文昌楼和文风昌隆并不必然相关。北京作家肖复兴有一篇文章《回民为什么占据着几乎全部的北京小吃》，倒是可以拿来说事：“过去说牛街的回民，‘两把刀，八根绳’就可以做小吃的生意了。”“所谓两把刀，就是有一把卖切糕或一把切羊头肉的刀，就可以闯荡天下了。别看只是普通的两把刀，在卖小吃的回民中，是有讲究的。切糕粘刀，切不好，弄得很邋遢，讲究的就是切之前刀子上蘸点儿水，一刀切下来，糕平刀净，而且分量一点儿不差（和后来张秉贵师傅卖糖‘一把准’的意思一样）。卖羊头肉，更是得讲究刀工。”过去竹枝词说：“十月燕京冷朔风，羊头上市味无穷，盐花撒得如雪飞，薄薄切成与纸同。”那切得纸一样薄的羊头肉，真得是有功夫才行。这“两把刀”在中国北方的回民中可谓形象性的配置，就像武士身上的剑，虽然不插在腰上招摇过市，却是插在行为气质上。兰州城郭回民的“两把刀”常见于新关地区，牛羊肉的生意在那一块儿被做得风生水起，从生鲜肉品到熟制肉品，供应着大半个兰州城。而南关回民要的就是“八根绳”了，与北京回民的别无二致。“八根绳，说的是拴起一副挑子就能够走街串巷了，入门简单，便很快普及，成了当时居住在牛街贫苦回民的一种生存方式。所以，最早北京小吃是摊子，是走街串巷地吆喝着叫卖……”

马保子做的就是“八根绳”的买卖，绳头绑定在笼屉的四个角上，笼屉里坐着面食、调料和器具，绳子挂在扁担的两头，这样就可以担在肩上走街串巷了。一副挑担挑着一家人的生计，夏天卖凉面，冬天卖热锅子面。

八根绳下的兰州凉面

凉面是兰州回民的传统面食，工艺门槛低，起动资金少，从业者甚众。面都是提前下好，拌之以烧熟的清油（植物油），相当于给面条镀了一层膜，既可防止风干，保持了新鲜，又增加了香味。再将时鲜的蔬菜切片熬煮，勾上薄薄的芡，兑成卤子。八根绳的担子一头挑着凉面和卤子，一头挑着碗筷调料，走街串巷，吆喝着叫卖。遇上食客，则在街边一蹲，拿出碗筷，挑一筷子凉面，浇上卤汁，调上辣子油、蒜泥、麻酱汁，交给食客。吸溜溜几口，碗筷一撂，扔下几个麻钱，倏忽不见了人影。

兰州当代画家文岩发行过一套题为《牛肉面的故事系列明信片》，其中一幅是牛肉面起源的想象图，画中的马保子颇有传说中的神采，高大壮实，脸膛红润，神情中充满自得和自信，左手高高扬起，宽大的手掌张扬着劳动的美感，嘴型圆张，似在叫卖。画家所描绘的细节为画面增添了动人的力量，马保子具有回民男子的标志性装束，头戴白帽，身着马夹，腰上系着白围裙，裤脚扎紧，脚蹬布鞋。右肩挑着一副被物品的重量压得弯弯的扁担，两头富有张力地翘起，一头挑着两层的正方形木制笼屉，上面一层挤满了碗碟，下面一层被遮蔽的应该是下好的凉面；担子的另一头是一个盖着圆形木盖的罐子，装在一个大小适配的圆笼屉中。罐子里散发出的香气被描绘成祥云的样子，夸张而紧凑地缭绕着主人，与同在画中的市井生活形成了跨时空的对接。画面呈现了两个时空，一个是挑担卖热锅子面的马保子，一个是坐店经营牛肉面的马保子，整个画面充满了喜气和吉祥。

而真实的马保子则可能是那个时代城市贫民的代表，靠着小买卖维持着一家十口人的生计。在南滩街，饮食户远不如奶户、养殖户、皮货户那样让人瞧得起，甚至也不如泥瓦匠舒适。做饮食就得起早贪黑，奔走街巷，不停地吆喝叫卖，对脚力和嗓子都是一种考验，而且来钱很慢，只能赚点蝇头小利，凭着时间的积累延续着生活的梦想。

每天的日子从黎明前早早开始，南关清真寺的唤礼声从高高的塔楼上传来，穿透宁静的夜空，清澈地唤醒熟睡中的人们。马保子的家离清真寺大约300米，唤礼声能够清晰地抵达他的耳膜，将他和妻子从熟睡中唤醒，并陆续唤醒成年的儿女。在接下来的半个小时里，一家人有充足的时间完成他们起床后的各项事务，清洗是其中最重要的一项，家里准备了足够数量的汤瓶——一种有细长壶嘴的盛水壶，壶嘴的设计充分考虑了节约用水并防止手上的脏水滴进壶里——以便每一个成年人都能各自完成礼拜前的洗漱，漱口呛鼻的声音在漆黑的夜色里显得格外清晰。如果是星期五的早晨，为了参加中午的聚礼，至少家里的男人们还要洗一次大净，在用来淋浴的吊罐下完成更为复杂的洗浴。这样的洗浴程式，是穆斯林的定制，每天重复，从不例外。

半个小时后，南关的回民男人们准时会集在清真寺，参加每日的晨礼。晨礼结束，东方大白，整个城市这才苏醒，男人们在渐渐弥漫开来的喧嚣中各自回家。他们脚下的街道在19世纪时还是泥水和尘土轮替转换的沙土路，直到20世纪初，甘肃提督马安良的到来，才变成了石子路。

简单的吃喝之后，卖面食人的辛苦劳作就得全面展开。如果排除了雨雪天气造成的例外，这样的劳作每天都在重复，相同的时间，相同的步骤，相同的节奏，相同的分工，即使在没有交流的情况下也能按部就班地进行。一切原料和食材都是最好的，这决定着面食的品质和生意的好坏。

小麦面粉被倒在一个巨大的面盆里，温水里兑上盐，边倒水边搅拌，直到面粉被拌成均匀的索状，就开始揉了。这是个考验臂力的工序，通常由男人们执行。揉、捶、甩、扯，反复进行，这一过程中，要兑三遍碱水，后来被广泛传诵的蓬灰水逐渐代替较为昂贵的食用碱，碱水的多少体现的是从业的经验和天赋的感觉。由于碱水的加入，洁白的面团逐渐变成明亮的微黄，直到一团面被粗壮的手臂使劲拉扯而不断，才算是揉好了。然后，抹上熟清油，揪成一个个小条子，每个小条子能下两到三碗的面，俗称小条子面——在马保子时代的早期，今天的拉面方法还未出现，做面人囿于传统的做法，将一大团面揪成小条面，以便在手里能够拉扯得开，出锅后才分成多份——下锅前的最后一道工序就是饧面，把小条子面捂好，尽量隔绝空气，以防止水分蒸发。在这一工序中，揉面过程中所产生的内应力得到了释放，被打乱的蛋白质分子空间结构得到舒展和重构，面质因而变得筋道、柔软，口感也更加细腻、顺滑。

饧面期间，制作卤子的程序开始了。我们无法考证当时流行的蔬菜类型，传说马保子的手禀子（兰州人指烹饪者的手感，是人的天赋、心灵、情感等与食物之间产生的微妙感应，是工艺和物理反应之外的一种神秘效应）非常好，他制作出来的卤子比别人多了一份奇妙的舌尖体验。在竞争异常激烈的面食行当，这种禀赋非常重要，优秀的手艺人层出不穷，在一个只有几万人的城厢里，食客大多是熟悉的面孔，要调和大多数人的口味，必须有一种不露声色却实实在在的天分。没有什么秘而不宣的技巧和调料，凭的只是这种天分加上敬畏。蔬菜被简单地炒煮后勾以薄薄的芡，盛在锅里，以备调用。

饧面的过程中，还要调配调料。回民的祖先最早从丝绸之路上引进了阿拉伯、波斯和西域的香料，大大地丰富了中国人舌尖上的味觉体验，使用香料的传统和工艺也成为回民饮食不可或缺的元素。调料的种类各家大致相同，其味道却大相径庭，一般是油泼辣子、蒜泥汁、芥末汁、麻酱汁、花椒油、香醋，都被调制在不同的碗里，以备调用。

这一切准备停当，便开始下面。这是一道熟练工，面的软硬、松紧，拉面的速度、力道，靠的是经验。人类学会了用水和面之时，也就发现了面团的柔韧性，在学会用刀具切面之前，首先学会的是用手拉面。当代的学者喜欢考证拉面技术的源头，青海省喇家遗址齐家文化层出土的粟类面条打开了今人的想象之门，这一陶碗4000年前的面条因瞬间的地质灾难而被埋藏于地下，幸未被空气侵蚀而遗留了下来。这一例证告诉我们，拉面是一项古老的技术，它和人类的文明史几乎一样古老。这一技艺在马保子卖凉面之前，并无多大的创新。把小条子面搓成细条状，用均匀的力道拉开，直至满意的粗细，扔进锅里，煮熟，捞出，拌上熟油，放在案台上自然晾凉，便成了凉面。

通常情况下，马保子会在上午十点钟出门。这时候，东城壕已经热闹起来了，即使最赖床的人，也会在此起彼伏的叫卖声、争吵声、小推车的嘎吱声、汹涌的喧嚣声中告别梦乡，汇入这市井的洪流中。人们向城市汲取着营养，城市又培养着人们的生存能力，在一个自然形成的营生链条中，他们各司其职，相互依存，又以其最舒适的姿态各得其所。这里是生活丰富多样性的见证，有人出卖劳力，有人出卖技艺，有人凭着奸诈和小聪明与命运搏斗，有人仅仅是释放自己的闲情逸致。形形色色的人们交换着信息，交易着货物，每一点细小的付出都会在这里产生价值，劳动的成果在交易中获得增值。

马保子的凉面卖得并不是很快，市场里大部分人都自备干粮，或者在自己的蜗居里解决吃喝。那个时代，这里没有小吃店，没有饭馆，所有的吃喝都在挑担人的笼屉里。竞争不可谓不激烈，兰州的回民从事小吃经营者不在少数，南关、新关是从业者最多的两个社区。一般需要三四个小时，一笼屉的凉面才能卖完。下午一两点钟，正是礼晌礼拜的时候，马保子正好回家洗漱，上清真寺礼拜。

盘点一天的收入是必不可少的生活内容。一天的收入被分成三份，一份用来购置米面油等生活用品，一份用来购买生意的材料如柴火、煤球等，一份作为积蓄交给妻子保管。如果遇上雨雪天气，生意就得停下来，这一天的花费就得从积蓄中划拨。

下午可能是一天中最惬意的时候，生活节奏一下子慢了下来，每个人都从容不迫地打发着散淡的时光，那种古老的人生哲学支撑着生活的希望，无须为第二天的生计发愁，一切生命皆有天养。到30多岁的时候，马保子已经有八个子女，四男四女，一家十口，这几乎是那个时代最合理的家庭构成。小小的南关，以各种各样的可能性激发着人们的生活能力，养育着众多这样的家庭。每一个尚未成年却有一定劳动能力的子女都有一份自己的小生计，或到作坊打工，或到街上做点小买卖。马保子的二儿子马杰三在懵懂幼年时，就开始在街口卖枣儿水了，至年岁稍长，可以挑得起担子，就步行去黄河北的庙滩子挑来瓜果，在炭市街贩卖。这样的成长经历，同样具有普遍性。

但难免有些寡淡，一如那时街头最为普遍的小吃——凉面，有限的油水，有限的菜汁，简单的工艺，粗糙的吃法，没有荤腥，缺乏想象。

但有那么一天，我们推测在马保子45岁左右的时候，他灵机一动，打开了想象的闸门，给这种寡淡的小吃注入了新的原料，添加了新的味道，也给自己的生活带来了新的力量。

热锅子面的机密

在那个生活节奏极度缓慢的时代，这项发明来得有点晚。

除了日常的面食，南关回民有两类食品轻易不会出手，一是油香，二是黄焖牛羊肉。前者的做法到今天还没有多少变化，精选的小麦面粉，温水搅拌，充分发酵，精心卷揉，擀成中间厚周边薄的面饼，中央切两道细缝，放在热油锅里炸煎，直到酥香焦脆。后者的做法因食材和厨师的想象力而有所不同，但在一种很顽固的认识中，牛羊肉的这种烹饪方式为回民所专有。这两种食品（及黄焖羊肉的衍生做法手抓羊肉）在今天已经成了清真餐厅的标配，但在数十年前，只有在重大节日（如开斋节、古尔邦节）和亡人的纪念赫听（念古兰经选章）中才会被隆重奉上，因而具有了某种神圣性和神秘性，而其深层的意涵则指向物质生活的贫乏导致的稀缺性。

煮过牛羊肉的荤汤一般人家都舍不得倒掉，撇掉上面的浮渣，盛在小碗里，洒上一撮香菜，那是绝佳的营养饮品，而用它浇面、炒菜则是一道不可多得的美味。但在很长的历史时期里，人们的想象被幽闭在顽固的传统中，肉食及相关的一切都被刻意雕琢的神圣性和神秘性隔离于日常生活之外。直到马保子脑中灵光一闪，肉汤和肉臊子被带入凉面加工系统，又因为肉汤需要热食，小火炉便自然而然地成为挑担的必配。

马保子将其命名为热锅子面。

这一发明提升了马保子在小吃行当的地位。人们发现，热的肉臊子和凉的面条可以实现完美的结合，在街头巷尾，在人头攒动的市场，这种结合不仅革新了人们的味觉体验，也打开了人们对于创新驱动生活力量的想象。马保子比以前忙了，家里也有更多的人投身于厨房的劳作。和面、饧面的工作要从前一天下午开始，面条在前一天晚上下好，拌油盛放。生活多了一项内容，就是前一天下午去市场割肉，因为没有冷藏设备，一次不能买太多，够用即可。如果在酷热的夏天，肉的过夜是一个很大的难题，即使放在深窖里也不能保证不会变质。好在这样的天气里，大家的胃口都不怎么好，对小火炉也是避之唯恐不及，这时候，热锅子面自然让位于传统的凉面了。

兰州的夏天并不是很长，农历六月和七月，人们的味觉系统收缩到了最低值，保持两个月的寡淡期。

肉臊子在当天早上炒好，其工艺到今天也没多少变化，食客们的舌尖体验完全仰仗于厨师的手禀子。马保子的小院子总是飘浮着肉臊子的香味，这几乎成了南滩街老辈人童年记忆的一部分。“那时候人们普遍很穷，吃肉的机会少得很，小孩子经过马保子家院子的时候，哈喇子都能掉下来。”这种夸张的说法已经构成了南滩街人刻意保留的记忆。

还是早上十点钟出门，一路肉香飘飘扬扬地来到东城壕。担子的一头多了个小火炉，上面还多了一口锅，里面盛着肉汤；另一头是一笼屉的凉面、肉臊子、碗筷、调和汁。后人的记忆可能忽略了太多的细节，比如这么多的家伙什儿怎么被妥善安放在一副担子的两头，还真是个颇费思量的问题。海爷说，担子挑到地了，放下，摆个地摊儿，各种家伙什儿一一拿出来，摆放停当。“人来了，先上一碗肉汤，洒点儿香菜末，点一点儿香油，让先喝着。然后抓一把凉面，往热汤里一氽，肉臊子一调，再调点儿醋、蒜、辣子，递给，就那样端着，在旁边吃，香得很。”

所谓热锅子，就是指小火炉上的一锅热肉汤，其核心则是那一勺充满机密的肉臊子。

机密不在于食材和工艺，而在于掌勺人的禀赋和情感。而马保子的耿直豪爽、灵活机敏无疑也给了他的食物别样的味觉品性，这种品性在他与食客的良好互动中得以体现，愉快的气氛总是充盈在买卖双方之间。

热锅子面的声名不胫而走，“马保子的面”刺激着当时兰州底层人的味蕾，和普通大众对于美食的想象。那个时代的人们普遍相信，烹饪牛羊肉是回民的专利，其中的门道和机密只在回民中间流传，甚至回民的小孩子非到一定年龄不足以领悟其中的奥秘。马保子的热锅子面无形中给这种传说提供了更有力的证明。许多人深信，马保子有一个神秘的调料配方和一套严谨的工艺，他在厨房里忙碌的时候，自家的小孩也不能进屋偷窥。神秘的传说提升了热锅子面的声望，城市的中产阶级和小官吏也不惜屈尊，这些或者长袍马褂或者精短制服的体面人，站在马保子的摊子前，以一种优雅得让人心急的姿势吃面，这给了底层人莫大的荣光。

我们现在无从知道，在鼎盛时期，马保子的笼屉一次性能容纳多少碗面，折合成几斤面粉，能卖上多少钱。我们只知道，热锅子面赢得的声誉经久不衰，一直到 20 世纪 50 年代，到南滩街去吃一碗热锅子面依然是“兰州式精致生活”标配的小饰品。虽然那时马保子已经不做热锅子面了。比起马保子后来创制的牛肉面，热锅子面的从业门槛要低很多，南关地区在接下来的几年里出现过多家热锅子面，但都无疾而终，直到马保子舍弃这一行当，南滩街口才有一家热锅子面摊保持了多年。

在热锅子面声誉正隆的时期，南滩街也发生了引人注目的变化。1911 年，一位叫马安良的河州回民登上了甘肃的政治舞台。此人是清末河州回民起义领袖马占鳌的大公子，左宗棠着力培养的少壮派回民将领。左宗棠离任甘肃后，马安良受编于甘军统帅董福祥的麾下。1900 年八国联军进犯北京，慈禧太后和光绪皇帝逃亡西安，马安良率部前往护驾，受到朝廷嘉奖。但转眼之间，《辛丑条约》签订，董福祥因为抗敌有罪被朝廷革职回籍，马安良也被责令裁军，只保留三营马队维持地方治安。1911 年，武昌起义爆发，马安良招募人马组织西军，开赴陕西镇压革命，在出师不利的情况下，受当时北京的回民精英在内的诸多高人指点规劝，转而支持革命，后被北洋政府任命为甘肃提督，一度权倾甘肃朝野，被时人称为“西北天子”。

1911 年始，马安良把自己的公馆设于南滩街，名为提帅府，南滩街因此被改名为帅府街。街口竖起了两座高大的牌厦，上书“帅府街”三个粗笔大字。

马安良对南滩街进行了整修，把低洼处的积水引到东城墙外，在沙土路面上铺了石子，使这条常年被污水浸泡的街道焕然一新。马安良的提帅府据说相当气派，坐落于南滩街口，背靠井儿街，西邻孝友街，东边紧邻的是其子马廷勷的公馆（现在的八路军驻兰州办事处遗址）和时任西宁总兵马麒的公馆。这三家公馆可能是南关史上最豪华的宅第，与周边的低矮民居形成鲜明的对比，那青砖绿瓦间透出的华贵之气照耀着南关人的脸庞，喜色自溢。

卖热锅子面的马保子和贵为“西北天子”的马安良经常碰面。南滩人憨厚从容，对这位给地方带来福利的贵人颇为敬重，见面时总会送上“赛俩目”（穆斯林问候语：愿真主赐你平安），马安良也以“赛俩目”回应，和马保子这样上了年纪而且熟悉的人还会多聊几句。马廷秀对这种情景印象深刻：“我少年上学时出入巷内，常常见他悠游于巷口。他清瘦矮小，着青缎薄底靴子。来往街坊居民按伊斯兰教习惯向他问候‘赛俩目’，他都频频应答。”

清真寺是不分贫富贵贱的场所，礼拜时按先来后到依序排列，但街坊邻里之间有一种默契，年轻人总是把最前面的位置让给长者和显贵之人，经常礼拜的人都有一个相对固定的位置。每逢星期五主麻（聚礼），马安良必去南关寺礼拜，若遇雨天或艳阳天，沿途会有侍从打伞。进了礼拜大殿，前排的阿訇和阿爷们纷纷站起来迎接，待马安良入列，礼拜这才开始。

引人注目的人物还有蔡大愚，当时的甘肃教育界炙手可热的人物，甘肃公立法政专门学校的校长，而他对南关回坊的影响则源于其另一身份——兰州回教劝学所的主要发起人和一个时期的代理所长，其标准行头是一顶德国太阳帽加一把文明拐杖，西装革履，腰板挺直，与南关回坊的风土格格不入。这位着装时尚、举止洋气的高校校长勤于基础教育的各项事务，经常到劝学所下辖五所清真小学督学，据说还不时地走上三尺讲台。他的到来总是引来师生们一片欢呼尖叫。每逢聚礼日，他也必到南关清真寺礼拜，他古怪的着装反而使人们对他礼敬有加。蔡大愚是四川成都回民，早年留学日本，曾组建留东清真教育会立志振兴回民教育，并主办刊物《醒回篇》，和留日回民学子豪论回民教育与中国时政。和那个时代的众多精英一样，蔡大愚也追随孙中山先生加入同盟会，投身中国革命。1913 年受教育部委派来到兰州，改组甘肃法政学堂为甘肃公立法政专门学校，并担任校长。在兰州三年多的时间，蔡大愚及其回民同仁如马安良、马邻翼等为兰州回民社会带来了新气象，各清真小学办得如火如荼，回汉子弟趋之若鹜，南关回坊在文化教育方面呈现出勃勃生机。

1917 年，蔡大愚在马安良的支持下，联合马廷勷等多位军队将领发起了甘肃护法运动，以配合孙中山先生在广州发起的护法运动。这场革命运动因事先泄露消息而失败，蔡大愚自此离开兰州。不久之后，马安良也被北洋政府排挤出甘肃政坛，第二年病逝于河州。1938 年，南滩街又恢复了旧名。

马保子性格开朗，为人热情，对南关回坊这几年间发生的变化了然于胸，他自己也无形中受益于这种变化带来的社会福利。他的长孙马育祥因此受到了良好的教育，从南关清真小学起步，一路走进了大学，后来成为西北民族学院的教授。

他的热锅子面在这几年里也做得风生水起，不仅成功地养活了一大家子人，而且还有了一点儿积蓄，这给了他规划未来生活的资本。南关回坊欣欣向荣的气象无疑也开拓了他的视野，他对街头游贩的谋生方式已经厌烦至极，让长孙接受新式教育是他对现实生活的一种积极回应。但在子女教育上，他的回应也仅限于此，沉重的生活负担使他没有太多的回旋余地，他对其他子女的人生规划基本没有超越南滩街的范式：做生意—攒钱—置产业—跻身中产阶层。

攒钱的过程极其缓慢。这时候他的积蓄还不足以买下一个小院子，一家十口人还租住在南滩街最简陋的院落里。1919 年，他 49 岁，进入了人生的疲倦期，继续挑担串街已经感觉到吃力，于是毅然决然地做出了一个决定：坐店经营。这在南关回坊，乃至兰州回民中可谓破天荒之举，千百年来挑担串街的小吃生意走向了一种全新的生产经营模式。

处于经营第一线的灶膛、案台和足够大的操作空间给了他发挥想象和技艺的可能。多年来，从南滩街到东城壕的石子路上，他一直在构思一种新的面食做法，面可以现下，以便保持足够的新鲜度和温度；应该有一锅肉汤，可以和细嫩的面条组成绝美的搭配；肉臊子的做法应该有所改革，肉丁、蔬菜应该跟面、汤更好地融合，以实现入味其里；辣子油是兰州人的口味之本，是面食的最佳拍档，应该有一种更精致的工艺。多年来，在热锅子面上倾注的心思让他对兰州人的味觉期望有了更精准的把握，他以一种理想主义的专注设计出这道前无古人的美食，其核心便是一锅精益求精的牛肉汤。

牛肉面是一个复杂的系统

牛肉来自溥沱，即今天的新关，在广武门内，距东城壕不远，是一个和南关历史一样悠久的回民社区。这里有兰州最大的牛羊肉市场。那时候的羊肉并不好吃，市面上常见的是一种叫洮羊的品种，膻腥味很重，连最善于烹制羊肉的回民老阿爷也畏之三分，这也可能是马保子以热锅子面起家时，没有选择羊肉的原因之一。而牛肉却十分鲜美，普遍供应的是本地产的黄牛肉，肉质细嫩，口感极佳。百年来，牛肉面的拥趸和一些不明就里的作家们乐意传播一个富于神秘气息的传说，说马保子为了独步江湖，以其非凡的才华将兰州市场上并不多见的牦牛肉引进烹饪系统，青藏高原的牦牛肉和兰州北山的和尚头面粉加之兰州本地产的蓬灰构成牛肉面的三个独特要素，给了牛肉面一个宏大的地理背景和无可复制的人文特质，为“牛肉面一出兰州就变味”提供了一种似是而非的佐证。这一传说有力地塑造了牛肉面的地方品牌形象，也为兰州牛肉面人的固守家门提供了品质层面的借口。

20世纪初的西北，物流极不发达，市场上牦牛肉凤毛麟角，这种肉质粗糙、略有柴感的肉品并不像今天这样受人追捧。牦牛肉的香味似乎也不太符合中产阶级的味觉审美。“那种香味是扑鼻的，如果说黄牛肉刚出锅时能香飘5米，牦牛肉则能香飘10米，像一阵轻风，倏忽不见，而黄牛肉的香味持久不散，沁人肺腑。”一位叫黄伟国的资深牛肉面人对此有过仔细的考证，“黄牛肉煮出来的汤很清，或呈淡淡的啤酒色，而牦牛肉因为血高，煮出来的汤发红、发黑，并不符合清汤牛肉面的特点。”

熬汤是整个工序的首要环节。煮肉是为了熬汤，熟肉是副产品，是牛肉面上桌前的一点搭配。兰州回民对于煮肉有着丰富的经验，多大的火，多长时间，加什么料，什么时候加料，调料的配方，乃至加料的方法，都有着一套严苛的操作规程。如果是在各人的家里，这套规程就会因人而异，但对于坐店经营的马保子来说，规范化的操作程序是保证品质稳定的必然要求。午后是一天中最为闲适的时段，时光移动得很慢。店铺打烊后，屋里显得非常寂静，阳光从门缝里透进来，照亮空气中的粉尘，煮肉的程序在慢条斯理地进行着。从市场上买来的牛肉，先要进行仔细的漂洗，以保证其洁净。漂洗后的血水不倒，留存备用。肉要在凉水中下锅，在水将开之时，锅里泛起了沫子，这时赶快用小勺将肉沫子打掉。刚打完沫子，锅就开了，这时候就要下料了。调料都是带壳子的，一般是三样：花椒，姜片，草果。煮肉是一个慢火熬炖的过程，时间的长短决定着汤的品质，往往需要一个下午的时间，要等肉和调料里面的营养成分充分地融入汤里。这个过程也非常寂寞，时间似乎越走越慢，门外市声喧嚣，门内的人无精打采，肉汤在锅里咕噜咕嘟地滚着，肉香弥漫在屋里，灶膛里的火焰要控制得恰到好处，不能太旺也不能太小，太旺则水易干，太小则营养成分不能充分融进去，煮出来的肉也不好吃。火势还要保持均匀，否则会影响肉汤的品质。整个过程就像熬一碗中药。①

经过一个下午熬炖的牛肉终于要起锅了。肉已经烂香到入口即化的程度，用叉子叉了捞出，置于案板上供随后切丁，一锅肉汤漂满了一层浮油，得先用罩子再用勺子仔细地撇掉，然后把刚开始漂洗生肉时留下的血水倒入汤里，顶起汤里的沉渣细沫，这个环节叫顶沫子。顶完沫子的汤变得清澈如水，亮可鉴人。接下来就要第二次下料了，这时下的是粉料，下到锅里，搅匀，拔锅。这个环节有两点比较重要，一是下了粉料后不能再煮，再煮就要变味；二是肉汤必须放在凉处晾置，使其迅速变凉，不然就会变酸。这时候的肉汤是不能喝的，调料味很重，要待第二天兑水后才能使用。

---

①2014年4月25日《河南商报》发表了整版报道《一碗汤，从河南到甘肃》，副标题为“兰州牛肉面创始人第六代孙：家传秘方被嵌进诗中口口相传”，文章称“兰州牛肉面用的老汤源自卤制小车牛肉时用的汤”，而这小车牛肉则是由河南博爱县苏寨村陈氏家族创制，一位叫陈维精的陈氏后人在清嘉庆年间做国子监太学生期间，将小车牛肉的制作工艺传授给同学甘肃东乡人马六七，由马六七带至甘肃，并将熬制小车牛肉后留下的胶质老汤做了牛肉面汤。报道说，陈维精的六代孙、兰州人陈九如称博爱县的小车牛肉老汤面传到兰州后，就成了“马家大爷浑汤牛肉面”（关于马家大爷牛肉面，除了网上流传的一首清代诗人张澍的诗《马家大爷牛肉面》外，并无其他佐证，有学者研究张澍的著作，并未找到这首诗和其存在过的证据），其配方与后来的清汤牛肉面的配方一模一样。陈九如报料，清光绪年间，陈维精给西行兰州的儿子陈位林写过一封家书曰《维精送子位林孙和声西行手记》，这首诗以23种中药名入诗，被视作是小车牛肉的23种调料。饶有趣味的是，2016年7月29日，河南焦作地方媒体报道，焦作市苏寨陈家牛肉面入选焦作市非遗保护项目。报道称苏寨陈家牛肉面发明者是陈维精，规范者是陈和声，经陈维精后人陈九如按照祖传秘方恢复的苏寨陈家牛肉面，与兰州牛肉面有不可分割的历史渊源和传承关系。通过马保子创制牛肉面的过程可以发现，这种想当然的嫁接更像是一种现代人的文化游戏。

和面是另一个至关重要的程序。在牛肉面的众多传说中，和尚头面粉被赋予了一种神话色彩，其生产地的光照、土壤、气候甚至地下水都被拿来说事。在前杂交小麦时代，和尚头是甘肃黄土高原上普遍种植的旱地小麦品种，因为没有麦芒而被称为“和尚头”，其籽粒饱满坚硬，面质粉白似雪，蛋白质含量较高，因为产量低、品种过于古老而近乎被淘汰。这些品质极易引发消费主义时代的人们对“逝去的麦香”的遐想。

这种面粉在市场上最容易获得，依据品相，被分成若干个等级，马保子自然要选择最高的那个等级，这是作为理想主义的牛肉面宗师和现实主义商人的马保子从一开始就坚守的原则。面粉是不能囤积的，每天都要到市场上去买，这既符合自然主义的生活理念，也是小本经营者成本控制的有效手段。

和面的工作通常在清早进行。这时候，晨礼刚刚结束，城市尚未苏醒，从南滩街到东城壕的石子路面传递着细碎的脚步声。马保子到店的时候，贪睡的伙计还没有来。多年来，马保子已经习惯于任何事情都亲力亲为，他一直相信自己的手禀子和传说中一样，有一种神奇的魔力，若不是这双看似平凡的手亲自操作，便不能安慰食客们挑剔的味蕾。当天要用的面粉总量是固定的，要一次性和好。面粉被倒在一个盆子里，一边细细地倒水一边轻轻地划拉，水将面粉黏合起来，张力传导到手指，有一种细腻的快感。渗水的面粉在张力的作用下被划拉成索子。索子一定要拉得足够细，否则就会包水，这样的面叫包水面，连普通的主妇都无法容忍。面被拉成索子后，其分子的排列还相当混乱，无法塑形。接下来就要用力了，洒上水，使劲揉。在这一过程中，面的分子被有序排列，黏合度越来越强，柔韧性也随之增大。等面团被揉均匀了，就需要打一点底灰，也就是蓬灰水。这时候的面团就可以放在盆子或案板上饧上了。这是揉面的第一个环节，与中国北方普遍流行的各种拉面的工艺没什么区别。

马保子的创制在于第二个环节，在开门迎客之前，从正在饧着的面上切下一块，用拳头打开，中间打出一个窝，把蓬灰水倒进去，叫窝子灰。为了防止面软，这时需要再挖一碗干面倒进窝里，然后将其蹭开，让蓬灰和干面充分地融合进面团。接下来的程序是纯粹的力气活，用拳头对面团进行反复捶捣，抻开，对折，再捶捣，抻开，对折，捶捣，如此反复。后马保子时代的兰州人形象地将之称为三捶两梆子。其实何止三捶两梆子，在这个环节上费的功夫越大，则面的柔韧性越好。所有的劲力几乎使在这一环节，就像一曲激情叙事的高潮部分，激越，澎湃，情感饱满，能量充沛，面匠胳膊上肌肉累累，青筋暴突。这一过程要持续十几到几十分钟，最后收于一段抒情的柔板，绵软柔和的面团被拉拽揉搓成条状，这一过程被称为顺筋，然后揪成几节，排列整齐，捂盖好，以备下锅。

在这一叙事中，蓬灰是最为基本的一个元素。马保子并非蓬灰神奇功效的发现者。蓬灰的应用至少在几个世纪以前就开始了，在马保子时代，已经形成了相当规模的产业，人们可以从市场上顺利买到这种生产烦琐、价格低廉的东西。由于市场上纯碱的价格不菲，家庭主妇们也普遍使用这种从蓬草中提取的碱性添加剂，但其熬制过程实在艰辛。而对于面食经营者来说，这种添加剂烦琐的熬制过程更能体现一个人的工匠精神。因此，自马保子始，关于牛肉面和蓬灰之间的关联便有了某种天启般的神秘色彩。水蓬草，一种在干旱的黄土高原上野蛮疯长的蓬类植物在化成灰烬后还能成就这样一段生命的传奇。

水蓬草在民间也被称作飞蓬、灰蓬、蓬柴，多生长于干旱贫瘠的山坡和荒滩，含碱量很高，因为其茎叶苦涩难咽，牛羊很少触碰，所以在夏秋之际，这种卑微的植物便在裸露的黄土上蓬蓬勃勃地张扬着绿意，甚至在农庄的房前屋后也多有分布。深秋的第一场霜降之后，成熟的籽粒随风飘落，深入泥土，茎叶因为失去水分而变得枯黄，形销骨立地在风中瑟瑟抖动。这时候，农闲之余的农民开始上山，把满山遍野的蓬草拔下来，堆在平缓处，接受风吹日晒。等一坡一洼的蓬草收集得差不多了，就在平地顺风处挖一个很大的灶坑，上面预留一个透空气的孔，把晒得半干的蓬草塞进去，点燃，这一过程被叫作烧蓬灰。火在熊熊燃烧，新的蓬草被不断地送进去，直到一山的蓬草全部化为通红的草木灰，热浪涌动，看起来像钢水一样的流质，然后浇以凉水，使其迅速冷却凝固，或者用湿土填埋，待灶坑完全冷却——通常可能要经过两三天——就用铁锨将这种黑色的石头撬出来，或装车或盛筐，走过长长的山路运回家。①

兰州诗人叶舟有一篇短文，题为《黄金在枝头转移》，以诗意的笔调写牛肉面，写得极美。这篇妙文真正想传达的，是对蓬草的致敬：

---

①据说，日本动画片《中华小当家》第11集中提到的能煮出碱水的黑色石头，就是蓬灰，其有效成分为碳酸钾，与传统的纯碱不同，后者的有效成分则是碳酸钠。

那时，我常常看见一日的买卖停当后，厨师们坐在门端里，手执铁锤，在敲打一块块黝黑的石头。石头嶙峋狰狞，大小不一，仿佛刚从古代的山崖上劈伐下来，在飞溅的火花下离析，带着旧年代里的密码。我不明白这干人在做什么，个个像艺术家，在凿试，在剥离。碎裂的石块，渐渐被碾压成了粉末，再丢进滚沸的铁镬里，在炉火上烧煮。刚刚还清亮亮的一锅汤，被煮成了泥黑的水，脱胎换骨，戽干，晾凉，珍存。师傅们告诉我：

“这是蓬灰！”

肉食者鄙。

秋风吹，山蛇肥。万木飘零之际，西北的农民们便携带了铁耙子，将旷野上的蓬草收拢回家，一半烧炕，一半点灶。蓬草燃尽后，炉膛里的灰烬，方成了这一季仅存的骨殖，蕴藏着精和气，被埋进了地下的深坑，像一场公开的葬仪。深埋三年，原本散漫的余烬，在地火和意志的催逼下，竟幻变成了一块块黝黑的顽石，被起出，被运进城里，被敲击成粉，被熬煮成汤——

是谓，蓬灰水！

……

青绿，进而焚为灰烬，讫致于乌黑，终结在黄金一色。我也从少年人，混入了颠沛的中年，从一茎蓬草上，看见黄金在枝头上转移。

是谁?

——其实是里尔克，这样说过：

“我们嚼着，痛苦的拌料！”

兰州的蓬灰市场在黄河北的庙滩子，这里有连接城乡的一个农副土产市场，瓜果、菜蔬、禽蛋、中草药等不一而足，还有众多的车马店为南来北往的商贩提供着仓储和歇脚的便利。从乡下运来的蓬灰通常被堆放在车马店的墙角或床底下，大概只有进货的人可以辨识出这种黑色石头与煤炭还是有着很大的区别，它的外形更像炉渣，或者炼化过的玻璃。

马保子每个礼拜都要去庙滩子进一次货。这时候，黄河铁桥已经竣工通行有六年之久，从东城壕到庙滩子只有不到半小时的脚程，非常方便。如果资金宽裕，也可能一次性多进一些。蓬灰是最不需要保鲜的食材。

熬蓬灰水的工序叫滚灰，一般一个礼拜进行一次，每次都要耗费一个下午甚至更长的时间，所以滚灰的那一天就要关门歇业。

首先要用锤子把坚硬的蓬灰块敲碎，碎成颗粒比指头蛋还要小的豆瓣灰，然后放进一口大铁锅；铁锅被架在火炉上，里面盛满了水，等水开了，就要用铲子或木棒持续地搅动。这又是一个消磨意志的艰辛过程，搅动不能停止，要匀速进行，蓬灰颗粒在锅里不断地碰撞、摩擦、挤压，其有效成分以不易觉察的缓慢溶解进水里。如果搅动稍有懈怠，蓬灰就可能粘锅，其后果可能是锅底被烧穿。这是一幅毫无色彩的景象，呆板、单调、僵硬，热气蒸腾中往往是一张慵懒倦怠的面容，这张面容经常可能是伙计的，也只有在这个环节中，马保子那一双充满魔力的手可以不必亲临。

一个漫长的下午过去了，蓬灰在锅底变成一层细滑的粉末，这是不能溶解的炭，其手感就像石墨粉。所有的有效成分被溶进了水里，但那些碱性的分子是肉眼看不见的，清澈见底的蓬灰水看起来微黄淡绿，色泽令人赏心悦目，伙计疲倦的面孔这才绽放出欣慰的笑意。蓬灰水被盛放在一口专门的缸里，因为里面没有有机物质，存放一个礼拜或者更长的时间都不会有问题。

蓬灰中的碳酸钾与面团中的淀粉发生反应，给面团带来了奇妙的变化。原本洁白玉润的面团有了一层发亮的微黄，质感柔韧、筋道，尝试着拽一块下来，揉成条状，轻轻一拉，柔性和韧性恰到好处，意味着用灰的工艺无可挑剔，接下来只等顾客进店，面匠要展示拉面的技艺了。

在马保子时代，拉面的技艺并无多少观赏性，把一根小条子面搓细，两手拉开，折叠，再拉开，通过多次倒手，面条达到了满意的粗度。有些顾客希望拉得细一些，便多折一手，反之则少折一手。拉面师的技艺体现在力道是否均匀，拉出的面条会不会断。对马保子来说，这已经像黑夜穿针一样熟练。把拉面变成一项极具观赏性的手艺，要等到两年之后马杰三上案。

牛肉汤在大锅里滚着，因为已经按比例兑了清水，使这锅汤看上去愈加清澈透亮。和肉汤一道漂滚的是雪白的萝卜片，这又是一道完美的组合，在传统的回民饮食中，萝卜通常和羊肉同煮，萝卜为羊肉去膻，羊肉给萝卜提味，二者的营养成分互相渗透，相得益彰。羊肉的温阳补肾和萝卜的益脾和胃本是一道养生绝配，若经一双妙手料理，那美满的味觉享受更是让人贪恋不已。马保子显然深得回民传统饮食之精髓，也许是妙手偶得，也许是精心设计，几片萝卜入汤，再经一番温火慢炖，简单的食材被赋予了一种高妙的品性。

香菜也是回民传统饮食中羊肉汤的标配，既为乳白色的羊肉汤增添色彩，又给鲜美浓郁的汤汁增加了一种清爽沁心的香味。如果羊肉汤过于肥腻，香菜的清爽恰到好处地起到稀释的作用，给味蕾一种更舒爽的体验。对于马保子来说，将香菜引入这一碗牛肉汤似乎不需要特别的灵感，他可能没想到的是，这一撮漂浮在清汤之上的绿色，在他之后引发了多少牛肉面的拥趸们诗意的遐想。

油泼辣子是兰州甚至中国北方大部分地区面食的另一个标配，其历史可能要比我们所能想象的还要长。精心地炸制一罐油泼辣子几乎是所有主妇们的必修手艺，辣椒的使用量也无形中成为考察一个家庭饮食质量的参照，中产阶级家庭在这上面花费的心思可能要比一碟辣椒所呈现的表面内容更为丰富。从凉面和热锅子面时代传承下来的这一配置，为牛肉面的视觉形象增添了另一道诗意的想象。当然，其味觉刺激所带来的独特体验也是实实在在的，那种不调辣椒的食客会引发牛肉面拥趸们的同情，因为他们吃了一碗并不完整的牛肉面。

马保子所建立的这个系统，每一个细节都充满如此丰满的魅力，每一丁点儿的改变都可能使这个体系出现瑕疵，以至于在随后的百年时间里，从选材到出锅，牛肉面的基本结构和制作工艺未曾改变，马保子的完美设计没有给后人留下太多革新的余地。

在牛肉面诞生的最初两年里，兰州人对这种极具小资品位的面食新吃法表现得颇为犹疑。一碗用一个下午的时间熬炖的清汤，一筷子不足以果腹的面条，被白色的萝卜片、绿色的香菜、火红的辣椒油过分装饰的色彩，在东城壕的普通劳动者眼里，这种过于精致的美食即便让人三日不知肉味，也不如一张大饼来得实惠。而在那些公务员、小职员、商行老板眼里，这碗面充分彰显了自己的阶级身份，它的审美价值远大于实用价值。

马保子，这位天才的美食设计者，他的理想主义情怀被折进时代的皱褶里，需要流淌的时光来慢慢释放。

第二章　马杰三的荣耀

苦孩子 8 岁就得做生意

寂寞的香味在城市上空越飘越远，兰州人接受这种面食新吃法的速度却缓慢得犹如蜗牛爬树。东城壕的喧闹日复一日，越来越多的人涌向这个日益繁荣的集市，各种货物和服务的交易量与日俱增。作为一个被埋在历史皱褶里的人物，马保子留下的资料很少，后人对他的记忆多是一些串联不起来的碎片，我们不知道在这最初的两年里，他是不是有过深重的焦虑。好在他的次子马杰三很快就登堂上案了。

1919 年，第一碗牛肉面问世的时候，马杰三 19 岁，已经是一个完整的劳动力了。穷孩子马杰三虽然年轻，但已经有了良好的口碑，他长相俊美，为人亲和，善于与各色人物打交道。南滩街老人马西园先生回忆说："马保子长得有些黑，漂亮了一个马杰三，个头高高的，白白净净，腰板挺得直直的，戴个白帽帽，干散得了得呢！"他的另一个被人称道的优点是脑子活，聪明，这使得马保子渐渐放弃了让长子马文德继承家传营生的念头，转而培养次子。

在牛肉面诞生的第二年，最迟至第三年，马杰三开始参与牛肉面馆的经营，一开始的身份当然是学徒加助手。作为贫寒人家的孩子，马杰三没有机会上学，一生大字不识一个，和同时代的众多男子一样，在身体和心智刚刚成熟时就分担起了家庭的重担。8 岁的时候，他已经被母亲安排在南滩街口摆摊做生意，卖的是枣儿水。幼小的身子坐在一张小板凳上，乌黑的眼睛滴溜溜察看着来往行人，或仰头看天上云卷云舒。面前是一个小桌子，上面摆着几只搪瓷碗，桌旁是一个木桶，里面盛着母亲精心熬煮的枣儿水。有顾客来时，舀上一碗，里面搁四个枣，乖巧地叫上一声"大大""阿爷"，双手递上，看顾客站在街边闷头喝完，用手背抹一下嘴，口里还嚼着个枣，丢下一个麻钱，转身离去。

枣儿水的营生早已失传。在兰州人的市井记忆中，枣儿水是黑白底色上一抹泛黄的温馨，是古旧时光里一缕挥之不去的乡愁。曾几何时，在寂寞的巷口，或喧哗的街市，总有一张恬静的面孔、一张低矮的小桌、一个发黄的木桶构成的图景，让漫长溽热的夏天多了一份清凉舒爽。挑着担子走街串巷是枣儿水深入人心的另一幅图景，"枣儿水——枣儿水——"的叫卖声回荡在市井巷间，使这一幅静默的图景有了动人的画外音。

枣儿水的营生为什么会失传？兰州人一致的看法是因为兑水掺假。今天的兰州话中还有一句骂人不吐骨的习语："你是卖枣儿水的吧？”被骂者马上明白，自己弄虚作假、蒙骗哄人的伎俩露馅了。据说，煮枣儿水必须得用砂锅，挑选干净饱满的枣子慢慢熬煮，中间不能加生水，以免营养成分不匀，也不能加滚烫的开水，以免枣皮被烫裂。若是用铁锅或铝锅，不但煮不出那种纯正的味道，而且容易煮烂，品相很是难看。煮枣儿水需要加白砂糖，但加多少却是一个经验活，必须得有高人指点。枣儿水兴盛之时，一些不良小商开始做假，要么用大铁锅粗煮滥熬，要么在里面兑糖水甚至生水，“卖枣儿水”便成了令人不齿行为的代名词。

8 岁的马杰三对于以后光阴里的变化不可能有预见，这时候的他想必在为自己小小年纪能为家里挣钱贴补而志得意足。南滩街口不比东城壕热闹，来来往往的多是街坊邻里，小小的一桶水需要大半天才能卖完。但这个生意很是稳定，对一个十口之家来说，其意义是显而易见的。卖枣儿水的经验一定为他后来成为牛肉面大师级人物有所助益。

到十二三岁的时候，他已经有些气力，能够肩挑背扛，于是，每年瓜果飘香的时节，他会被父母派往黄河北岸的庙滩子，挑来瓜果到炭市街摆摊贩卖。炭市街在如今的中山路上，是一条热闹繁华的街道，不仅卖煤炭等生活燃料，最显炭市街商业活力的是整条街上林林总总的匠作铺，分布密集，门头窄小而后院深厚，各类工匠齐集于此，可谓应有尽有。兰州人逛一次炭市街，生活用品基本可以购置齐全，当然也包括瓜果菜蔬。兰州是瓜果之都，瓜果生意养活了众多的底层市民，黄河北的甜瓜，安宁的桃子，雁滩的苹果，河口的大枣，让这个城市美誉远扬。在物流并不发达的年代，大量的瓜果要在本地消化，甜蜜的盛况大大刺激了兰州人的胃口，以至于几个世纪以来，普通的兰州人在夏秋季节有以瓜果代食的习惯。灼热的空气吸干了人们身体的水分，也压制了人们的食欲，甜美多汁的瓜果满足了人体所需的能量，同时也持续激发着身体的活力。对于没有资金又没有技能的人来说，贩卖瓜果就成了门槛最低的一个小生意，虽然收入微薄，但从业者甚众。

这些小生意并不能致富，也不能培养人才，但对于少年马杰三来说，这些经历给了他敏锐的市场洞察力和坚韧的毅力，父亲的理想情怀和精益求精的执着也遗传在他的身上。作为家里的次子，他不能事事抢占先机，父母一直希望长子马文德能够扛起大任，将牛肉面馆的生意坚持下去——虽然在他们对未来生活的构想中，牛肉面馆并不是立家产业。毕竟在以往的历史中，没人靠做面食生意发家致富——但长子对此完全没有兴趣，这种营生的艰辛程度大大超出了他的承受范围，而且在外人看来，这位长子的脾气和性格不够随和，并不适合“伺候人的生意”。

马杰三晚年时对他最为亲近的孙子马千里不止一次地说过：“我16岁时做面，十七八岁时就已经开始做掌柜的了。”南滩街的老人同样证实了这种说法：“马杰三很能干，聪明，十七八岁时就开始独立经营了。”这些口述的年龄也许并不精确，这或许只是说明，马杰三在20岁之前就已经成为一个面师了。

马杰三的才华很快就得到了证明。也许从做热锅子面开始，他已经学会了做面的基本技能，随后便将自己的心智和思维转换到了牛肉面上。很快，他成长为一个全能型的牛肉面技师。在那个三年打杂三年学艺的年代，即便是父师子徒的关系，也需要学艺者能吃苦耐劳、好学上进，还要有良好的悟性。

在学习期间，马杰三有过一次重要的学习经历：西上武威，学习一种全新的拉面技艺。这件事在坊间几乎没有确凿的传闻，只是有一种隐约的说法，指现代牛肉面的拉面技艺源于武威，但没有人能细述其详。对此，合理的解释是，当时的公共舆论对偏居东城壕的这种面食新吃法并没有太多的关注，除了少数相关从业者，大多数人并不关心一碗牛肉面背后的故事。① 我们无法准确得知，马杰三所学的拉面技艺在当时的武威普及到什么程度，抑或只是某一位面匠的独门功夫。马杰三是搭乘贩盐的马车去的武威，走的是一条古老的盐道。这条道路在今天已经依稀难辨，大概是从兰州北上到达景泰境内的条山，然后向西北穿过茫茫戈壁到达民勤，那里是阿拉善盐进入甘肃的关口。贩盐的商贾多为回民，马杰三极有可能搭乘的是一位回民盐贩的马车到达民勤，然后改乘当地人的车辆来到武威。大概三个月之后，马杰三出徒回家，走的还是相同的路线。

牛肉面历史的叙事很快就以马杰三为主角了。1920 年，最迟至 1921 年，在没有任何交接仪式的情况下，马保子开始淡出生意，进入“晚年模式”。② 在南关回坊，这种“模式”意味着要将大把的时间交给清真寺了。所谓“跑清真寺”，不仅仅指参加一天的五次礼拜，更重要的是做志愿者，分担一些力所能及的事情。

---

① 提供这一信息的是马杰三弟子魏玉山的儿子魏德，他曾听自己的父亲讲过。但马杰三的家族后人对此却完全不了解。马千里在第一次接受采访时也对此表示完全不了解，直到他和母亲交谈后，在第二次接受采访时证实了这件事。

② 马杰三的外甥海福昌曾对媒体说，马杰三于 1925 年接替马保子经营牛肉面馆的生意（见《兰州晨报》2011 年 4 月 28 日《牛肉面：一个城市的记录标本》），这一说法在家族内部的传说中还是有一些分歧。

在中国，清真寺没有专职服务人员，一切事务都由志愿者承担，其中以老年人为主，他们相信，为公众服务是人生功修不可或缺的一课。马保子再不用起早贪黑地往牛肉面馆里跑了，他只是偶尔信步踱过去，察看一下儿子的经营情况，并适时地提供一些必要的指导，而马杰三表现出的能力，可能大大超乎父亲的预料。

再次定义牛肉面

武威进修的成果很快就在花样繁多的面条系列上得到了体现，一条呈圆柱状的粗短面节子经过几次简单的拉抻、折叠、倒手，便被拉成形态各异的面条，马杰三对其进行了极富想象力的命名（这种命名可能来自他的武威师傅也未可知），线状的从粗到细被命名为二细、细、毛细（马杰三时代没有三细，三细出现在改革开放之后的牛肉面复兴时期）；扁平状的从宽到窄被命名为大宽、宽、韭叶子，这些命名简单、直接而且极富美感，使这种面食的新吃法有了一套极具表现力的视觉传达系统。事实上这是在马保子之后，对牛肉面进行的第二次定义。这次定义并不像我们表面看起来的那样，只是外在形象的重新设定，更是将一种友好和情怀传达给了顾客，顾客在选择面条形状的时候，也实现了对于自身口味和品位的定义，使一碗面的意义超越了其物质的属性，继而赋予了独特的文化内涵。

有了这样的定义，拉面的过程便成了一项极具观赏性的技艺表演。马杰三显然对这一技艺的表现力进行了有意的设计，这是他建立的视觉传达系统的重要内容。面匠在案台前站立，手握面节子两端，两臂均匀用力，向外抻拉至合适的长度，然后对折，两端同时放在一只手的指缝内（一般用左手），另一只手的中指朝下勾住环状一端，手心上翻，同时两手往两边抻拉。面条拉长后，再把右手勾住的一端套在左手指上，右手滑到环状一端勾住，再次抻拉。每次抻拉时将面条在案板上摔打一下，以使面条获得均匀的张力，不致断裂。每次对折称为一扣，不同的扣数对应着不同的粗细。经如此抻拉后的面条柔韧光滑，粗细均匀。最后，右手套着面条，手指翻至左手处，轻轻掐断，顺手一甩，一团根根分明的面条划出一道完美的弧线，飞进锅里，在沸水中翻腾旋转。牛肉面的拥趸们总是不吝以美丽的辞藻来描述这一令人赏心悦目的表演："拉面好似一盘线，下到锅里悠悠转，捞到碗里菊花瓣。"

百年之后，在自媒体时代，网友中流行一句话："哥吃的不是牛肉面，哥吃的是一种情怀。"这种情怀在1920年代初期，经由马保子及其第二代传人马杰三精心调制，并被注入牛肉面从食材采购到顾客品尝的整个环节，又经过时光腌制和社会人心的酿造，成为20世纪兰州社会文化史不可或缺的组成部分。

很快地，"马保子牛肉面"作为这个城市的一大惊喜，在面食行当中脱颖而出，声名远播到城郭内外。在马杰三主持下的面馆生意正如预料的那样出现好转，越来越多的穿长衫戴礼帽的城市中产阶级以这碗牛肉面来标识自己的身份，处于社会底层的体力劳动者也不时地吃一碗牛肉面来表达对于时下生活的满足。马杰三这时表现出了一个精明经营者的灵活，所谓看人下面，就是若有拉大车的或者担担客踏上台阶进到店来，便向后堂吩咐一声："远处的亲戚来了，下好一点。"下面的人自然领会，就会下大一点，分量多一点，让客人吃个满福。马杰三创立的这一规制保留至今，如今兰州的牛肉面馆大多会有一个醒目的提示：下大下小您吩咐。

穿长衫戴礼帽的中产者依然是消费的主体，他们依然专注于那一碗牛肉汤，现在又多了一份欣赏拉面技艺的享受。针对这一类顾客，马杰三又进行了一次革新，客人一进门，先端上一小宫碗羊肝子汤，往里面滴上几滴香油。在那个年代，香油是极为珍贵的点缀，使客人获得一种超乎寻常的尊重感。任何客人都无法抗拒这一碗别开生面的清香的诱惑，和它所带来的精神愉悦，以至于出现了一种"以汤销面"的说法。这是马杰三对于牛肉面二次定义的延伸，使牛肉面从制作到服务具有了一个更为完整的体系，这个体系包含马保子建立的味觉系统、马杰三建立的视觉系统和这一鲜香扑鼻的嗅觉系统。

坊间普遍认为，正是因为这"进门一碗汤"的缘故，马杰三把牛肉面命名为高汤牛肉面。但这种解释显然没有揭示出牛肉面的核心内涵，后来的牛肉面人更愿意把高汤解释为经过精心熬煮烹制的牛肉汤。这种理解更符合字面意思，马杰三真实的解释何尝不是这个，只是业外人士完全会错了意，以讹传讹至今。高汤可能还有一层意思，翻译成互联网时代的时髦文体：哥卖的不是面，而是这碗独一无二的汤。

后来的资料不厌其烦地重复着一个传说，称马杰三有一辆驴车，上面架一只木桶，每天下午到新关或金城关等回民区收集牛杂碎汤，驮回来后经重新调配，成了牛肉面的原汤。同样的传说同样被套在马保子头上，只不过木桶变成了一副担子，挑到上述地区收集牛杂碎汤和羊肝子汤。这个传说甚至被马杰三的后人频繁引用，但没有人能道出这一说法是否源于马杰三本人的讲述。这一传说是可疑的，它最大的可能是源于某一个人的信口编造，后又在信息匮乏的时代被不加考证地流传。首先，不论是牛杂碎汤还是羊肝子汤，都是牛杂碎和羊杂碎经营中不可或缺的配置，其销量远远高于杂碎本身，对于卖杂碎的人来说，一般不会有多余的肉汤出售。其次，四处收集来的肉汤来源不清，品质不一，并不符合马保子精益求精的品质追求。再次，由浑浊的肉汤变成清澈如水的牛肉面汤的过程中，有一个至为重要的“顶汤”环节，必须用洗过生肉的血水倒进滚沸的肉汤中才能实现，收集来的肉汤则无法实现这一目标。而且，收集来的肉汤并不利于储存，特别是在夏天，肉汤变酸带来的后果是灾难性的。同时，我们不得不注意到，到别处收集肉汤再加工成牛肉面原汤的成本并不低，甚至远远高于自己熬煮的代价。

小驴车在某段时间可能真的存在过，它最大的功能应该是采购食材、木材、煤炭等消费物资。随着生意向好，物资的消耗量已经到了担挑肩扛不足以满足的地步，这就需要运输工具。但饲养一头毛驴的成本不菲，马杰三可能做过尝试，但在不久之后随即放弃，还是回归到更为普遍也更便捷的人力架子车的运输方式。

“以汤销面”的营销策略被证明是成功的。汤的需求量迅速增长，而作为牛肉面之点缀的肉丁的销量却没有按比例增长，牛肉面加肉的习惯要到数十年后才出现。为了保证肉汤的品质和满足更大的需求，马杰三不得不在煮肉时加上一些牛骨头，其中牛骨髓的营养和鲜美无与伦比。在此基础上，马杰三还别出心裁地在牛肉汤中兑入羊肝子汤。

在牛肉面的历史上，羊肝子汤的引入有着重要的意义，它是马保子牛肉面的标志性招牌之一，而在后马保子时代——公私合营之后——这种做法因为成本较高、程序繁复、人们的口味粗糙而自动消失。因为没有确凿的口述资料，关于羊肝子汤在哪个时期被引入，连马保子的后人也莫衷一是，最大的可能是马杰三的创举，而且并不在马杰三执掌面馆生意的初期，因为这种增加成本的做法需要良好的经营业绩作为支撑。羊肝子汤兑入牛肉汤的神来之笔可能是妙手偶得，但在烹煮牛肉汤之外另起炉灶煮一锅羊肝子汤，并不是说说就来那么简单。于是，便有坊间传说，马杰三到各回民区卖杂碎的摊贩，比如兰园门口的马应天杂碎铺收集羊肝子汤。然而，正像上文所分析的，如果这种情况真实存在过，恐怕也只是短暂时期内并不成功的尝试，用收集羊肝子汤来满足高汤供应的传说并不靠谱。

那么事实情况可能是，在某一段时间，马杰三将独立熬煮的羊肝子汤兑入牛肉汤中，这使中国传统美食中以羊为鲜的秘诀得以具体转化，收到了意想不到的美味效果，但这种做法需要高收益的支撑。在另一时期，马杰三可能采用的是更为直接的做法，把羊肝、牛肉、牛骨头混配烹煮，其效果异曲同工。这两个时期孰先孰后，已经没有人能够解答。

历史并不像我们今天所梳理的这样有条理，所有的故事都琐碎而平庸，隐而不显，就像阳光洒在窗户上，雨滴打在板房的屋顶上，流年似水，岁月静好。在父亲马保子的关注下，马杰三悄无声息地完成了对牛肉面的第二次定义，这时的牛肉面用马杰三晚年接受采访时所描述的，就是“汤要清亮，肉要烂香，萝卜滋味长”。一碗牛肉面端上桌，呈现出的整体相貌是“一清二白三红四绿”，清者为汤，白者为萝卜片，红者为油炸辣椒，绿者为香菜末。至此，马保子牛肉面从烹饪到服务的完整体系建立起来了。

回到南关，回到南滩街

某些资料上刻意点到的 1925 年可能是个有迹可循的时间点。这一年，马保子已经是个 55 岁的老人了，他的眼睛出现了明显的衰老症状，视力下降的程度影响到他对面食行当的信心——当然，这可能只是个貌似合理的理由，对于一个操劳大半生依然没有根本改变家庭经济状况的老人来说，显示出几多苍凉——遂决定不再过问牛肉面馆的事情。

东城壕牛肉面馆的生意在这一年达到了高峰，马杰三对牛肉面未来的信心也超乎以往，这位 25 岁的守业者开始不满足于现状，他租下了面馆对面的一间铺面。这是一个套屋，面积不大，仅能摆放四张小方桌。

但面馆的生意并没有攀升到更高的台阶，稳定在每天 10 斤左右的面粉销量，每天的营业额不再有大的起伏。其时，兰州城厢人口10余万[1]，城内人口据说也就四五万。根据有关资料，1928年至1930年，甘肃连续三年大旱，史称“民国十八年馑”，赤地千里，兰州人口陡降至8600人[2]。至1937年，人口数量有所增加，但也只有区区6.4万人。近代工业化运动和现代商业文明尚未造访这座西部内陆城市，受东部工商业大都市的吸引，孔雀东南飞的现象引发了大量社会精英出走，加之战火频仍、军阀搜刮，这座城市长期处于衰落之中，经济发展长期滞后，劳动力人口大量流失，市民的消费能力不升反降。作为一种面向中产阶级的小众餐饮，牛肉面的销售几乎达到了饱和。

这种状况持续了近20年。在这灰冷凋敝的漫长时期里，马保子的三儿子被抓了壮丁，一去未还，四个女儿先后出嫁，孙子们先后出生——又是一个儿孙满堂的家庭。但家里的经济状况并未明显改善，家大业小，每一天的日子都过得精打细算。牛肉面馆的收入和家庭成员的其他收入都全部上缴，统筹支配，马杰三的母亲始终是家庭的“大内总管”。这位同样不识字的平民老太太表现出了惊人的家政管理能力，即使在这样的艰难岁月里，她竟然将所租住院子的前院两排各三间房子买了下来，马保子终于有了自己的不动产。这是两排面对面的南北房，在南滩街拥挤狭窄的区域里，并没有显示出特别之处。后院两排各三间是东西房，目前其产权还在别人名下，马保子接下来的小目标是将后院

① 马廷秀《百年回忆录》记述，清末民初，兰州城厢人口16.37万人。另沈汝生《中国都市之地理分布》（《地理学报》第4卷1937年），20世纪上半叶，由于近代工业化的影响，内陆城市衰落明显，1937年兰州人口减少为10.6万。

② 新华网甘肃频道2009-05-07《兰州的历史》。

的房子也买下来。

梦想很快就要实现，转机出现在 1946 年。这一年，马杰三终于打破了近 30 年的沉寂，决定进行第二次扩张。抗战胜利后的喜庆气象让兰州这座西北重镇重新焕发出活力，这时距兰州建市已经过去了 5 年，城市的人口迅速增长，商业贸易空前活跃。经过 30 年的苦心经营和品牌积累，马保子牛肉面已经成为城市名片之一。有民谣唱道："亚古子的包子，马保子的面，福保子的生净，八娃子的旦。"这四样被称为当时的兰州四绝，为上流社会所津津乐道，其中亚古子的河州包子被视为包子行当的翘楚，马保子的清汤牛肉面则独此一家，福保子名耿忠义，八娃子名史月卿，二人均为梨园名角。

这一次，马杰三选址南关回坊，这个诞生了马保子热锅子面、孕育出清汤牛肉面的老街坊。

在城墙以南清真寺以北的三条东西向的街道中，中街子离城墙最近，距清真寺不过三五百米。中街子西口的这座二层小楼是清真寺的房产，四间砖木结构的门面，原来是做什么的已无人记得。马杰三入驻后为之取了个雅致的店名，可这个为马保子牛肉面带来巨大声誉的名号，其后人已经不记得了。

于右任到底留下了什么

国民党元老于右任的到来成就了牛肉面历史上被广为传诵的

一段佳话，其真实性已经融入这个城市的历史记忆。文岩的《牛肉面的故事系列明信片》中有一张便是描绘这个故事的。画面的背景是气派雄伟的城门楼，一棵虬枝张扬的古树下是一间青砖绿瓦的中式铺面，绿底白字的旗幌上书“清汤牛肉面”，门口还挂一“清真”招牌。于右任老先生手拄红漆拐杖，白须飘飘，左手竖起大拇指，而头戴白帽的马杰三或者马保子手上搭着一条绿色毛巾，谦恭地站立一旁，一副悉听教诲的神情。牛肉面的香气如祥云飘然而去，使整个画面香气缭绕，好似整个城市都浸润其中。

关于这一段故事，兰州作家吴季康运用丰富的文学想象进行了一段颇具趣味的演绎，文章刊发在 2002 年第 6 期的《甘肃画报》上，题为《兰州牛肉面轶事》。这篇长文后来被作为关于牛肉面最具代表性的书写而广泛传播。作为文学的想象，文章在细节上恣意渲染，颇具镜头感，但关键性的事实并不符合历史的真实，首先，与于右任正面相逢的是马杰三，而非文中所写的马保子。其次，时间是在 1946 年，而不是文中所写的 1945 年。事实是，1946 年 6 月，监察院长于右任受国民政府委派，率代表团飞赴新疆，7 月 1 日出席新疆联合政府成立大会，并为委员们的宣誓典礼行使监誓权。随后，于右任在新疆进行了为期两个月的考察，于 9 月初回到南京。往返途中，这位国民党元老在兰州都有停留，并留下了许多墨宝。值得一提的是，在哈密至兰州、兰州至西安的飞机上，这位词学大家还分别填词《浪淘沙 · 相对亦悠然》《南乡子 · 上下白云飞》。这一历史事实见诸各类报道，“1946 年 6 月和 9 月，于右任往返新疆时，都曾在兰州下榻。特别是 9 月的一次，不仅给兰州的新闻记者讲过话，还游览了兰州市容，品尝了地方风味小吃，如马保子牛肉面、高三酱肉、高担酿皮子及兰州特产软儿梨。此外，他还搜购了地方士人的名书、名画、碑帖。”①

吴季康在《穆斯林老人的微笑》一节中，为于右任的出场设置了这样一个场景：秋日，黄沙弥漫着破敝的兰州城，黄叶飘飘中，一辆人力马车沿街飞奔，嘚嘚的马蹄在沙石路面上踏出串串火花。马车径直来到牛肉面馆前，这是一家低矮的铺面，美髯飘飘、儒雅俊逸的于右任在两位青年随从的陪同下，“驻足端详着眼前的这爿小店。小店很破敝，没招牌没店号，却食客盈门，吃饭的、等座的，挤得满满当当，没地儿坐的人端着碗蹲在路边，吃得满头大汗，津津有味。”这样的描写，更像是 20 世纪 90 年代的兰州街头景象，马保子和马杰三其实并未遇上过这样繁荣的牛肉面盛景。

接下来，于右任要亲眼见证这碗盛名之下的传奇美食和它的创制者了，作者所描写的情景代表了历史资料严重匮乏情况下，今人对马保子牛肉面馆当时情景的普遍想象——

“这家面馆每天只卖 20 斤面，卖完关门，卖不完也关门，错过时辰就吃不上了。”青年向老者介绍，“您的座位是三天前定下的。”

“真乃山不在高，水不在深。”老者捻须一笑，快步向小店走去。一进门，果然见壁上写有字迹：“过时不候”。靠右手的半爿店是厨房，只用一条长柜隔堵，厨师的操作看得一清二楚。立在汤锅边主勺的是位 70 多岁的老人，头戴回族小白帽，身穿白衫

---

① 杨重琦主编《百年甘肃》，敦煌文艺出版社，2001 年 11 月。

子，满面红光，精神矍铄。长柄红铜汤勺在他手里上下翻飞，汤呀肉呀调料呀唰唰唰连成一条线落在锅里，如同平沙落雁，波澜不惊。片刻工夫，几碗面一溜儿摆在柜上，他手里滴油不沾，身上纤尘不染，干练，麻利，圆熟。

前来吃饭的老者见此情景，浓眉皱起，如醉如痴地看了很久，竟不由伸出手臂模仿起来。“来了——三位——”小伙计高声喊着，举着一个托盘噔噔前来，在他们面前各放了一宫碗高汤。那汤香气扑鼻，汁色清亮，洒着几滴香油，漂着几朵翠茵茵的香菜。青年人说：“这是店家的规矩：来吃面先品汤。品了汤，觉着味道好就等面吃，觉得不好可起身走人。”这位尝惯了山珍海味从不轻易说好的老者用三指端起汤碗呷了一口，连连咂舌：“好，好，好汤！”相陪的青年人乐了，见小伙计躬身立旁候着，便对老者说：“这里的牛肉面型有毛细、二细、大宽、韭叶、荞麦楞等，不知您老喜欢哪种？”老者正忙着品汤，说了声随便，青年便告诉小伙计三碗毛细。

不久，三碗热气腾腾的牛肉面摆在了桌上，只见金边瓷碗中细面如丝，浸在清亮的牛肉汤中，如牡丹开花，其上辣子油红，香菜末绿，萝卜片白，色彩艳美，醇香扑鼻。细细品尝，面筋，肉烂，萝卜绵软，口感极佳，几口下肚，只觉胃暖胸宽，荡气回肠，浑身通泰，舒服极了。老者吃了一碗又一碗，意犹未尽，便想见掌勺的人。掌勺的人应请登上楼来，老者摘下茶镜起身让座：“我吃遍大江南北，从没尝到过如此鲜美的面！老先生，您的厨艺超绝啊！”

“多谢长官夸奖，其实我个人没啥能耐，全靠真主给的阿哥里（智慧），才有这碗面。真主不给我阿哥里，就没有这碗面。”

“说得好！说得好！”老者似有所悟，“兰州这地方埋没了你，你随我去重庆等大城市吧，定能红遍全国。”

“谢谢您的抬举，不过这面就在兰州吃着香，出了兰州城就变味了。”

“一方饮食养一方人，此话有理。”老者捋须微笑，“你拉面的技艺不凡，一团面在你手里千变万化，要宽不得细，要细不得宽，指力、腕力、臂力的运用出神入化，观你拉面，如张旭观公孙大娘舞剑、怀素观夏云奇峰，受益匪浅啊！”

“不敢，不敢。”老人有些惶恐，“一切的赞颂只属真主。”接着他用阿拉伯语念了一段《古兰经》文。

老者肃然起敬，站立起来。

这位老者，就是国民党元老、大书法家于右任，这位掌勺的老人便是牛肉面的创始人马保子。

这段描述堪称有趣，生硬的对话和别扭的细节很遗憾地泄露出今人对彼时彼景想象的无力，而真实的细节早已散失在粗糙而模糊的历史记忆中了。马保子和于右任若有正面相逢，合理的推测可能是，这位位高权重的国民政府大员并不像文中描述的这样轻车简从，牛肉面馆也不会像描述的那样顾客盈门，老态龙钟的马保子恐怕是被特意从家里招来专门接待大人物的，其时他已掌不动勺了，只有诚惶诚恐地侍立一旁，目不斜视，谨言慎行——这样的情景可能更符合今人朴素的想象。

喜欢用纸墨表达激动心情的于右任为这金城一绝书赠了墨

宝。有一种说法是，这幅墨宝只有四个字：回味无穷。另一种说法认为是一副对联，但命运多舛的马杰三去世后，再也没有人记得这副对联的内容了。马杰三的孙女马锦萍在一篇文章中提及，中街子店门两侧曾挂有陇上名人、教育家刘尔炘题写的竖匾“忆往昔贵客闻香下马；看今朝嘉宾知味停车。”如果于右任这位民国巨匠书写的是一副对联，那么这个位置就应该非于老先生莫属了。

坊间普遍认为，于右任与牛肉面的这段缘分极大地提升了牛肉面的声誉，甚至想象，随着于右任的东去，牛肉面的美名也传播到了其他城市。而真实的故事可能远没有这样丰满，于右任慕名而来，乘兴而去，未曾带走一缕香气，牛肉面还是那个地域色彩明显的市井小吃，它的拥趸依然局限在小小的兰州城里。南滩街目前尚在的最老的老人、书画家马西园说，小时候，他一年也吃不到一次牛肉面，在坊间人的意识中，那是有钱人吃的。自从中街子口的面馆开业以后，孩子们经常到店里玩耍，楼上楼下疯跑，见到马杰三，甜甜地叫一声“大大——”马杰三就会满脸笑容，从怀里掏出几个麻钱，给小孩子们一人一枚。

到中街子之后，马杰三渐渐阔气了。这时候，他接替父亲做了南关清真寺的乡老，相当于今天的寺管会成员，属于兼职的志愿服务者，这样的身份需要有闲时间、有热情、有影响力和关键时候能够提供经济支持的财力，马杰三已经具备了这些条件。

光芒照耀中街子

中街子是一条小街巷，远没有南滩街繁华。牛肉面馆毗邻孝友街（这时候已经改名为中正路了），也算是位于兰州城的南北中轴线上。抗战胜利以后的兰州，人口已经超过了20万[①]，中正路南关段已经很是繁华了，车水马龙，人头攒动，又加上南关回坊人口密集，使这一带有着浓郁的商业气氛。当时的绸布街、东西大街被称为兰州的商业区，而南关则被称为金融中心。

马杰三一开始并没预料到这个新店能够火起来。在他的心目中，这一碗面向城市中产阶级的牛肉面还是曲高和寡的品种，他已经做好了细水长流的思想准备，所以他给新招的伙计魏玉山表达了这样一个意思：这个店就由魏玉山负责料理，生意就当是两个人的合伙。

魏玉山也是南滩街人，其祖上是皋兰什川魏家，太爷时皈信伊斯兰教，定居南滩街。至魏玉山这一代，家境依然贫寒，一家人租住在一户富人家院子门道的几间南房里。兰州有民谚说："有钱盖北房，冬暖夏天凉"，而南房相对来说要便宜一些。魏玉山的父亲靠着做酿皮子的手艺赢得了广泛的名声，但他更大的名声是在于"干净"二字，其人之仪容整洁，据说在兰州回民十四坊都是有口碑的。但卖酿皮子也只是个小生意，即使有家里的其他成年男人不断地出去打零工，全家的收入也只能勉强糊口。魏玉山成年后在街口摆上了面食摊子，卖的是热锅子面。在马保子之

① 据1948年5月的《警察日报》报道，兰州市有16个大城镇，4.06万户，23万人。

后，热锅子面作为南滩街的代表性小吃，吸引了许多从业者，魏玉山的面似乎格外受人追捧，以至于这儿的人老年之后，还会有人不时提起南滩街口老魏爷的热锅子面。

马杰三很早就注意到了魏玉山的做面天赋。1946年，中街子口的牛肉面馆开张，魏玉山其时已30岁。马杰三对魏玉山说："舍尔巴尼（魏玉山的经名），我看你人干练稳当，面做得好，咱们一搭里做吧。"魏玉山欣然应允。跟马杰三学牛肉面不啻是一件荣耀，何况还有那么诱人的条件。

对魏玉山这个已经在面食行当混过多年的熟手来说，学做牛肉面的核心就是调汤，而调汤并没有多少秘密，无非是既定的调料、程序化的工艺加上天赋的手禀子，魏玉山很快便深得其要。最初的那段日子，马杰三的主要精力依然放在东城壕的主店，那边才是马保子牛肉面的立业根基。魏玉山每天清早第一个来到店里，捅旺前一天捂好的炉火，从缸里舀出前一天煮好的适量牛肉汤，兑上清水和调料水，坐在炉子上，就开始一天的活计了。当马杰三踱着轻松的步子，从南滩街来到店里的时候，清香的牛肉汤已经在锅里沸腾着。他拿起勺子，舀一口汤，盛在小碗里，细细地品尝一下，"嗯——对了。"又踱着轻松的步子到东城壕去了。

中街子牛肉面馆很快就火起来了，火爆的程度可能远远超过了马杰三的期望。南滩街老人海延武对此有着极为深刻的记忆，他的评价很是直接："在中街子，马杰三把钱赚下了。"

这时候，马杰三似乎才认识到"马保子牛肉面"的品牌价值，和它正在显山露水的含金量，他需要重新考虑跟魏玉山的关系了，此前"一搭里做"的口头协约显然过于草率。他小心翼翼地对魏玉山说："要不给你开成工资吧。"魏玉山也是通情达理之人，他当然知晓其中机理，没有异议。但这不仅仅是两个男人之间的事情，事实上已经涉及两个家庭的关系，马杰三为此背上了包袱，为了表达歉意，他给魏妻打了一个戒指、一对耳坠子、一对手镯，并求得魏妻的谅解，这个包袱才算卸下。

魏玉山并不是马杰三早期唯一的弟子。中街子的生意如火如荼之时，马杰三的主要精力自然转移到了中街子新店，东城壕的生意主要依赖于他的徒弟马园和吕登文，这二位是哪一年进入东城壕店的，已不可考，只知道他俩后半生几乎与牛肉面没有分开过。通过零星的资料，我们知道吕登文是永登汉民，流落到兰州打工，被马杰三收留。后来，他皈信伊斯兰教，成为南滩街的居民。1949 年，马杰三的长子马成祥高考失败，转身成为东城壕店的少掌柜，东城壕店进入了短暂的马成祥时代。

作为家里的长子，马成祥从少年时代就背负着家族沉甸甸的期望。父亲马杰三既没进过学堂，也没进过经堂（清真寺），虽被坊间夸赞头脑精明，但苦于一生不通文墨，只能像父亲马保子一样栖身社会下层，靠着起早贪黑的辛勤劳作养家糊口，所以他为两个儿子设计了两条充满梦想的未来道路。长子马成祥被设定的路线是上学—考大学—进入上流社会；次子马吉祥则是到清真寺学经—穿衣挂帐—当阿訇。对一个回民家庭来说，这种规划堪称完美，用因循千年的传统观念来说就是两世兼顾——传统的回民认为，经营今世和后世同样重要，今世的浮华与社会地位相关，但不能带到后世，而后世的美好却要求今世在宗教上清贫的坚守，当阿訇就是为后世积累资本——令马杰三沮丧的是，长子高考适逢 1949 年的社会剧变，多年的努力付诸东流，次子的念经生涯也随着时代的变迁无疾而终。

但一场盛大的婚礼让这个家庭扬眉吐气，婚礼是马杰三的手笔，南滩街人情绪昂扬。长子马成祥这年 19 岁，新娘是兰州本地的回民，在这个普遍采用花轿迎亲的年月，马杰三租借了一辆小轿车迎亲，这不仅在南关回坊是史无前例的，即使在兰州这座正在崛起的商业城市也并不多见，何况这是天翻地覆的 1949 年。当轿车拉着新娘走过南滩街狭小的街道时，马杰三的声望达到了空前的炙热。这是马保子牛肉面的胜利，它宣示着一碗牛肉面经过 30 多年的成长，已经积累出让人称羡的财富效应。

这样的财富效应持续发酵着，在前后的几年里，马保子的夫人马老太太管理的金钱不断膨胀，她不停地寻找着合适的投资项目。首当其冲的是兑现多年的梦想，把所租住院子的后院东西两排共六间房子买了下来，如此，这个院子就被完整地纳入马保子的名下。然后给长子马文德在西城墙根下买了一个院子，长期以来，这位不太合群的长子在外租房生活。值得一提的是，马文德的长子，也就是马保子的长孙马育祥天资聪颖，也遇上了合适的时机，他不负家族厚望，成功地考上了重庆大学，他也一度是堂弟马成祥的榜样，后来成为西北民族学院（今西北民族大学）的教授。

南关地区富商大贾们成功的生意成为最好的样板，这个家庭开启了它的多样化经营时代。马保子，这位牛肉面的一代宗师，虽然他筚路蓝缕，苦心孤诣，将牛肉与拉面的组合发展到饮食业前所未有的境界，但其内心深处并不认可牛肉面的财富价值。他选择的第一笔投资就是在西城墙外官驿（后省军区所在的位置）

办了一个煤场。这一片区域地广人稀，土地价格便宜。马杰三买了两辆胶皮轮马车，雇了一众伙计，从兰州以南 20 多公里的阿干镇往兰州运煤，在煤场里制成煤砖销售。煤场子的生意并没有带来期望中的收益，于是，马杰三果断转型，用两辆马车搞起了长途贩运，从青海往兰州运盐。这项生意还是雇人经营，不幸的是，他遇人不淑，最后一次，连人带车都不见了踪影。煤场子再次转型，这次马杰三选择了南滩街的传统生意——养牛。

南滩街的养牛户很受众人艳羡，劳动强度低，经济效益稳定。在投资官驿煤场子的同时，马杰三还投资了两圈奶牛，其中一圈在自家院子里，交由马杰三的次子马吉祥经营，另一圈交给了四子马文彬。

这些投资在马保子 1955 年去世前陆续完成。

在去世前，马保子完成了对家族产业的分配，其中最重要的是两个牛肉面馆的分配，中街子面馆自然非马杰三莫属，他是牛肉面生意的最大功臣，也是整个家族步入中产阶层的主要推手。东城壕店分给了他最器重的长孙马育祥，这位已经脱离普通劳动阶层的读书人很快就将这个经营了半个世纪的老店卖掉了。他同样卖掉的还有马保子遗嘱留给他的院子里的后院三间西房。

公私合营，牛肉面姓“兰州”

马保子去世前夕，他的视力已经非常不好。他对社会巨变的信息主要依赖耳朵获取，这些信息应该是很有限的，所以他可能并不过于关注儿子马杰三的焦虑。

这一年，中国所有的私营企业主都面临着身份和命运的巨大改变。马保子去世之后，这一巨变骤然来临。

1955年夏季，中国的农业合作化运动走向了高潮，兰州市在当年年底的一个月时间里组成初级农业合作社214个，入社农户14768户，占农户总数的93.8%，迅速实现了农业合作化。当年的7月31日，毛泽东主席在向省市自治区党委书记会议上作了《关于农业合作化问题》的报告，集中批判农业合作化是“小脚女人走路”，并在《中国农村的社会主义高潮》一书序言中认为：“中国的手工业和资本主义工商业的社会主义改造，也应该争取提早一些时候去完成，才能适应农业发展的需要。”11月16日至24日，中央政治局召开关于资本主义工商业社会主义改造问题会议，讨论并通过了《关于资本主义工商业社会主义改造问题的决议（草案）》，提出资本主义工商业按照全行业实行公私合营改造，在1956年和1957年争取达到90%左右。根据此次会议精神，兰州市委在12月5日召开了第116次常委会，做出了《对私营工商业改造的全面规划》，加强了对私营工商业全行业公私合营的领导。

1956年1月10日，北京率先宣布实行全行业公私合营，上海、天津、广州等大中城市纷纷跟进，相继宣布实行全行业公私合营。根据北京、天津的经验，兰州市批准采取了大张旗鼓的运动形式，并且组织大规模的报喜报贺和庆祝活动，市工商联组织召开工商界青年大会，并通过学校党组织向工商界子女做报告和座谈，动员1313个工商界子女写了26封信，启发其父接受改造，形成妻子动员丈夫、子女动员父亲的社会主义改造的强大“攻势”，私营工商业的六亲都成了宣传员。通过多种形式的宣传和推动，兰州全市私营工商业在短短5天时间内全部申请全行业公私合营，并于1956年1月19日达到全行业合营的高潮，在形式上迅速实现了工商业的全民所有制。①

马杰三是申请全行业公私合营的私营企业主之一。那一天的情形已经不可能复原，我们可以通过以下文字来体会马杰三的心情，这些文字来源于学者刘娟的一篇论文——

全国经过“土改”“五反”等运动的发动，使得资产阶级地位低下，名声不好。不少人及其家属累及“资本家”这一名号，欲去之而后快。

……

自“土改”运动之后，资产阶级担心他们的结局和地主一样，而当知道工人阶级是采取国家资本主义的办法来逐渐改造他们时，有些人才逐渐解除顾虑，放宽了心……一些中小户一般表现为主动申请合营，认为不合营将会吃垮赔尽，私营像清油灯，现在油干捻子尽，只有公私合营；有的认为合营一定要走，迟走不如早走。但也有部分中小户，认为合营后收入有限了，生活困难了，关心薪金待遇和工作安置问题……

---

① 刘娟《兰州资本主义工商业全行业公私合营高潮原因》，刊发于《山东工商学院学报》2011年8月第25卷第4期。

房子是租借的，退还给了南关清真寺。牛肉面馆所有的固定资产包括桌椅板凳全部上交。马杰三成了新成立的兰州市饮食服务公司的职工——在马杰三后人的记忆中，这个转变就是如此简单。记忆忽略了所有的细节和内心的纠结，简化为白驹过隙般的一瞬。

两圈奶牛的归宿也大致相同。此前，由于甘肃省军区选址西城墙外官驿所在的广大地盘，马杰三的土地被置换到了黄河北朝阳村的山上，这是每天早上第一缕阳光照耀的地方，坡陡人稀，上山的路崎岖难行，当时只有不多的几户人家，全是无法挤进城市的平民阶级。马杰三的牛圈也迁到了朝阳村的山坡上。在这次全行业公私合营的浪潮中，他的两圈奶牛和南滩街所有的奶牛一道被吆到伏龙坪山上，加入新成立的城关区奶牛合作社。后来，这个合作社变身城关区奶牛场，其基础就是被合作的南滩街养牛户。

新的经济制度不仅改变了人的身份和劳动关系，同时也深刻地影响了人的思想、行为、思维方式，甚至行走的姿势——从私营业主到新体制下的国营企业员工，高傲的头颅低了下来，挺拔的腰板佝偻了起来，脚步也细碎了许多。新生的资本权力机构极力表现它的人民性，在经营管理程序越来越复杂的同时，对被管理的物类进行了最大幅度的简化，经营的品种被最大幅度削减，那些代表旧时代生活品位和习惯的东西不知不觉间消失了——新的计划经济体系容纳不下太多丰富多彩的智力成果，比如甜醅子、灰豆子这类不能为劳动阶级提供足够热量的小吃品种迅速退出了大众的生活。

牛肉面的发展却走向了相反的道路，当其品牌、技术及文化价值归全民所有，则意味着它从中产阶级的奢侈消费品降落为劳动阶级的大众消费品。公私合营是一座里程碑，牛肉面脱去了“马保子”的标签，同时也意味着解除了推广的枷锁。

兰州市区两级的饮食服务公司均下设多个商店，每个商店都下设门市部（食堂）。为了体现这种新的经营实体的全民特性，很多食堂推出了牛肉面。“所有食堂应该都接受过马杰三的指导，因为都一个味儿。”一位经历过 20 世纪六七十年代供应制时代的老干部肯定地说。

马杰三被分配到了西固清真食堂，这是兰州市饮食服务公司下设的门市部，离兰州市区 20 公里，也就是说，马杰三每天上下班要坐 20 公里的公共交通工具。在那个交通并不发达，车行速度极度缓慢的时代，这种安排很可能是对他的阶级身份的一种惩罚。他的家就在朝阳村的山上，离最近的车站至少有半个小时的脚程，其间还要跨越黄河。

马杰三以何种方式指导了四处开设的牛肉面食堂的技术和工艺，坊间的传说莫衷一是。有人说最初的几年，马杰三到各个食堂搞培训，并提供了一套完整的配方和工艺，但他并没有因此而受到尊重，反而是唯唯诺诺，谨小慎微；有人说各个食堂派人到西固清真食堂学习，而马杰三也是诲人不倦，毫无保留地为新社会贡献自己的所有智慧和经验；也有人说，尽管许多食堂在做牛肉面，但质量和口味参差不齐，马杰三便经常被派到各个食堂指导把关，直到全市的牛肉面口味一致。

兰州文史专家柏敬堂老人在一篇短文中记述，“父亲带我到南关十字（中街子）吃了一碗地道的'马保子清汤牛肉面'，印象最深的是先上一小宫碗漂浮着芝麻油香菜的醇厚喷香牛肉汤，喝过后顿感鲜美无比。"但到了20世纪50年代后期，柏敬堂曾在桥门街和双城门多次吃过清汤牛肉面，"但其味比起马保子的'面'来说，就逊色多了。"①

在很多年里，人们对马保子牛肉面记忆犹新，没有人会真的认为当今各个食堂的牛肉面就是马保子牛肉面的延伸，或者继承。真正的牛肉面的技术和工艺可能复制，其味道不可能复制。西固清真食堂的牛肉面与其他食堂的在本质上有多大的区别，或者根本就没有区别，今日尚在的老兰州人似乎早已忘记了当时的味觉感受。但有一位记者曾收集到一张西固清真食堂的牛肉面配料表，其时间的下限在20世纪70年代，上面所罗列的配料在今天看来过于简单，但足以打开人们对马保子牛肉面的想象。

牛肉面的香味大面积飘浮在兰州的各个繁华区域，这个城市开始被牛肉面标识。不同的味觉体验凭借着几乎相同的传说和想象，汇合成一种共同的认识，"牛肉面"与"兰州"组成了一个不容易分割的词组。

普通大众可以随意享用似乎不足以构成牛肉面的精神穿透力，掌握话语权和决策权的阶层最具有标识潮流的影响力。在兰州市每年举行的"两会"（人代会和政协会）期间，为了让人大代表和政协委员品尝到正宗的马保子牛肉面，马杰三几乎无一例外地要被小轿车接到友谊宾馆，为这里供给的牛肉面调汤。对这位背负着"高成分"桎梏的劳动者来说，这是一种无上的光荣。

---

① 柏敬堂：《听马保子后人细说牛肉面》，2007年9月15日《兰州晚报》。

荣耀之光同时也照射到了他那些愁眉苦脸的孩子和妻子身上，而对那些行使着这个城市的最高权力的人来说，吃上一碗由特供食材造就的牛肉面，也是他们与这个城市的传统做的一次生动而深度的对话。

马尚文去了北京

1959 年 9 月，作为国庆十周年北京十大建筑之一的民族文化宫建成。这个博物馆有一个重要的宗旨，就是展示民族风格的饮食文化，兰州牛肉面作为回族饮食文化的代表入选。来自国家民委的文件下发到兰州市，要求派顶级的牛肉面技师进京。马杰三当然是不二人选，但最后被选派赴京的是马杰三的徒弟马尚文。关于人选的决策过程，南滩街流传的版本有两个：一是说马杰三以年事已高（其时他已年届花甲）为由坚辞不去，并推荐了他最得意的弟子马尚文；二是马杰三在公私合营之后，境遇欠佳，而其徒弟马尚文因为出身工人阶级，那几年风头正劲，每有大人物来访兰州，都是由他调汤掌勺，加之他当时只有 48 岁，便成为最佳人选。

马尚文生于 1911 年，老南滩街人，青年时期就在马保子牛肉面馆打工，勤快聪颖，本分忠厚，深受马保子喜爱，又受马杰三的耳提面命，深得牛肉面的要领，便在牛肉面馆里度过了平淡无奇的大半生。在马保子牛肉面的中街子时代，他是面馆的核心技师，1956 年公私合营之后，他被安排到兰州市饮食公司上班。据说，接到调令之后，马尚文也是犹豫不决。他和妻子结婚 13 年没有生育，后来受上天恩赐，连得三个子女，此时他们的三个孩子尚且年幼，最小的女儿马丽英才 5 岁。为了照顾孩子，妻子辞职在家，一家人的生活重担全压在他一个人身上。此去北京，对他来说真是勉为其难。

但组织的命令不可违，马尚文还是去了。

现在已经没有人记得他在民族文化宫工作的细节，但根据零星的资料，我们知道，当时的博物馆有专门的民族饮食展馆，兰州牛肉面占据了其中一席。马尚文的牛肉面接待过上至国家领导人，下至全国各地的劳模和各界精英，作为展示中国 56 个民族大团结的重要窗口，接待外宾也是其应有之义。

一年之后，1960 年，马尚文回到了兰州，这时他已半身瘫痪，不能言语。在北京，他得了脑出血，国家民委的工作人员安排他在北京做手术，但感觉时日无多的他执意回到家乡，把生命最后的日子留给亲人。一个多月后，离开了人世。

三年之后的夏天，9 岁的马丽英和母亲去了一趟北京，看了一下父亲工作过的地方。此番北京之行的结果是，马丽英的大哥被安排在甘肃省民委上班，当了一名司机；他们一家人的生活也受到了街道办的照顾，直到“文革”开始。

“广场牛肉面”是一个词组

1961年，马杰三从西固被调到兰州市饮食公司酒泉路商店下设的清真二部门市部。这个食堂位于南关十字，以炒菜为主，谁也不明白，为什么把一位牛肉面名匠安排到这样一个炒菜食堂。但是，马杰三的到来还是给这个食堂带来了一点小小的变化。因为食堂里面没有空间，就在门口支了一个小案板，添置了一些简单的厨具，让他做一点牛肉面，作为食堂经营内容的补充。

两年之后，马杰三被调到张掖路商店下设的清真一部，这里成了他工作时间最长的单位。因为地处中央广场，兰州人通常称这个门市部为广场食堂。因为马杰三的到来，这个食堂的牛肉面迅速蹿红，广场牛肉面成为兰州人在那个味觉寡淡的岁月里恒久的记忆。

老兰州人对这个门市部记忆犹新，在相当长的时期里，它是兰州市区的重要地标之一，与之一路之隔的省政府大门则往往为普通市民所忽略。这个广场中央有一个并不算大的花坛，四季常新的花木标示着它在市区的核心地位，其优越性显然来自北边的省政府大院——一座自明初肃王设府以来一直虎踞城市上位的深宅大院，它所面对的就是兰州古城的中轴线——门市部就位于广场西南角的半圈二层小楼之中，装修风格与周边的店铺别无二致，铺面有三间，中间是门，两边是两扇大窗户。从路边拾级而上，便可跨进店里，户外的光线在陈旧的墙壁上反射着温暖的寂寥，在一级台阶之上的后厨飘浮着散淡的热气，每天午后，一锅牛肉汤舀干售罄，下午便是烩面片时间。厅里摆放着 8 张或 10 张方桌，每桌配有 4 个方凳。

整个 1960 年代，卖牛肉面的门市部不止广场食堂一家，位于南关十字的清真二部虽然以炒菜为主，但马杰三撑起的那牛肉面案板在相当长的时期里保留了下来。另一家是位于永昌路南段后来被称为清雅居的门市部，马杰三的弟子马园在此主理牛肉面。后来马园调往白银区，这个食堂取消了牛肉面的经营。

随着马杰三的调入，广场牛肉面有了一个坊间昵称：马保子牛肉面。对于那些无缘在 1956 年以前亲尝过牛肉面的人来说，中央广场的这一爿小店似乎弥补了他们至为珍视的味觉上的遗憾。

据多个亲历者的说法，大概从这时起，广场食堂出现了排队吃饭的情景。比马杰三晚一年进入广场食堂的马学明说："兰州人都知道广场牛肉面是马杰三做着呢，排着队吃，队伍能从清早一直排到中午。"

人们对广场牛肉面的追捧可能缘于发自内心的真实体验。1962 年，随着中央高层"七千人大会"的浩荡春风，社会上曾经出现过短暂的对旧时代私营企业主的宽容，政策鼓励旨在解放生产力、提高人民物质生活水平的个人创业——受这股"单干风"的鼓舞，马杰三的长子马成祥和伙伴马子禄、马园还在大众巷自由市场做过 8 个月的牛肉面——马杰三头上的"高成分"帽子不再成为他融入集体的障碍，他的个人价值对这家国营食堂来说，便显得十分重要。他得到了重用，很快将广场牛肉面的品质与马保子牛肉面实现了完美的对接。

马杰三的个人形象成为牛肉面工匠形象的标杆。他常常是一身白衣，挺括整洁，纤尘不染，加上他身材魁梧，腰杆挺拔，往锅台边一站，就有一种不可比拟的逼人气质。他舀汤的技艺也为坊间津津乐道，动作简洁明快，干净利落，一勺子汤舀到碗里，恰到好处的冲击力能让面旋漂起来，萝卜片在边上，肉丁在中央，辣子、香菜在碗里各放异彩，令人赏心悦目。南关回坊人、原副市长马琦明在一篇文章中回忆这样的情景时饱含深情地说道："马杰三对一碗面如此地充满敬意，这是兰州牛肉面文化的内在精神之一。"

1963年夏天，柏敬堂遇见马杰三的时候，这位饱经风霜的牛肉面大师还是喜气洋洋的。柏敬堂说："我在同学家邂逅了马保子后人——时年60余岁的马杰三先生，言及当年面馆生意兴隆，顾客盈门，令同行们垂涎的一碗牛肉面红遍金城时，老人掩饰不住内心的喜悦。我称赞他精心勾兑的牛肉汤是'开胃汤'，用牛肉汤煨过的萝卜片有大补的功效。马杰三老人说：'我的清汤牛肉面要达到汤要清亮，肉要烂香，萝卜滋味长。'这就是他们父子两代人成功的秘诀。"①

最后岁月，黯淡且枯瘦

1964年，也就是马杰三进入广场牛肉面食堂的第二年，17岁的东关人马学明被招工到市饮食公司，被安排到中央广场门市

① 柏敬堂：《听马保子后人细说牛肉面》，2007年9月15日《兰州晚报》。

部。马学明对马杰三的第一印象是：干散，身姿挺拔，衣服上纤尘不染，舀汤的时候鞋子上还套着一个鞋套，为的是不让油汤溅到鞋子上。

舀汤是牛肉面食堂的核心岗位，这时候的马杰三还占据着这个位置。

这个门市部已经好多年没有进过新人了，职工都是四五十岁的中老年人，工作状态比较散漫，马学明的到来显得很及时，大量的工作自然就压在这个年轻人的身上。食堂主任罗永寿更是欢喜，对这个新来的员工说："你一个小孩子家，晚上回家干吗？就住在店里给咱们看家吧。"并在二楼堆放调料、食材和杂物的空间里为他安排了简单的床铺，这让正值精力旺盛、争强好胜的学徒工大喜过望，马学明的技艺也在繁重的工作中迅速精进。

此时的马杰三已经年过花甲，难免精力不济，他对这个勤快而又聪敏的年轻人甚是喜爱，从配料、滚料、煮肉、兑汤、炸辣椒到和面、揉面、拉面，各个环节悉心指导。那个年代没有拜师学艺之说，老面匠们都是新员工的师傅，马杰三对这个来自东关的回民弟子显然还多了一份父亲般的呵护。不久之后，炸辣椒、煮肉、兑汤这三个本来由马杰三主理的环节都由马学明独立承担了。每天早上，在师傅们上班前，马学明已经兑好了汤。马杰三从朝阳村步行到店里，用勺子舀一口汤尝一下，说明哪儿合适，哪儿不合适，还要怎么补救后，就把鞋套往脚上一套，开始掌勺舀汤。

在马杰三的悉心调教下，马学明成长很快。1965 年，兰州市饮食公司搞了一场技术大比武，八大公司各派代表演示技艺，牛肉面行业选派年轻的马学明作为代表，表演拉面技术。师傅们把面做好，专人带到剧院，由马学明登台表演——这样的表演在随后几十年的面食行业中不断上演，但对于牛肉面来说并没有实质性的意义，牛肉面的精髓在一锅汤，在味蕾上的精细体验，并不在于视觉上的华丽炫目——那也是一场没有竞争对手的比赛，中央广场牛肉面和马杰三两个意象叠加而成的是独一无二的符号。

1966 年，“文革”开始。马杰三被重新贴上了“资本家”的标签，马学明成了红卫兵。

马杰三被隔离。白天照常上班，只不过再也不能舀汤了，他的新工作是拾碗，把客人用过的碗拾到洗碗槽里。这项工作同时还有一个惯常的程序，就是把桌子抹干净；晚上要学习，地点在饮食公司下属的陕西削面馆，同时被关在这里的还有景杨楼的前老板王少山等一众“资本家”。

作为广场食堂唯一的红卫兵，马学明负责看管这个食堂唯一的“资本家”马杰三。第一天学习结束，马学明向他的上司说，由于他俩极不适应削面的气味，建议把马杰三带到广场食堂看管。“跑了怎么办？”马学明拍着胸膛保证：“跑了我负责！”就这样，马杰三很幸运地有了自己相对独立的空间，在食堂二楼的食料间，和马学明住在一起，夜间还可以偷偷礼拜。

每天晚上九十点钟，学习结束以后，在昏暗的灯光下，两个极其无聊的人各泡一杯粗茶，叙说家长里短，打发漫长的夜晚。这样的情景持续了两个多月，马杰三被解除了隔离，恢复了回家的自由。

在家人的记忆中，马杰三对学习班的事情闭口不提，谁也摸不清他的内心世界。这种情况大概持续了两个多月。马杰三的为人和早年积累的良好声誉解救了他，当权者认为这个曾经靠劳动致富的牛肉面大师与那些剥削压榨劳动人民的资本家有区别，他的阶级成分应该算是小业主。于是，他重获了自由，这样的案例在那个年代十分罕见。

作家吴季康在《兰州牛肉面轶事》中讲述了一段极富戏剧性的故事。故事说，马杰三在"文革"之初就被造反派揪出，陷入无休止的批斗、侮辱、折磨之中。1970年的一天，一位北京来的首长点名要吃地道的兰州清汤牛肉面，省上的造反派头头派人将马杰三从市饮食服务公司的牛棚里拎了出来。马杰三尽展浑身技艺，精心调制了一碗牛肉面，北京来的首长吃得酣畅淋漓，喜笑颜开，末了做出指示："这样的人要保护，让他的一技之长为无产阶级服务。"作者随后笔锋一转，描写了马杰三在寒冬的清晨穿过长长的街道，来到食堂，亲自备料、兑汤、做面。这一天马杰三上灶舀汤的消息不胫而走，听到消息的人不断前来，清早的食堂外排起了长长的队伍。截至这一天的中午，马杰三舀汤2500碗。

这个故事像极了我们司空见惯的电影和小说情节，但其虚构成分显而易见。马学明对这个故事只是淡然一笑，他说："'文革'开始之后，马杰三被关了几个月，出来后再也没有舀过汤。"60年代时，广场牛肉面一天的销量也就是5袋子面。牛肉面分大中小碗，分别是三两、二两、一两。

魏玉山的儿子魏德在青海民和下乡期间曾被父亲领到广场食堂享用了一顿正宗的清汤牛肉面。那是70年代初期，马杰三凄楚可怜的样子让他终生难忘。一个尕胡子老汉，低眉塌腰，身材因为佝偻而显得不那么高大，清瘦的身影忙前忙后地拾碗、抹桌子。见到父子二人进来，马杰三的眼里闪过一丝欣喜的光亮，与他那黯淡而呆滞的脸色形成鲜明的对比。他还称魏玉山为侄男，简单地寒暄后，用虚弱的语气说："票你开上，三两粮票，2 毛 1 分钱，你们父子俩坐着，我给你们端去。"看着马杰三缓缓地移向窗口的身影，魏玉山对儿子慨叹道："这可是兰州出类拔萃的匠人，不让上案子，连个汤都不让舀。"

这时候的兰州人在广场食堂享用着"正宗的马保子清汤牛肉面"的时候，浑不知，他们品尝的只是一个有点荒谬的传说。

魏德这一次见到的马杰三已经临近人生的终点。他的身子那么虚弱，以至于魏德多年以后想起来还那么心疼。

在马杰三恢复自由之后的几年，食堂的气氛特别沉闷，每个人只是默默地劳作，相互间很少说话，彼此也不关心，只是按时按点上下班，拾碗工马杰三的那双鞋套再也没有人见过。

1974 年的一天，正在上班的马杰三突发高烧，同事们怀疑是感冒，把他送到医院，当日就去世了。南关清真寺早在"文革"之初就已经关闭了，回坊上没有公开活动的阿訇，马杰三的殡礼在家里悄悄地举行，送葬的只有不多的几个亲朋好友。

第三章　从野蛮生长到江湖时代

那些大车司机们

这些人来自兰州市区的各个运输公司，他们都有两样共同的标志性的服饰，一是套在身上的劳动布工装，这种结实、耐脏的蓝色布料被裁剪成完全一致的样式，从外表上完全看不出裹在其中的人的身份贵贱；二是白线手套，有的可能刚刚戴上，还洁白如新，有的已经污迹斑斑，甚至破了口子，露出里面老茧累累的手掌。他们有一个共同的身份，就是大车司机，专门跑长途运输的卡车驾驶员。

全是清一色的解放牌四吨卡车。早上天还未亮，城市主干道上街灯昏黄，洪门子雷坛河边的出城马路上一片漆黑，只有新桥小二楼的铺子里灯火通明，多余的光线透过窗户和敞开的门洞倾泻在马路上。这些司机是小二楼最早的客人，他们把每天清晨短暂的繁荣带给了小二楼牛肉面食堂。

雷坛河边的洪门子是兰州市区通往南部阿干镇的咽喉要道，它的东边是繁华的城关区，西边则经由小西湖和西固通向陇南、河湟地区。显然，大车司机们把这里视作出城前的最后一个据点。更为重要的是，这里有一个小二楼牛肉面食堂，在早晨或清凉或寒冷的空气中，可以为大车司机们补充长途奔波所需要的能量，和孤寂的苦旅中不可或缺的乡情。

在 1970 年代后期，这种新的风气渐渐形成，大车司机们因此被兰州人称为“油嘴子”，意思是嘴巴总是油乎乎的。在那个普遍缺乏油水的年代，这是一个敢于吃也能吃的群体。这些人的劳动补助要高于不出远门的劳动者，他们都有结实的身板和旺盛的食欲，对生活有着更为豁达的认识，消费观念也更加务实。“人生在世，吃穿二字”，穿的欲望被清一色的工装所束缚，而对于吃的想象，无法超越一碗牛肉面。的确，在那个物资极度匮乏的时代，政府的供应最先满足的是食堂的食材需要，小麦粉，牛肉，食用油，调料，普通人家只有到食堂才能见识齐全。其实，这也并非随时可以满足的愿望，和食堂一样，面粉也是分等级的，优等粉供应高等级的食堂，比如京味食堂（清雅居）、张掖路食堂（伊清斋）、广场食堂，其他食堂只能供应 90 粉，一种因掺杂了过多的麦麸而呈现出“黑哇哇”的色相的面粉。优等粉因为其面质细腻、口感筋道、色相洁白而成为尊贵身份的代名词，富于幽默感的兰州人因此把有钱有地位的人戏称为“优等粉”，这种说法在 20 世纪 90 年代还颇为流行。

“油嘴子”们在普通人艳羡的目光中大快朵颐的基本都是 90 粉拉出的牛肉面，面质粗糙，经常断根，吃到嘴里扎嗓子，技艺精湛的面匠有时也显得狼狈不堪，无可奈何。但国营食堂的一碗面量大，大碗三两粮票 1 毛 8 分钱，小碗二两粮票 1 毛 5 分钱，一节面盛在大黑碗里，看起来都是满满一碗，对普通劳动者是不小的诱惑。这缘于政府的严格控制。粮食是统购物资，按计划售卖，对面匠来说，在没有称量的情况下，要做到精确下面，是一种必需的功夫。面下小了，到月底一核算，面粉多出来了，就是克扣工农兵的口粮，一项不小的罪名；面下大了，月底一核算，面粉少了，就会遭到严肃的质问：国家的粮食你弄到哪儿去了？两种罪名都会受到一种典型的惩罚——进学习班。

人的肚子里没油水，一大黑碗的牛肉面不足以果腹，顾客通常都会自带一个馍馍，一般都是玉米面卷的卷卷子——谁家也没有白面，玉米面也是定量供应，凭粮票购买——面吃完了，再加舀一碗汤，就着馍馍吃下去，打着饱嗝，嘴一抹，兰州人称这种感觉叫“满福”。

能享受这种“满福”的除了大车司机，就是政府工作人员，这一类人除了收入相对较高外，还有着对于精致生活的强烈追求，和对身份优越感的刻意昭示。这种精神追求与一碗牛肉面所代表的尊贵感实现了完美的对接。但大车司机无疑是最为引人注目的一个群体，他们使普通劳动者与一碗牛肉面的距离得以大幅度地拉近，以至于许多年以后，一些观察者认为，牛肉面的迅速流行，与大车司机恣肆畅意的生活态度密不可分。[①]

新桥小二楼牛肉面因此让一部分兰州人印象深刻，它的主任高野山的名字也被业界记住了。

在伟大的1978年到来之前，兰州的食堂屈指可数，它们分属于市区两级饮食服务公司，其中市级公司是国营企业，所属职工也是国营身份；区级公司则是集体企业，在所有权性质上要矮国营企业一级，所属职工也是集体身份，他们所享受的职工权益和福利并不执行国家标准，完全由那个叫“集体”的组织说了算。所以，当时的普通市民对各个食堂的所有制性质十分敏感。

据说，那个时代经营牛肉面的食堂已经增加到12个，其中属于兰州市饮食公司的分别位于西固城、西站、中央广场、盘旋路、广场东口、平凉路汽车东站、火车站三八饭店；属于区饮食公司的分别位于小西湖陆军总院、小沟头、广武门、庙滩子、武都路口。

在后马杰三时代，这些食堂的牛肉面师傅被视为业界的精英，广为普通市民所知，在一个即将开启的经济大繁荣的时代，他们对牛肉面的传承和发展起到了承上启下的作用。中央广场食堂因为马杰三留下的光环，最为人所称道，其门市部主任周福元，人称“周大个”，被视为牛肉面的顶尖好手，下得一手好面，在1980年代的全国牛肉面技艺大赛中，曾经代表兰州夺得头奖；他手下有个叫苏云龙的师傅，“身材颀长，相貌堂堂，他和面下面技术高超，一袋50斤的面粉，他从和面到揉好面仅用18分钟，

---

① 坚持这一观点的是今天鸿宾楼的经理张自强，其父张少玉曾任清雅居的主任。张自强1981年进入清雅居，是兰州牛肉面发展史的亲历者。在采访中，其他一些牛肉面人也同意这一说法。

一分钟能下 7 碗面，不仅面下得好，而且姿势漂亮，很有范儿。边吃面边看他拉面下面，是一种难得的艺术享受，会让你获得从未体会过的满足。”[①] 曾受过马杰三耳提面命的马学明，是中央广场食堂冉冉上升的新秀，30 年之后被政府树为牛肉面的第三代传人；在马杰三去世后进入广场食堂的马文斌，后来被树为牛肉面的第四代传人；小沟头食堂属于城关区饮食公司，是一家集体企业，马杰三的弟子吕登文在此下面，使之拥有良好的口碑；西口食堂的马子义，小西湖食堂的马文焕，广武门食堂的马林，庙滩子食堂的马明，新桥小二楼的高野山，哪怕过了 40 多年，他们的名字同样还深深地印在老人们的记忆中。

一个被捆缚的时代的结束，似乎也解放了人们的胃口。1970 年代末期，由于大车司机们的带动，加之暗潮涌动的小商品经济的出现，刺激了人们对美好生活的期望，兰州人对牛肉面的热情突然大增，永昌路的京味食堂（后改名为清雅居）和张掖路的清真一部（后改名为伊清斋）也开始经营牛肉面了，其中的穆寿山、张少玉、马光华、马忠义及马寿、刘耀天、陕兴发、周亚古等师傅也成为兰州人熟知的业界好手。

自由市场与涌动的激情

1979 年 8 月，马玉良初中毕业后的第一份工作就是拉牛肉

① 马琦明：《兰州牛肉面文化的传承与发展》，2017 年。

面，在华林坪街道下属的磨沟沿食堂。这家食堂离新桥的小二楼牛肉面食堂并不远，不同的是，这家街道办食堂只是一顶简易的帐篷。

其时，在华林坪街道下辖的地区，已经有 8 家街道办开办的牛肉面食堂在运营。马玉良记得其中的 6 家，位于磨沟沿边上的叫磨沟沿牛肉面，位于文化宫口子上的叫春常青牛肉面，位于太平沟对面的叫华林路牛肉面，另外还有分别位于华林坪邮电学校旁、烈士陵园旁、八里窑的三家。这些食堂都是华林坪街道下设的一个叫三产办的机构开办的，这个机构大概成立于 1976 年。也就是在这一年，华林坪街道办开始大范围布局牛肉面食堂，可谓开兰州风气之先。

这 8 家食堂的开办具有划时代的意义，意味着由市区两级饮食服务公司垄断的牛肉面产业解除了捆绑，华林坪街道的居民可以在家门口吃到牛肉面了，也预示着一个新的时代即将到来。

大约在华林坪街道开办 8 家牛肉面食堂的第三年（1978 年底），随着大批知青返城，位于西站黄金地段的甘肃送变电公司食堂进行了一项重大的改革。公司安置 20 多位返城青年进食堂，委派回族职工马积武担任主管，改为清真食堂，主营牛肉面，对外营业。马积武不是严格意义上的牛肉面师傅，食堂便返聘兰州饭店一名退休牛肉面师傅主持料理。这位师傅来头不小，其手艺自然非同寻常。对于远离主城区的西站人来说，这是一个不可谓不大的福分。马积武与时任青海省食品公司的经理交情颇深，凭着资源交换的原则，青海人通过马积武可以拿到黄河啤酒厂的供货指标，马积武可以拿到来自青海的平价牛肉。供电局有一个巨大的冷库，整卡车拉来的牛肉在其中得到了很好的储藏。在那个凭票供应的时代，所有的牛肉面食堂都面临着牛肉不足的困境，马积武的资源优势很快转化为食堂的影响力，肉多则汤好，顾客趋之若鹜。尽管食堂支起了两口大锅，两个人同时下面，但长长的队伍还是能从早上一直排到中午，一天的售卖量达到15袋面粉加300斤牛肉，其盛况让市区两级饮食服务公司下属食堂相形见绌。①

也是在这一年，作为改革开放的先声，兰州市的自由市场悄然开放，政府对此表现出前所未有的宽容。首先在小西湖的河滩上，几个勇敢的人摆起了摊子，很快地，更多的人加入了这一行列。在大多数兰州人还沉睡未觉之时，一个小型的自由市场形成了，鸡鸭肉蛋的交易开启了人们对新时代的向往。有人挑担，有人摆摊，有人搭起了帐篷，从凉皮到凉面，从甜醅到醪糟，那些简单而低档的饮食激活了人们的味蕾，第一个私营的牛肉面摊子也应运而生。这个摊子的主人是柏树巷人马明真。今天，我们已经无法还原当时的情景，只知道马明真的牛肉面摊子维持的时间并不长，只有极少数的健在者还能依稀记得当年昙花一现的奇景。

几乎同一时期，在磨沟沿牛肉面的带动下，排洪沟以西的一片靠近河滩的平民区，也兴起了一个自由市场，其中有一个卖卤面的叫吴继祖的让人印象深刻，而牛肉面就磨沟沿食堂一家。

---

① 送变电食堂虽然在西站地区一家独大，但还是在1984年关门停业。究其原因，马积武认为是那些返城青年偷肉成风，防不胜防，导致食堂效益低下，失去了继续开办的意义。

后来，磨沟沿排洪沟的一场洪水引起了政府的不安，将这个自发形成的市场和小西湖市场一道整合搬迁到北园地区。这是一片位于雷坛河排洪沟以东、黄河以南的河滩，磨沟沿牛肉面馆也随之搬迁到此地。但这个市场也没有存在多长时间就被遣散了，磨沟沿牛肉面又搬回了排洪沟以西。①

就在这些自由市场尴尬生长的时期，1978 年 12 月，中国共产党第十一届三中全会召开，改革开放的大幕豁然拉开。城市的中下阶层就像春江里的鸭子，他们的反应如此敏锐、迅速，仿佛是一夜之间，新的自由市场悄然兴起，个体户像雨后春笋般纷纷冒出。一位网友在天涯论坛发表的帖子说：“我 1978 年去上学前，牛肉面还是大碗三两粮票 2 毛 5 分钱一碗，1979 年过年回来，在西站自由市场就是 4 毛钱不要粮票了。”由此可见，1979 年的春节，西站的自由市场已经形成，不要粮票的所谓“议价”牛肉面满足着普通市民的口腹之欲。

1979 年 3 月，中共兰州市第六次代表大会提出了“动员起来，把全市工作重点迅速转移到社会主义现代化建设上来”的号召。1979 年 3 月，国家工商行政管理局向国务院报告提出了可以根据当地市场的需要，批准一些有正式户口的闲散劳动力从事修理、服务和手工业的个体劳动，但不准雇工。1979 年 4 月，国务院批转了这个报告，从而为我国个体工商业的恢复开了个口子。

这一年，兰州涌现出了多少家个体户，尚没有查到确凿的资

① 在后来盛行承包经营的时期，马玉良和妻子承包了这家牛肉面馆，在磨沟沿拆迁之时，面馆曾一度迁往他处，后来又回迁原址。在集体企业改制之时，他们接手了面馆，经营至今，成为七里河区硕果仅存的老字号牛肉面。

料。但有资料显示，1979 年，甘肃省的个体商业有 3000 多户，而到了 1980 年，则增至 1.3 万户，这一数据可能远远不能说明欣欣向荣的现实，但至少可以让我们想象兰州这个省会城市个体经济的蓬勃之势。

个体经营者的出现也满足了新鲜牛肉的供应，刺激着人们的肉食之欲，牛肉面的需求也应声而增。各区级饮食公司开始抢滩牛肉面市场，城关区饮食公司的桥南牛肉面食堂就是在当年 4 月开办的，这是在兰州市第六次党代会仅仅一个月之后。

小西湖有个马兰餐馆

几乎在北园自由市场解散的同时，一个以餐饮业为主的自由市场在西湖公园以西的街边悄然兴起。

小西湖是从 20 世纪四五十年代开始兴起的回族聚居区，因为其南临河湟重镇河州，当地的回族以临夏、广河、东乡人为主，少蔬多肉的饮食习惯使这一带的空气中总是弥漫着轻淡的羊肉香味。1979 年，改革开放的讯息几乎在一夜之间唤醒了这个民族风情文化圈，接下来的短短几年间，善于经商、长于烹饪的河湟人在这里迅速形成了一个河湟美食圈，与南关、新华巷、金城关这样的老回坊不同的是，河湟特色的油炸食品和多姿多彩的羊肉做法具有更为浓郁的民族风味，给刚刚解决温饱的兰州人一种陌生而新鲜的喜悦。从小西湖十字到南滨河路短短 200 多米的地段上，最多时开有十几家饭馆，从包子、面片、卤面到黄焖羊肉，家常饮食应有尽有，其中一家叫“唐汪”的小餐馆首次推出“手抓羊肉”，打破了兰州本地人对羊肉的刻板印象。据说，又是大车司机——那些嗅觉灵敏味觉发达的“油嘴子”们——让这种出自东乡穷山僻壤的羊肉吃法一夜成名，不几天就征服了兰州有钱人的胃口。

1979年下半年，一家名为“马兰餐馆”的小吃店在毗邻“唐汪手抓”的位置上悄然开张，店主是小西湖居民马建中、马兰夫妇。但这家饭馆一开始是以面片闻名，牛肉面这时候还没有攻取小西湖人的胃口。马兰牛肉面的声名直到几年以后才叫响金城。

个体户马子禄

马子禄是1980年全省1.3万户个体经营者之一，也可能是兰州历史上最为执着的牛肉面人之一，屡败屡战，直到战出了一个家喻户晓的品牌。屡败，可能因为他是一个游离于体制外的个体，长期受到体制的挤压，对体制有着一种固执的崇拜；屡战，可能缘于一种骨子里的牛肉面情结。

关于马子禄的人生经历，即使最熟悉他的人也不能说出一二。作家吴季康在一篇文章中写道：“20世纪30年代，马子禄的父亲早早地离开了人世。才13岁的他便挑起了家里的重担，开始学作清真菜和牛肉面的手艺。20多岁时他有了自己的餐馆，到50年代时，餐馆又被改造掉了，他被安排到一家清真食堂当主任。

1962年，蒙受冤假错案平反后，他被分派到街道运输队拉架子车。从此远离了牛肉面，开始了一段痛苦的人生旅程。十一届三中全会后，马子禄回到饮食公司的盘旋路清真食堂当主任。不久，他辞去主任职务，承包了一间简易亭重新开始经营牛肉面。”①

这段文字比较含糊，具体时间也并非准确。事实上，马子禄也算是马杰三的弟子。在公私合营前，这位后来的牛肉面大师曾在马杰三的店里打过工。这段时间可能并不长，在南关，只有少数人还记得这事儿。但这并不妨碍他和马杰三的长子马成祥、马杰三的弟子马园成为好友，因为意气相投，三人常常形影不离，十分招摇，给当时的南关人留下的印象很是深刻。公私合营之后，马子禄也不例外地被安排进了兰州市饮食公司上班。即使在那些按部就班的日子里，这南关“三兄弟”还是引人注目。因为并不安分，所以就有了1962年短暂的自由市场开放期间，“三兄弟”卖牛肉面的故事。在大众巷，三人支了个帐篷，打的是“马保子牛肉面”的招牌。但是没卖多久，马成祥的叔伯兄弟们不干了，他们认为把已故亡人的名字挂在帐子上是不敬。按照当时兰州回民的观念，这种说法完全有理，三人不得不撤下牌子，换成“老马家牛肉面”。这个帐子只存在了8个月。后来，人们记得，马成祥和马园回到原公司上班，马子禄拉着架子车给饮食公司各个门市部送煤。

1980年，自由市场开放之初，众多的个体户自立帐篷之时，马子禄选择了向体制借力，承包了兰州港附近一家以街道办名义开办的蔬菜服务社，开始他第二次的牛肉面创业。这次创业可能

---

①《甘肃画报》2020年第6期，吴季康《牛肉面轶事》。

极其短暂，也并不成功，只在很少人的记忆中留下稀薄的印象。后来，他又承包过兰州市饮食公司的临夏路食堂，还是以失败告终。1980 年代中期，马子禄又承包了饮食公司的南关食堂。这家食堂位于兰州卷烟厂旁边，门面五间，进深很浅，但食客如云。这儿也成了马子禄的翻身之地，让人印象深刻的是这家食堂的字号“涌泉”。

在上文提到的同一篇文章中，作家吴季康有一段记述与坊间的记忆比较吻合 :“马子禄每天 5 时起床，早早来到店里亲自配调料、兑肉汤，这活儿里有商业秘密，他从不让人代劳。汤兑好后他就往旁边一坐，静静地瞅着一碗碗面端给顾客，一直坐到歇业。”① 这篇文章没有叙述身边人记忆中更生动的细节：马子禄通常是从他纤尘不染的白大褂的两个口袋里，从容不迫地掏出几包早已配好的调料，一包包下到滚沸的锅里，用勺子轻轻搅动，直到调料完全融进汤里，一锅汤变成了他喜爱的颜色，然后就坐在一把太师椅上，静静地看着伙计们忙前忙后，直到最后一勺汤舀出。

张云上了《人民日报》

1980 年，兰州最有名的牛肉面人非张云莫属。他是在十分尴尬的情况下接手城关区饮食公司桥南食堂的。

在此之前，张云因为不得志而赋闲在家。更早的时期，他是

①《甘肃画报》2020 年第 6 期，吴季康《牛肉面轶事》。

区饮食公司新桥牛肉面食堂的一名师傅，主任高野山的手下，在业界名气很是响亮。此二人与广武门食堂的马林、西口食堂的马子义并称为城关区饮食公司的“四大金刚”。

1980年，个体的牛肉面经营者刚刚涌现，兰州人对牛肉面的热情也刚刚被唤醒，区饮食公司的桥南食堂在开业一年多以后却面临着关门。这是个在改革开放的号角声中应声开办的食堂。人还是区饮食公司的老员工，但经营不善使之一度面临困境，甚至“四大金刚”之一的马林前去管理，也难遏颓势。

当时最著名的个体经营者马子禄看到了时机，便向区商业局提出承包桥南食堂的意愿，却在员工的去留问题上未能达成一致而放弃。时任区商业局一位姓回的局长找到张云，动员他接手桥南食堂。正赋闲在家的张云似乎比其他人有更多的时间接收新闻，他敏锐地意识到，这个已经到来的新时代正向他张开热情的怀抱，便欣然答应。

1980年9月，张云成为兰州承包集体食堂的第一人。

和那个时代大多数回民一样，张云没上过学，但天资聪颖，牛肉面行业的丰富阅历和良好的业界声誉成为他极为有利的资本。他的儿子张建华和张建忠又是个勤劳朴实的小伙了，父子搭档很快见到了成效。张云成竹在胸，底气十足，接手伊始，就对当时流行的牛肉面做法——一种基于“文革”后期物资匮乏、人们的口味粗糙而进行过调适的做法——进行了改革：首先适当加大了调料的用量，草果、桂皮、浆果、花椒，加上少量的黑胡椒（黑胡椒价格较高，一般的牛肉面馆用不起），此举在那个口味寡淡的时代引起了普遍的味觉兴奋。其次，酱油不再兑到汤里，而是单调，改变了汤的颜色，恢复了清汤牛肉面的本色。同时为提升汤的色相，又在调料中加入适量的桂子粉。最彻底的改革便是他总结出的“三油三汤”，油为酱油、香油、辣子油，汤为羊肝子汤、鸡汤、牛肉汤。其中，鸡汤的引入在当时的牛肉面行业引来了不小的争议，一些老师傅们对肉汤锅里沸腾着的一只鸡的画面表示出了极大的不屑：“这还是牛肉面吗？”但张云的这只鸡后来还是被不少人继承了下来，伴随着争议，一直到现在。

这些在后来牛肉面疯狂扩张的时代看起来微不足道的革新，对于刚刚摆脱体制束缚的牛肉面人来说，显示出了不小的魄力。张云此举有效地提高了传统牛肉面的品质，桥南牛肉面在市区两级食堂一统天下的行业中异军突起。

张云的改革可以视作马杰三之后牛肉面工艺的一次重要革新，无形中激发了人们对牛肉面工艺的想象。桥南食堂迅速扭转了衰相，继而成为当时兰州最受欢迎的牛肉面。

1981 年 6 月 20 日，《人民日报》头版转发了一篇《甘肃日报》的报道——

经常赔钱的兰州桥南牛肉面馆赚了钱

承包经营　一包就灵

国家、集体、个人三得利，又方便了群众

本报讯　据《甘肃日报》报道：“承包经营，一试就灵”。这是兰州市城关区饮食公司长期亏损的桥南清真牛肉面馆，去年 9 月包给职工张云经营后的切身体会。

设在兰州市黄河新大桥南边滨河路上的桥南清真牛肉面馆，自 1979 年 4 月开业以来，经营效果差，经常赔钱，公司曾考虑将它关门停业。后在农村实行联产计酬责任制的启发下，去年 9 月份将这个面馆交给老职工张云承包经营。面馆被承包后，由张云负责经营，原来的其他七名职工，公司调出安排工作，另外在这里安排了七名待业青年（内有张云的三个子女），他的工资按国家规定发放，待业青年实行机动工资加奖金，按盈利多少和每个人的表现计奖。

由于承包将经营效果同每个职工的利益紧密联系了起来，从而充分调动了大家的积极性。职工想办法提高饮食质量，他们将清汤牛肉面改成了“三汤牛肉面”（牛肉汤、羊肉汤、鸡汤），使汤味十分鲜美，同时增售卤鸡；又在调料中加了“三油”（纯辣子油、香油、高级酱油），保持了牛肉面的传统风味。在经营中，他们实行薄利多销，并且延长营业时间，方便群众。

自承包经营以来，这家牛肉面馆吸引了大批的顾客，每天黎明就车辆成行，顾客满座。面馆月月都有盈利，月平均营业额 7000 多元，比原来增长了两倍多。8 个月来，除按月上交公司 124 元外，面馆已积累留成 2500 多元，今年 1 至 5 月职工共分得奖金 1318 元，每人每月平均 20 多元。

这篇文章转自《甘肃日报》1981 年 6 月 13 日头版头条，原报道不但配发了张云在面馆劳作的照片，还为此配发了一篇题为《承包经营好》的评论员文章。如此高规格的宣传力度，意味着张云和他所代表的新型经济模式对于改革开放初期的中国，具有非同寻常的示范意义。

在这篇报道发表之后的三年时间里，桥南牛肉面的发展日新月异，营业收入也节节攀高，职工的奖金最高时达到了每月 60 元之多。

为什么提到苍鹰你会笑

张云刚刚承包桥南食堂的时候，苍鹰牛肉面的创始人马福祥还在街上挑着担担卖凉面。一年之后，担担客马福祥在草场街十字东南角的一排平房门前支起了一顶帐篷做牛肉面。张云与马福祥最重要的一次交往，是受邀前去给这家新开张的牛肉面馆尝汤。

尝汤，是当时牛肉面人之间普遍的一种互助形式。牛肉面的核心是汤，一锅清汤的好坏决定着一碗面的成败，即使你拿到了统一的配方，执行了标准化的工艺，但不同的手艺调出的汤却大相径庭，甚至调汤师的心情和精神状态直接影响着汤的好坏。于是，尝汤便成了老师傅对新人传帮带的重要形式。舀一勺汤，盛在小碗里，细细一尝，就知道你哪个料多了，哪个料少了，哪个环节不到位了，再轻加指点，甚至一而再再而三，才可能教出一个合格的调汤师。1956 年公私合营之后，政府开设了大量的牛肉面食堂，尝汤便成了马杰三在一段时期里的重要工作。在马杰三之后，这一工作基本都由国营或集体食堂的老师傅承担。

马福祥和马杰三在朝阳村做过邻居，两家相距不到 100 米，星罗棋布的平房加上舒缓的生活节奏，使邻里之间保持着亲密的关系。因与马杰三的小儿子同名，他被朝阳村人称为小马福祥，后者被称为大马福祥。两个马福祥关系很好，小马福祥和马杰三的次子、大马福祥的二哥马吉祥关系尤其亲密。大马福祥在皋兰供销社上班时，马吉祥经常开着货车往皋兰送货，小马福祥偶尔坐他的车兜风。一路上，马吉祥给这位邻居小伙伴讲马保子和马杰三的故事。多年以后，小马福祥越来越真切地体会到，那些故事对他的牛肉面生涯影响至深。

第一次目睹拉面人潇洒的身姿和牛肉面入锅时的炫丽景象，是在他 13 岁时。有一位亲戚结婚，筵席设在白塔山旁的谢家巷，下面的是后来誉满金城的半坡谢爷。谢爷身材高大，腰板直挺，长须飘飘，一身白衣，干净挺括，拉面的姿势干散利落，令人着迷。一节面在他手里像舞蹈一样曼妙舒展，几经变幻，成为无数根晶莹的细丝，手臂轻轻一扬，一团细丝划出一道优美的弧线落入锅中，旋转，翻腾，仿佛被沸水赋予了神奇的能量，有了一种令人惊心的生命力。这一天，马福祥有了一个与学校教育完全不合辙的理想：做一个牛肉面人。

本家马学明是中央广场食堂的牛肉面师傅，后来的第三代兰州牛肉面传承人。刚刚上初中的马福祥在课余时间常跑到广场食堂，缠着马学明学习牛肉面技艺。因为食堂并不招学徒工，学习的过程类似游戏，但这并不影响这个少年的热情，学习持续了两三个月，他已经基本掌握了牛肉面的各种技艺。感觉最难的是熬蓬灰。从市场上买来的蓬灰纯度不一，质量参差不齐，熬制的时候完全凭感觉，火小了就牙了，火大了会粘锅。

马福祥的牛肉面生涯从卖凉面开始。第一次出道是在 1978 年五一劳动节，当时，自由市场已经悄悄开放。母亲去世，父亲还在上班，马福祥和弟弟马福明初中毕业后一直赋闲在家，新时代的商业气息刺激着兄弟二人不安分的心灵。于是，在这个被特意选定的日子，二人决定加入第一拨“早起的鸟儿”——卖凉面。凉面不需要太大的投资和场地，前一天晚上在家里把面下好，第二天拉个架子车，从朝阳村下山，经黄河铁桥到五泉山。让他们略感意外的是，一个上午的时间，一袋子面就卖完了。从此，一发而不可收，西关十字、南关十字等繁华街区都留下了他们的身影。

半年之后，受姑夫的提携，马福祥到位于南关中街子的一家区属食堂打工，在这里他遇到了马杰三的弟子吕登文。吕登文很欣赏这位对牛肉面有超强悟性的年轻人，对他悉心调教，不久之后提拔他做了一个小班长。马福祥并没有意识到，沿着吕登文这条线索，他可是马杰三的再传弟子，马保子的三传弟子。

1979 年，城关黄河新桥开通，同时，8 路公交车也开通了，从城区到大沙坪的交通变得十分便捷，草场街一下子繁华了起来。马福祥很快意识到这一变化带来的商机。他辞去了食堂的临时工，挑起担子在草场街一带卖凉面。1981 年，看着张云在桥南的河滩上支起的牛肉面帐篷，马福祥在草场街 8 路车站旁百货公司楼下搭起了一顶帐篷，做起了他心仪已久的牛肉面。这是黄河北最早的个体牛肉面馆。

生意是渐渐好起来的。20 岁的马福祥对牛肉面的悟性和近乎执拗的热爱，使这家面馆的名声很快就传遍了黄河南北，并伴之以一个没有恶意、兼带食客自嘲的代称：苍蝇。面馆没有名字，夏天酷暑时节，汽车的尾气和满头大汗的食客、身后过于零乱的平房引来了大量的苍蝇，嗡嗡乱飞，而食客们吃得兴高采烈，不亦乐乎，大概是这一景象实在壮观，私下里人们将这一面馆命名为“苍蝇牛肉面”。多年以后，在注册商标时，马福祥化腐朽为神奇，将其取名为“苍鹰”。

作为兰州目前最老的个体牛肉面馆，“苍鹰”并没有翱翔天际，而是近 40 年来蛰伏一隅，精心烹制那一碗保守传统的牛肉面。后来虽然几经辗转，但马福祥从未离开过草场街这一最初的创业福地。最辉煌时期，他一天可以卖到 15 袋面，在 1980 年代的个体牛肉面馆中，可谓行业翘楚。今天，蹲在苍鹰门前，看着来往的车辆和行人，以狼吞虎咽之势吃一碗传统牛肉面，依然是一些拥趸们情调生活的一部分，这其中就有央视名嘴水均益。据说，这位明星每次回家省亲，都要在苍鹰门前的道牙子上蹲一蹲。

马得礼和他的“伊穆斋”

如果说马子禄、张云背靠着体制的温暖，在刚刚解冻的市场中蹚出了一条自我革新的人生道路，那么马得礼则是真正意义上净身投向商海的个体牛肉面人。他几乎是那个时代对扑面而来的自由气氛反应最快的人之一。

在马保子和马杰三之后，南滩街的回民做牛肉面有了一种与生俱来的天分，有一个夸张的说法，南滩街（这时候已经改名为互助巷）的回民，人人都会做牛肉面、卤面、酿皮子。这种基于对饮食的过分讲究和无限热爱而获得的天赋异禀，使1980年代初的小饮食市场活跃着太多的南滩街人。马得礼的人生在那一代南滩街人中无出其类，小时候在充满芒硝味的皮货作坊扛过铲把子，稍长一点则自己摆摊卖羊杂碎，个体工商业被公私合营后，他被安排到饮食公司当工人。在1962年的那段短暂的市场开放期间，不甘为贫穷和平庸所困的马得礼也毫不犹豫地跳进市场，和几个伙伴们卖了几个月的牛肉面。后来市场被取消，他又回归单位。1979年，55岁的马得礼选择了退休，离开了那个毫无前程的饮食公司。

马子禄和张云的创业故事从人们饭后的闲聊逐渐变成热门话题，持续刺激着一些老面匠的心。经过一年多的观察，马得礼十分确定，这个乱花渐欲迷人眼的时代已经不可能回转，张云的事迹登上《人民日报》是一个巨大的鼓舞，一种无法掩饰的兴奋感开始在坊间持续弥漫。于是，在1981年盛夏的一天，马得礼向家人郑重宣告：我要卖牛肉面了。

小儿子马建斌认为，他的整个青少年时期都是在父亲的牛肉面馆里度过的。父亲宣布这一重大决定的时候，他还在上初中，其时正值暑假，他的体内正涌动着无处释放的多余能量。在后来的一篇文章中，马建斌记述了当时的情景："有一天，我得知父亲要重操旧业开牛肉面馆，高兴得不得了。这对于刚刚解决温饱，吃碗牛肉面还是改善生活的人们来说的确是一个好消息。不久，父亲将五泉山麓下的一间铺面租了下来，位置就在现在的五泉下广场附近，毗邻五泉停车场、五泉服装裁剪学校。停车场旁边是五泉大队经营的一个露天茶馆，父亲的面馆就开在露天茶馆的对面。茶馆里每天秦腔‘自乐班’的茶客们锣鼓琴瑟震耳欲聋，‘乱弹’（秦腔）吼得不亦乐乎。那时的父亲，50多岁，正值壮年且手勤脚快。在那个年代，开牛肉面馆不用装修，只做下简单的收拾，在店铺门楣上挂个写有招牌的帐子就可以开门营业了，父亲将想了很久得出的店名‘伊穆斋牛肉面馆’写在纸上，之后拿到南关十字‘中街子锦旗门市部’定做了一个宽两尺、近丈长蓝底白字的招牌帐子。因为父亲本来也没有多少本钱，所以粉刷墙面、砌炉盘灶都由他自己完成。所用杂物也是东拼西凑。记得那段时间，父亲总是在母亲的抱怨声中将家里为数不多的盆盆罐罐匀出一些拿到面馆里使用。唯一花大价钱的地方就是请了两个木匠打制了一些桌椅板凳，合了一块面案。就这样收拾了近一个月，面馆终于开张啦！”

“伊穆斋”是个很有感染力的店名，每一个字都代表着丰厚悠远的文化底蕴，极具回坊特色。直到现在，这个店名还镌刻在甘南路一家牛肉面馆的门头上，老板是马得礼的后人。

1981年夏天的“伊穆斋牛肉面馆”几乎没有预热，就火了起来。一个刚刚开放的社会，满街都是如饥似渴的人。对于那些先知先觉者来说，可谓遍地黄金。虽然面馆位置偏僻，过往的人流量不大，但对面茶馆里的茶客、旁边服装裁剪学校的学员、周围的摊贩、五泉山公园门口拍快照的一帮小青年都是固定的顾客。没过多久，“伊穆斋”的名号不胫而走，民主西路以南的居民把到这里吃一碗牛肉面当成了奢侈生活的一项内容。

马得礼身上有着改革开放后第一代牛肉面人共有的品质，每一道工序都精益求精，凡事都要亲力亲为。在牛肉面供不应求的时候，他及时加上了凉面。凉面和牛肉面是一对孪生兄弟，总是相伴而行，凉面可以在早上客少的时候提前拌好，中午人多时随抓随调，大大地节省了时间成本。即使异常繁忙，马得礼只雇了一个伙计洗碗打杂，而煮肉、兑汤、勾卤、和面、拉面都是他一个人干，这并非出于节省人力成本的考虑，而是出于对饮食工序的过分讲究，非亲手所为，便万般地不放心。

南关回坊“食店行”的老人有一种很“死心眼”的偏执，他们认为捞面、舀汤、递饭这些事都得亲自做，别人舀出来的汤味道不一样，即手禀子不好。马建斌认为这种现象是存在的，他举例说，马子禄有一个伙计，姓陈，以前在国营食堂干过，干了一辈子舀汤的工作。此人舀出来的汤跟其他小伙子舀出来的就是不一样，很奇怪，但坊间都认可这种说法。马得礼认为，这些工作如果雇人来做，汤会走味的。但对几个在“食店行”浸淫多年的老兄弟，他倒是从不拒绝他们的帮忙。马建斌记得，每到中午忙得不可开交时，这几位“大大”（兰州回民对父辈亲友的敬称）便会主动前来帮忙，他们是茶馆里的常客，退休后无所事事，以喝茶听“乱弹”为消遣之乐。马建斌说，面馆刚开业那会儿，正值他放暑假，几乎每天都到面馆帮忙。“对面茶馆里的秦腔锣鼓灌入的耳音至今还留在我的脑海里，时至今日，只要我听见秦腔锣鼓点子响起，我的眼前即会出现父亲的老面馆，并且似乎已经品到了那已经远去的味道。”

1983 年，马得礼把自己的面馆迁到了南稍门。这时候的南关回坊，魏玉山和吕登文的热锅子面已经烘托出了广泛的人气，老魏家的面可谓炙手可热，摊子前总是排着长长的队。魏玉山卖完了，收拾摊子找人下棋去了，吕登文的面该上场了。两人都是马杰三的弟子，马保子手艺的传承者，魏玉山算是重操旧业，吕登文在马杰三的面馆被公私合营后被安排在城关区饮食公司上班，此时他已经退休，在没有资本和实力开牛肉面馆的情况下，卖起了热锅子面。

这时候的南稍门已经有至少三家牛肉面馆，马子禄的涌泉店是其中之一，这也是这位当时最活跃最为人乐道的牛肉面人的至少第三个店，以市饮食公司的名义开的食堂，马子禄是承包人。另一家叫酒泉路牛肉面馆的，是区饮食公司所开。其中最具人气的就是马得礼的个体面馆“伊穆斋”。不到20平方米的小店，一天能卖3袋面，卤面4毛，牛肉面3毛5分，一天的营业额达到300～500元，这已经是当时最好的牛肉面馆之一了。面馆外面，栏杆将人行道和马路隔开，食客在栏杆里面排队，常常能排出十多米长，取到面的人在马路边的道牙子上一蹲，一碗面几分钟吸溜完，顺手将碗撂在地上，手在嘴上一抹，扬长而去。每天中午，“伊穆斋”门前的这道风景非常引人注目，使南稍门的市井图像多了一份油烟气息。后来，一直到1990年代，这样的情景构成了兰州最生动最率真最具特色的城市风情，成为兰州人20世纪末期集体记忆中的温馨景象。①

① 马得礼的这家牛肉面馆开到1985年，由于房东涨价而被迫迁往五泉菜市场。1987年因为朝觐，他关掉了牛肉面馆。1988年又在中山林十字东南角重开了一家新店，三年后传给了长子。“伊穆斋牛肉面”的牌子一直持续到现在。

为一碗面辞职下海

1983年，兰州的个体牛肉面馆已经遍地开花，几乎每一个人流密集的地方都会不期然冒出一家，牛肉清汤的香味混合着清淡的调料味弥漫在这个朝气蓬勃的城市上空。这些面馆几乎无一例外都是本地回民开的，他们中有的人刚刚逃离了因失去垄断而陷入困境的国营或集体食堂，有的人经验不足却勇敢下海，小西湖、南关、新华巷、黄河北这些回民聚居地，一条街上可能有好几家面馆。

这一年年底，28岁的兰州市房管局职工马有布辞职下海。

这一不可思议的冲动之举受到了父母的坚决反对，但年轻气盛的马有布不以为意，这个已经豁然开启的商品经济时代实在是太有诱惑力了。为了开牛肉面馆，他把自己居住的楼房换成了平房，位置就在当时最为繁华的永百大楼底下。打掉平房的后墙，装上门面，经过简单装修，购置桌椅板凳、锅碗瓢盆，这些一共花了他900元钱，在当时，这并不算一项小的投资。面馆只有15平方米，其中前厅11平方米，靠墙两排桌子，摆着十几把凳子；后堂4平方米，除去灶台案板的空间仅够两三个人容身。在当时，这是一家极其罕见的前后堂分开的面馆。

马有布的牛肉面技艺来自家传。父亲是老新华巷人，1950年代就在街上摆摊卖凉面。公私合营后，和许多食店行的回民一样，被安排到饮食公司上班。马杰三在西固食堂的时候，马有布的父亲就在河口食堂做面。1962年，短暂的自由市场开放期间，他又和许多老面匠一样回到了市场，在东方红广场东口找了一片地方重操旧业，卖了一段时间的凉面。自由市场被解散之后，他又重新回到了饮食公司。

在马有布辞职下海之前，他的大哥马有才已经在南关附近卖了半年的牛肉面。那是个插柳成荫的蓬勃时代，马有才毫无悬念地赚到了钱。这无疑给了马有布很大的刺激，这个面匠之家的二儿子在父母的反对声中，毫不犹豫地开起了牛肉面馆。相对保守的老大只是在店门口挂起了一个“牛肉面”的旗子，这是当时最为通行的面馆符号，个人的品牌符号在那个时代并不重要，而个性张扬的老二直接挂起了“马有布牛肉面”的旗子，算是兰州第一个把自己的名字印在旗子上的牛肉面人。

在当时的永昌路上，除了南段的国营食堂清雅居，已经有两家个体面馆了，一家是叫马腾蛟的人开的，另一家则是吴继祖——那个在磨沟沿河滩的自由市场上第一个吃螃蟹的卤面人开的。大概在磨沟沿市场第一次解散之后，吴继祖转战至永昌路，继续卖他的卤面，兼营牛肉面。即便有两家竞争者，马有布牛肉面一开始就赢得了口碑，吃饭高峰期，那幅早期牛肉面馆外的典型图景同样在这里上演，食客们端着碗蹲在门外的道牙子上埋头吃面，完全不顾眼前的车来车往。面馆里雇了五六个来自张家川的农民工伙计，一天可以卖五六袋子面。相对于南稍门的马得礼“伊穆斋牛肉面”，马有布的效益明显好一大截。

这当然与他所在的位置有关。永百大楼是当时的兰州商业中心，这座兴建于 1956 年的百货大楼，虽然只有三层，但从诞生之日起，就以其宽大的橱窗、丰富的货品在兰州人心中建立起了至尊无上的地位，承载了兰州人对于时尚生活的全部想象。1980年代初期，这座百货大楼巨大的商业辐射力催生了一个以其为核心的自由市场，半条永昌路顿时一派繁荣，新款的服装、新颖的面料、时髦的马海毛线，从意想不到的地方汇集而来，引领着兰州人的消费潮流。得益于房管局的特殊资源，马有布在永百大楼下置换的这一间平房，使他一开始就站上了一个比别人更高的台阶。

马有布的牛肉面在这里一直卖到1988年，由于城市改造，他的平房被拆掉了。两年后，政府给他在老店对面还补了两层小楼的铺面，上下共120平方米。后来，一部叫《牛肉面的故事》的电视连续剧就诞生在这里。

还是那个小西湖的马兰

1984年，兰州最风光的牛肉面馆是位于小西湖的马兰牛肉面。

牛肉面并非小西湖的主流饮食，但“马兰牛肉面”是小西湖最耀眼的招牌。

有一位叫刘立军的牛肉面人当时也在这条街上卖面，和许多回民一样，他也是少年时期就跟着父兄在面馆消磨了青春期蓬勃无穷的能量，学得了一手拉面手艺。他的面馆开始于个体牛肉面馆纷纷兴起的1983年，为一位长辈亲戚所创，1984年他和兄长接手之后，生意突飞猛涨，早上四点多开门，至中午，一锅汤卖完，最多时一天能卖四五袋子面，算是兰州最火爆的面馆之一了。但比起马兰，却是相形见绌。马兰一天的面粉销量在十六七袋，即使当时最大的国营面馆兰清阁也无法望其项背。一袋子面拉 175 碗牛肉面，或 220 碗凉面，这就意味着，马兰一天要卖 3000 多碗面，这个数量即使在今天也让人无法想象。

一口大锅三四个人同时下面，那情景让人叹为观止。刘立军说："有时候闲了，跑到马兰的店门口，看伙计下面是一种美的享受。"一个人在前面下，后一个人手里的面从其头顶上飞进锅里，最远的一个人在三米开外，手臂舞蹈之间，一把拉好的面划着优美的抛物线从前面人的头顶上飞过，飘进锅里，打着旋儿，似莲花荡开，让人垂涎欲滴。

一溜儿排开的简易平房敞开着大门，里面蒸腾的热气和扑鼻的香味向街上喷发着美食的诱惑。马兰牛肉面馆是其中最大的，门外经常排着长队，相对于蜂拥而来的人群，店铺里面的空间便显得十分逼仄。1980 年代最典型的牛肉面吃相在这里过分夸张地上演着，排队的人面色从容，吃面的人蹲在马路道牙子上埋头吸溜，面馆里等座的人踩着别人的凳子腿等着对方起身，简陋的餐桌上碗筷还没来得及收拾，桌子的空位已经被后来者占据。

1984 年阳春三月，是安宁的桃花盛开的时节。兰州举办了史上首届桃花会，邀请了当时最具人气的演艺明星捧场，马季、姜昆、蒋大为的到来让兰州大街小巷一时沸腾，兰州的音乐人改编了蒋大为的成名歌曲《在那桃花盛开的地方》为《在这桃花盛开的地方》，改编后的歌曲并没有流行起来，而一众明星在马兰牛肉面馆吃面的情景却被迅速地传遍大街小巷，刻印在兰州人的心中。

自那以后，马兰面馆的墙上多了一幅老板与明星们合影的照片。这些照片当时也占据了兰州媒体的重要位置。

“马保子”的一次快闪

1984年底，在承包经营4年之后，商业局新领导上任，张云因为业绩过于冒尖而被粗暴地解除了承包权。桥南牛肉面很快就淡出了兰州人的视野，几个月之后宣告倒闭。不久，其帐篷便被拆除。

但是，张云并未就此退出，代之而起的是永昌路北口河滩上支起的一顶帐篷。张云转战至此，他成了个体牛肉面经营者的一员。这个位置毗邻中山铁桥，是贯通黄河两岸的交通要道，车水马龙。它的后面，则是这个城市最繁华的商业街永昌路，永百商业大楼将全市最富有最有购买力的人群吸引至此。令兰州人惊奇的是，随着这顶帐篷的搭起，一个早已被历史淹没的光辉的名字重新出现在这个城市，并且在一夜之间唤醒了人们的记忆。这个名字就是“马保子”。

在征得马杰三一位儿子的同意后，张云扛起了“马保子”的名号，他以自己的方式向那位杰出的牛肉面祖师遥致敬意。

张云的“马保子牛肉面”全面复制了他在桥南牛肉面馆的革新成果，加之他的忠实拥趸们的坚定追捧，使永昌路北口黄河滩的这一顶帐篷前人如潮涌，从当时的市委市政府办公楼的窗口向西张望，就能目睹这一盛况。“市政府”成为兰州最正宗牛肉面馆的一个新地标。

这时候又是大车司机们开启了牛肉面的另一种吃法——加肉。此时，从事清真牛羊肉屠宰的个体户大量出现，已经消失30年的新华巷、金城关等回坊的牛羊肉市场重新开放，凭票供肉的时代已经远去，经过复杂工艺烹制熬汤后多余的牛肉可以单独售卖，大大地刺激了“油嘴子”们的食欲，牛肉面加肉的吃法开始在大车司机中流行起来。“马保子牛肉面”通常在清晨三点半开门，这比其他的食堂要早得多，这是为起早赶路的大车司机们刻意安排的。同时，兰炼兰化的通勤车司机也爱上了张云的这一口，牛肉面加肉的吃法也在这些人中流行了起来。

“马保子牛肉面”的旗幌子在河风吹拂下悠然飘扬了一年之后，在马杰三一位孙子的干涉下，张云撤下了这个旗子，换上了“张云牛肉面”的旗幌。

此时，牛肉面已经由偶尔一吃的生活享受变成普通市民的日常饮食。价格低廉，味道鲜美，就餐过程简单快捷。不论对生活节奏紧张的工薪族，还是对闲适逍遥的自由职业者，一碗牛肉面下肚，一天的生活就有了地道的兰州味道。天涯社区一位名为“兰州牛肉面”的网友发帖说：“我是1984年来到兰州的，当时每天的中午饭就是牛肉面，不要粮票，0.40元/碗。父母每天给我们兄弟俩一块钱，我们每人一碗牛肉面加一个大饼：$0.40\times 2+0.10\times 2=1$。”这种典型的兰州人午餐方式，大概就是从此时兴起。

1984年第3期的《中国食品》杂志发表了一篇题为《兰州清汤牛肉面》的文章，记录了当时流传的一首歌谣："面团和得溜呀溜溜软，搓成剂剂儿拉扯面。条杆儿拉得匀，麻利又干散哪，细面二细荞麦楞，韭叶大宽和二宽，甩开膀子忽闪闪，一窝丝细面像线线。牛肉汤味道鲜，牛肉蛋儿炖得烂，蒜苗香菜萝卜片，油泼辣子浇上边。不吃看着嘴也馋，吃了一碗想两碗！"作者段玉强记录的这首歌谣显然具有很强的说唱性，相对于后来各种文本改造后的简洁版，这个记录更加真实地反映了1984年以前民间艺人原汁原味的口头创作，恢复了被后来的写作者涂抹掉的时代原色。饶有趣味的是，这篇文章总结了1984年之前，兰州人对牛肉面的基本认识，"兰州清汤牛肉面，是在甘肃地区回民传统饮食基础上发展起来的大众食品。此面色彩鲜艳，可谓一清二白三红四绿五黄，即汤汁清爽，萝卜白净，辣油红艳，香菜翠绿，面条黄亮。此面的风味，可概括为：肉香扑鼻，诱人食欲；面条柔韧，滑利爽口；牛肉烂软，滋味绵长；汤汁咸酸麻辣，诸味和谐。面条种类可随意选择，宽细皆有；最宽的可达二指，叫'大宽'，其次叫'二宽'，再次叫'韭叶'，最细的细如线，叫'一窝丝'，还有呈三棱条状的，叫'荞麦棱'。因此，清汤牛肉面可称得上是色香味形俱佳。"

据兰州市原副市长马琦明回忆，大概在1983—1984年，有一些官员已经注意到牛肉面现象对于兰州城市文化和城市形象的意义。在一次小型的专题研讨中，有人提出了用"一清二白三红四绿"来概括牛肉面的特色，受到一致赞同，并将此作为以后牛肉面宣传的标准版本，而"五黄"的说法则要晚得多。段玉强的文章说明，这一说法在1984年之前就已经流行于民间，“五黄”从一开始就与“一清二白三红四绿”不可分割。今天的老牛肉面人在回忆欣欣向荣的1980年代时总会说，蓬灰水揉出的面就是明黄透亮的，这是传统牛肉面的一大特色。

1985年，马子禄还在南稍门的涌泉店当主任，张云却从黄河滩转到了酒泉路与武都路十字西南角。新店原是兰州市饮食公司所属上海小吃店，专卖卤味小吃，因为在商品经济的大潮中没来得及转身而陷入困境，饮食公司决定将店面对外承包。张云，这位城关区名气最大的牛肉面个体户果断出手，以一年1400元的价格拿下了这一标，合同期三年。

这个店面将载入兰州牛肉面的发展史册。

政府之手

从来没有一个饮食品种像牛肉面一样深刻地影响着兰州人的胃口，同时塑造着兰州人的生活方式；也从来没有一种项目像牛肉面一样掀起过如此广泛的投资热潮。虽然到目前为止，这一投资热潮还基本局限在回民当中，但它掀起的波澜已经有力地影响到人们可以预见的未来。

牛肉面已经为这个城市赋予了一种崭新的更为深邃的内涵。

王建中是老兰州人，曾经担任过兰州市商贸委的主任，后来官至兰州市政协副主席。整个1980年代，他的工作基本都在兰州市委财贸部。1985 年，当时的商业部长刘毅来兰州考察，王建中是主要接待人员之一。王建中记得在最后一天，部长游览了五泉山，午餐就顺便安排在名不见经传的五泉餐馆。这家餐馆是市饮食公司的，主任叫贾继祥，是特级厨师。这一天，主任使尽了浑身解数，端上来的全是兰州的特色小吃，酥饼子，糖油糕，灰豆子，甜醅子，多达十几种。这一顿饭食让部长兴致大增，赞不绝口。末了，部长提出了一个建议：中国有四大菜系，你们兰州当地的特色是什么？你们应该突出本地特色，想办法搞一套你们自己的菜系。

部长可能只是兴致所至，有感而发，兰州市政府对此反应积极。于是，由财贸部牵头，组织相关部门对兰州市的餐饮行业进行了一次广泛的调研。王建中带人把所有的牛肉面馆跑了一遍。那时的人一听政府来了，每家都把自己的用料、制作方法等，特别详细地汇报了上来。

但这次调研并没有提供一个打造兰州本地菜系的方案，有关的话题在以后的岁月里也被人偶尔提及，但对于以面食为主、以小吃为典型风味的兰州人来说，类似的问题有点书生论剑的意味。对方兴未艾的牛肉面产业，这次调研也没有拿出一个有针对性的意见，风头正劲的个体户的发展和日益衰落的国营集体饮食企业的困境，让“摸着石头过河”的地方政府四顾茫然。

1987 年 8 月，国务院发布《城乡个体工商户管理暂行条例》，首次将个体户纳入法制管理的轨道。条例规定“个体工商户可以根据经营情况请一两个帮手；有技术的个体工商户可以带三五个学徒”，并规定申请设立个体工商户的人员范围为“有经营能力的城镇待业人员、农村村民以及国家政策允许的其他人员”。

这一条例的出台，对牛肉面的个体经营者来说，可谓五味杂陈。此前八九年的野蛮生长，看似蓬勃茂盛，但在政府的眼里，可能过于恣肆无序。

这一时期，物价上涨的压力也传导到牛肉面产业。1984 年 5 月 10 日，以《国务院关于进一步扩大国营工业企业自主权的暂行规定》为标志，开启了一种商品执行计划内和计划外两个价格的体制。至同年 10 月召开的十二届三中全会提出建立“有计划的商品经济”，放开市场调节的商品和计划调控的商品，已经是一半对一半了。双轨制实行后，发生了 1984—1985 年、1987—1988 年两轮通胀加速。到 1988 年，经济学界公认，我国已经出现了严重的通货膨胀，破坏了正常的经济秩序；助长了物价、工资的轮番上涨，和各种投机倒把行为，从而阻碍了生产发展和经济效益的提高，国民经济必须治理整顿。[①] 1988 年，我国日用品物价实际上涨 21.5%。当年春夏之交，全国各地普遍发生了抢购风潮，抢购的商品主要是生活日用品，包括粮食、食油、调味品、肥皂、棉布、毛线等。

从 1987 年下半年开始，张云感觉到了日渐沉重的经营压力。一方面食材的价格持续上涨，生牛肉每斤 3.5 ~ 4 元，而一份熟牛肉（一两）才卖 6 毛钱，植物油每斤 3.5 元。涨价最离谱的是草果，由于中越边境多年的军事对峙，影响了云南、广西主产区的草果生产，价格涨到每斤 40 多元（是今天价格的两倍）；另一方面政府出台了临时性的牛肉面计量标准，熟面 6.6 ~ 6.8 两，肉丁

①《中国物价五十年》第 697、699 页。

3 钱，而售价一直保持在 0.35 元。张云的儿子张建忠记得，突然有一天，面馆里来了几个物价局的执法人员，一开始并未亮证，而是像普通顾客一样在窗口排队，面一接到手里才亮出证件，然后把面端到后堂，开始称量，差一点就罚款。

此后，这样的执法检查随时可能到来，一周通常会有两次，牛肉面人普遍感到挣钱不太那么容易了。

媒体也救不了张云

国营食堂兰清阁（原中央广场食堂）凭着其独家拥有的马杰三遗产和强大的牛肉面传承队伍，依然是当时的行业翘楚，非常孤傲地与生机勃勃的私营面馆保持着足够的距离——它一直自觉地承担着牛肉面价值的传承者和守护者的角色。在“私营工商业”还是一个非常暧昧而又尴尬的概念的时候，兰清阁对与个体户平起平坐的价格管控政策做出了柔软的反抗。在价格双轨制的启发下，1988 年，这个行业老大推出了一种称作优质牛肉面的套餐，一碗面一碟菜，价格高达 2.00 元。这一试验并未得到顾客的认可，不几日便草草退场。

兰清阁的尝试让个体户张云脑洞大开，在大量的牛肉面馆艰难度日的时候，他果断推出了一款优质牛肉面，吸取兰清阁定价的教训，他定价 1.00 元。

优质牛肉面与普通牛肉面的区别：普通牛肉面调辣椒渣，优质牛肉面调辣椒油，因为食用油太贵；普通牛肉面一袋面放 3.5 两味精，优质牛肉面一袋面放 1.5 两味精，后者主要用汤调味；普通牛肉面只用牛肉汤，优质牛肉面加鸡汤和羊肝子汤，肝子汤每天要到金城关卖肉的店里去买。

张云的优质牛肉面一推出便大受欢迎。这一点的确让人意外，要知道他和兰清阁相距仅几十米之遥，而后者曾经是马杰三待过的食堂，在当时许多人的眼里，那是马保子衣钵的传承者。

此举自然惊动了兰州市物价局。检查人员不期而至，但品尝完后，对这个惊人的价格表示了认可："就保持这个质量，数量我不管。"数量上，一袋子面出 250 碗，这个优质牛肉面的量显然比市场上其他面馆的少一些。一上午卖两袋半到三袋面，营业额六七百块钱，让一般面馆望尘莫及。

张云凭着灵巧的思路撬动了铁板一块的牛肉面价格体系，可好景不长。几个月之后，1988 年 6 月，租房合同就到期了。张云与兰州市饮食公司交涉，希望能够续租，得到的答复是：房子要改商场，不租了。

张云的铁粉对此反应极为激烈，一位叫徐建国的记者在《兰州晚报》发文《张云牛肉面为何困难重重》，文章把张云称为兰州知名度最高的牛肉面名师，并说："曾经被十多家新闻媒体采访报道过的张云牛肉面又一次陷入处境维艰之中。有的读者给本报来信，希望救救张云牛肉面。可是张云不知道出路何在……为什么这位最早投入改革，大胆承包经营的人总是困难重重？希望有关领导和部门对张云给予关心，或者继续在这里经营，或者另外解决一个适当的地址。不要让已经闯出名气的张云牛肉面在兰州消失。”

就在这个报道发表的前一天，张云已经在同一家报纸刊发了停业声明。

兰州市饮食公司并未将店铺改为商场，而是面向公司内部招标，继续做牛肉面馆，个体户张云只能望洋兴叹，偃旗息鼓。饮食公司的竞标毫无悬念，涌泉店主任马子禄成功夺标，以同样1400元每年的价格拿下了武都路店的承包权。

“马子禄牛肉面”的品牌从这里开始叫响兰州，成为20世纪末21世纪初最耀眼的牛肉面品牌，并在2017年成功走向海外。而张云牛肉面，令人遗憾的是，它果然从兰州消失了。①

马杰三的后人们

在牛肉面人普遍感到挣钱不易时，马杰三的长子马成祥进入了这个行当。这一年，这位马保子家族的第三代牛肉面传人已经56岁了。

在马杰三的家族里一直流传着一种说法，马保子生前多次对儿孙们说：“卖面是伺候人的活，太辛苦了，能不做就不做了。所以在马保子的晚年，家庭的经营走向多元化，养牛是其中最

① 张云败走武都路之后，又在兰州西站找到了一间20平方米的铺子，卖了一年多牛肉面，每天的经营额能达到800元，依然火爆。1992年，张云的儿子张建忠关了西站的面馆，远走北京，成为兰州牛肉面走出兰州的先驱者之一，他的故事后文还会讲到。

成功的一项副业。马杰三晚年也经常感叹："如果不是没上过学，我也不会一辈子守着锅台伺候人。"

家族里对"伺候人"三个字非常敏感，所以在牛肉面馆遍地开花的时候，马成祥无动于衷；在牛肉面生意风生水起的时候，他同样无动于衷。甚至当张云把马保子的旗号悬挂在黄河滩的时候，他也视若无睹。当年他背负着父亲的热切期望参加高考，又意外落榜，但他的内心一直保持着一份不随波逐流的清高。1962年，他和马子禄、马园在大众巷卖"马保子牛肉面"，只是出于对艰难生活的一次无力抵抗。他重新拾起那些做牛肉面的家当，完全是被次子马千柳拉下了海。

马千柳当时在甘肃省建七公司上班。1986年，七建公司下设的一家小卖部由于经常不善，面临关闭。这家小卖部所在的和政路是兰州已成规模的饮食街，因为靠近火车站，其繁荣程度不言而喻。单位领导找到马千柳，希望他能出面承包经营，条件是要安置公司的5名员工。马千柳对牛肉面也没什么感情，对父辈们那种从别人的舌尖上取利的生活模式很不以为然，但他还是接受了领导的安排。

马千柳并没有挂"马保子牛肉面"或"马杰三牛肉面"，而是挂出了"老马家牛肉面"。马千柳和父亲马成祥的心里比较复杂，一方面他们认为牛肉面不过是兰州回民的一种普通小吃，马保子创制牛肉面只是为生活所迫而走出的一条艰难创业之路。马杰三则是成于牛肉面也败于牛肉面，其晚年的灰暗境况全是拜牛肉面所赐。另一方面，新的商品经济时代，牛肉面又创造了不可漠视的财富效应，一些从未涉足过牛肉面行当的人凭着大胆、无畏和回民的身份，用一碗并不精细的面挣了钱，改变了生活。

后来的事实证明，马千柳和父亲马成祥确实错过了牛肉面馆野蛮生长的黄金时代。“老马家牛肉面”开张的时候，不少牛肉面人已经被接连攀升的食材价格压得心灰意冷，转行不干的也大有人在。马成祥对儿子在这个时候介入牛肉面生意并不舒坦，几乎所有的事情全部交给了儿子，自己只负责卖票收钱。即使这样，面馆一天也能卖 4 袋子面，这已经是兰州卖得最好的个体面馆之一了。

“马保子牛肉面”的招牌在这个时候横空出世，地点就在“老马家牛肉面”几百米之外的兰山宾馆。

这是在 1987 年。这个牌子的持有人是马成祥的外甥吴维宏——马杰三的女儿马玉兰的儿子。吴维宏显然比他的表兄弟马千柳更加热爱牛肉面，也更加珍惜他血脉中马保子的遗传基因。当他向马成祥提出要扛起“马保子牛肉面”的招牌时，得到了大舅的积极回应。

30 岁的吴维宏此时是兰山宾馆民族餐厅的厨师，已经有两年的牛肉面从业经验。在此之前的 1985 年，承包制被视作商品经济时代最大的“政治正确”的时候，兰山宾馆的领导希望吴维宏出面承包公司行将倒闭的民族餐厅，条件和其他单位的承包模式一样，得安排 5 个职工就业，每年上交 8 万元。这几乎是个没有风险的投资，经验丰富的大厨吴维宏欣然接受。这个餐厅只面向省棉麻公司的职工经营。因为有大舅马成祥做后盾，吴维宏把牛肉面引进餐厅。一开始只是小试一把，一锅汤只卖到上午八点半，这引起了许多职工的不满。“这么好吃的牛肉面，我们刚一上班就卖完了。”后来受大舅的指点，他又多加了一锅汤，可以经营到中午一点钟。

两年后的1987年，公司要求吴维宏连宾馆的汉餐厅一同承包，经营清真餐饮。吴维宏将这个三层餐厅的一楼开辟为牛肉面餐厅，经大舅马成祥授权，挂出了“马保子牛肉面”的牌子，请兰州有名的撒拉族书法家董戈翔书写了牌匾。

吴维宏的牛肉面做得风生水起。即使利润很低，吴维宏也并不懊恼，在这条路上走得稳健而豪迈。他对“马保子牛肉面”这块牌子的珍爱也与日俱增，多年以后，将其注册为自己的商标。吴维宏也由此确立了他作为马保子家族第四代牛肉面传人的地位。①

马千柳后来回忆起自己卖面的岁月，很是郁闷。“不赚钱。成本太高，除去员工的工资，还要上12%的税，一个月下来，我和父亲两人才挣着几百块钱。而且非常辛苦，那时候没有鼓风机，用的是吸风灶，烧的是煤砖，煤灰飘得到处都是。”马千柳承认自己是吃不得苦的人。1989年底，父亲借高血压病，不想干了，马千柳就坡下驴，这个支撑了二年时间的“老马家牛肉面”就此关张。马千柳重回七建公司上班，父亲马成祥回家颐养天年。

---

① 吴维宏连续4次承包兰山宾馆，“马保子牛肉面”在兰州经营到1999年，由于兰山宾馆拆迁，吴维宏东下西安。在此之前，他已经在西安开了三家餐馆，其中一家就叫“马保子牛肉面”。撤离兰州后，他把西安的三个店统一成“马保子牛肉面”。在西安经营19年后，2018年，吴维宏把西安的产业留给子女，自己回到兰州，重新启动“马保子牛肉面”，首家店开在雁滩。

但是，这一家人与牛肉面的情缘总是难以割断。马千柳撤下“老马家牛肉面”旗幌的第二年，其兄马千里和妹妹马锦芳在建兰路市场承包了单位的食堂，挂出了一个叫“正宗牛肉面”的牌子。这一次，连“老马家”也不要了，这个“正宗”的牌子可谓意味深长。单位投资5000元，还给了些桌椅板凳，派了一个员工。这个面馆开了5年，也没挣到多少钱，1995年合同到期后，马千里选择了主动退出。①

马千柳和马千里兄弟的浅尝辄止，是对商品经济时代牛肉面产业特点的一个新注释。技术、工艺、情怀、理想——这些构成马保子和马杰三时代丰盈特征的古典要素——已经让位于资本和经营手段，牛肉面由野蛮生长阶段步入了江湖时代。

1980年代末的牛肉面地图

张全是1991年以独立商人身份进入调料行业的，但他对1980年代末的兰州牛肉面市场了如指掌，这主要得益于他的岳父大人，后者是整个1980年代兰州最大的调料商之一，兰州首批万元户，牛肉面调料的主要供应商。作为岳父的主要帮手之一，

①2000年，马杰三的小儿子也即马千里、马千柳兄弟的叔父马福祥在黄河北靖远路开了一家“老马家传统牛肉面”，但此时的牛肉面行情已经与传统离得太远，这家牛肉面馆并没有开出名气。5年后，由于儿子不愿经营，马福祥偃旗息鼓，告别了牛肉面行当。

张全从1987年开始介入调料市场，其主要供货对象为个体牛肉面馆和部分区属食堂的承包商。

那时候麻辣烫还没有进入兰州，人们的口味轻，牛肉面调料非常简单，马保子时代的老三样——花椒、姜片、草果之外，多了一样胡椒。胡椒的使用从1980年代初的个别面馆开始，这时已经变成了普遍现象，因为价格偏高，不同的牛肉面馆用量不一。有个别面馆会加一点桂子粉，给清淡如白开水的牛肉汤上点颜色。张云可能是最早对汤色比较在意的牛肉面人，但这样的革新对生意不是很好的面馆还是有一定的风险。决定汤的口感的，除了调料的品质，就是配方。配方指的是用料的比例，各家都有自己的独门“秘方”，从不向外人展示。调料商却要小心核对配方上的那些数字，几两几钱，即使是现在的电子秤也精确不到小数点后面的那个数级，何况那时全是杆秤。调料商见多识广，心里都有几个标准配方，满足客户对不同口味的要求，“这个配方我得给你改一改。”“怎么改？”调料不但讲数量，还要讲质量，不同产地的调料品质不一样，年份不同的调料品质也有差异，过于精确的配方是没有意义的，经验通常起着至关重要的作用。调料商不仅提供调料，还提供配方，对于新入行的人，这是一条取得配方的捷径。

在1989年小西湖的窝窝市场——兰州第一家专门的调料市场开办之前，大部分的牛肉面馆到小沟头市场购买调料。空气中飘浮着肉眼看不见的调料粉尘，花椒和胡椒的微粒刺激着人们的鼻腔和嗓子。张全利用闲暇时间把一本本流行画报的册页折叠成三角纸袋，摞到手边，称好的调料被倒进小钢磨，刺耳的电机声和颗粒被打碎的爆裂声让市场充满生机。粉碎的调料被装进三角纸袋。大部分的客户都没有压货的习惯，所以，每天下午，市场上来来往往的都是些老客户。

此时，第一代牛肉面人中的许多人已经退出了行业，其中因为赚到了足够的资金而改弦更张者只是少数，大部分只是因为没有稳定的铺面而被日益繁荣的市场抛弃。与此同时，越来越普遍的承包经营制把原国营和集体食堂的资深牛肉面人抛向市场，这些人无形中成了加剧市场竞争的重要推手。在张全的记忆中，1980 年代末期，除了市区两级饮食服务公司的牛肉面食堂（其中一些已经承包给了个人），个体的牛肉面馆屈指可数，印象深刻的大概有这么几家：

在东方红广场西口到东口之间的小巷子里，有两家面馆，一家是马林牛肉面，店面不大。因为马林是城关区饮食公司的资深面匠，这家面馆名气不小。与马林隔街相望的一家味美思牛肉面，老板娘是马林的徒弟，很能吃苦，所以后来居上，店面比马林的大许多，一天能卖七八袋面。据说在后来的丝路节上，曾经创下过一天卖 16 袋面的纪录。味美思是兰州最早出现的汉民经营的清真牛肉面，店员都是清一色的回民。

中山林十字东南角有家伊穆斋牛肉面，这是马得礼开的第四个面馆，前三个先后开在五泉、南关、五泉等地。1988 年，他朝觐回来后，选址这个地方再次创业，因为店面较大，生意较好，曾经很有名气。

这时候马子禄已经离开南稍门，南关最有名气的是马惠芳牛肉面，老板也是南关互助巷（南滩街）人，曾是区饮食公司的职工。这是兰州经营时间最久的面馆之一，位于老酒泉路清华小学对面，至今还在经营。

小沟头有两家面馆，其中最有名的是马子义牛肉面，位于宣家巷。马子义也是互助巷人，城关区饮食公司宣家巷食堂的职工。在承包制大盛之时，他承包了这家食堂，事实上由其女儿负责经营。马子义面馆斜对面，有一家也是互助巷人“唐蚂蚁”开的面馆，侧身在马路道牙子上，场地逼仄，但生意不错。

马子禄在入驻武都路口后，时来运转，老牛肉面人精益求精的执着使“马子禄牛肉面”迅速蹿红，成为行业内的金字招牌。

这时的马有布牛肉面还在永昌路中段的小平房里，与永昌路南段兰州市饮食公司所属的清雅居一道成为这条路上最有名气的两家面馆。

在滨河路老年活动中心对面有一家德禄牛肉面，为南关人杨德禄所开。这家面馆 1985 年起步于安定门，1988 年转至滨河路，是当时兰州最火爆的牛肉面馆之一，鼎盛时期一天能卖十二三袋面，每天吃饭当口，排队等饭的人摆放的自行车能码一电线杆子（从一根电线杆排到另一根电线杆的距离）。南关杨家也是最早到省外开牛肉面的兰州人，他们的故事将在后文展开。

苍鹰牛肉面一直傲立于草场街，虽然店面不大，但名气已经和马子禄平齐，这时的民间已经有“马子禄的面苍鹰的汤”之说。

磨沟沿牛肉面在华林坪街道开办的 8 家面馆中一枝独秀，这时的承包人还不是马玉良，而是一位被尊称为“胖妈妈”的妇女带领一帮年轻妇女经营，其中就有马玉良的媳妇，后来的实际承包人。

小西湖的食品一条街上饭馆林立，马兰牛肉面可谓独领风骚。

后来独辟蹊径的辣子牛肉面最初在郑家庄，由柏树巷人马安军兄弟和父亲经营，这时候做的还是传统牛肉面，叫郑家庄牛肉面。

兰通厂有一家舍穆牛肉面，也是柏树巷人所开，以花椒重而出名。据说，吃完后好长时间，嘴里还是麻麻的。后来，兰州街面上出现了多家舍穆牛肉面，都以老板的经名命名，都与这家“花椒牛肉面”无关。

《牛肉面的故事》

江湖时代的特点是出现了行业领军人物。马子禄自从入驻武都路店之后，声誉日隆，他继承的张云优质牛肉面的高端化模式，帮助他占据了行业制高点，在牛肉面 0.35 元的时代，他是唯一定价 1.00 元而未被政府干涉的面馆。而在此时，马有布的牛肉面是 0.40 元一碗，这个价格也在政府接受的范围内。事实上，1980 年代末到 90 年代初，由于原材料价格的上涨，政府定价的强制性还是有所松动，0.40 元的牛肉面已是十分普遍。

但马有布还是从 0.40 元牛肉面的行列中脱颖而出，这主要得益于一次偶然的助推。1992 年，6 集电视连续剧《牛肉面的故事》剧组选定了他的店作为拍摄地。这部剧是先有剧本，后有剧组，编剧是兰州作家吴季康。

吴季康是兰州市文联的专业作家，甘肃天水人，出生于兰州，成长于南关回坊。饶有趣味的是，吴季康是马成祥外甥吴维宏的叔伯兄长，与马杰三后人交往甚密，正是这层关系，使他对牛肉面所引发的社会变化有着天然的感知力和观察力。毫无疑问，在两个年代的交替之际，牛肉面以那些由手艺、情感、香料的神秘组合构成的配方重塑了兰州人的味觉系统，把不同的审美观、价值观在味觉这个系统中达成了新的统一，让不同阶层的人——干部，工人，农民，老人，小孩——都聚集到一面简易而直观的绿色旗幌下，实现了其全民性和不可替代性。与此同时，附着其上的那些丰富而模糊的文化内涵也开始显现出来。吴季康比其他的文化人更早地捕捉到牛肉面对于这个城市的意义和价值。

吴季康写过两个“故事”，另一个是《白兰瓜的故事》，也是6集电视连续剧本。白兰瓜在诞生之时就以兰州命名，在长达半个多世纪的时间里，集各种尊荣于一身，成为最为耀眼的兰州地理标志产品，是这个城市在商品经济时代捧出的一张无可争辩的公共名片，其时，它还是十分的亮丽夺目。而“牛肉面的故事”显然比“白兰瓜的故事”有着更深邃更绵长的人文内涵，不同角度、不同层面的思考相继展开，而叙述在此时才刚刚开始。

1992年，《牛肉面的故事》投拍，由兰州电视台和中央电视台影视部联合拍摄。马有布的牛肉面馆为拍摄歇业了两天。依据当时的审美，这个装修才三年的两层小楼并非足够宽敞（马子禄牛肉面馆更加宽敞），但它是当时最豪华的面馆了，白灰粉刷的墙面，样式统一的定制桌椅，还没有被油污完全覆盖的水泥地面，和那些为了迎合时尚而贴上去的简易印刷品，使后堂里喷出的燥热回旋出一股清爽，刷新了人们对牛肉面馆的刻板印象。拍摄结束后，摄制组问马有布有什么要求，这位对未来信心满满的牛肉面人只说了一句："就给我一块匾吧，上面写上个'金城正宗'。"

这部电视剧当年年底在央视播出，收视率并不是很高。吴季康后来说，只有10万元的投资，能拍出什么样的片子可想而知。在影视业并不发达、电视机并不普及的时代，它还是给兰州人带来了极大的振奋，此后，牛肉面的味道中多了一份超乎味觉系统的深长意味。这部剧因为其回族题材，在当年的第四届少数民族题材电视艺术"骏马奖"评选中获得了三等奖。兰州人理所当然地认为，这个奖是给兰州牛肉面的，也是给这个被牛肉面重新叙述着的城市的。更有一些人认为，这部电视剧也是兰州牛肉面叫响全国的先声——这种观点显然夸大了这部电视剧的影响力。

有媒体报道说，那段时间，兰州的大街小巷都在传唱一首叫《牛肉面之歌》的歌曲，这是电视剧《牛肉面的故事》的主题歌：

哎——看景上杭州吃面到兰州。粗有粗的意，细有细的念，揉不尽的爱，抻不断的怨，人生就像这长长的面，有人爱圆有人爱扁，平坦坎坷都是路，走不尽来行不完。哎——天下第一面，不吃心发抖。红有红的艳，绿有绿的鲜，流不尽的汗，解不完的馋，生活就像这碗中的面，有人爱辣有人爱酸，酸甜苦辣都是情，尝不尽来品不完。①

但是很遗憾，20 多年之后，对这首歌还有印象的人寥寥无几。互联网上关于这部电视剧和这首歌的追问偶尔冒出，但几乎没有人给予具体的解答。

马有布牛肉面因为这部电视剧的拍摄而名声大振，在当年下半年举行的首届中国丝路节上获得“丝路节指定牛肉面”授牌。马有布坚信，他是唯一获此授牌的牛肉面。

1992 年 4 月 1 日，国家调整粮食统销价格，经兰州市政府同意，市物价委、市商业局调整了市管五个纯粮制品（油条、大饼、蒸馍、花卷、牛肉面）的价格，兰州牛肉面三两大碗的价格由 0.60 元上涨到 0.67 元，市场普遍执行 0.70 元。7 月 1 日，为推进价格改革，政府宣布放开饮食业综合毛利率，实行由经营企业随市场变化情况自行确定毛利率和加价率的管理形式，但是，牛肉

① 据《兰州日报》2010 年 2 月 26 日报道：多年以后，这部电视剧的制片人兼导演孙琳说，因为受制于剧情的约束，这首歌并未明确叫响“兰州牛肉面”，也没有突出地方特色。于是，在 2009 年孙琳又重写了这首歌，歌词中有了这样的句子：“牛肉面，咳！兰州牛肉面，兰州人最爱吃那兰州的牛大碗。揉不尽的爱呀，尝不尽的鲜。人生就像这长长的面，有人爱圆有人爱扁，平坦坎坷都是路，走不尽来行不完……兰州的牛肉面，兰州的牛大碗，一清二白三红四绿，色香味俱全；兰州的牛肉面，兰州的牛大碗，全国各地都走遍，美名天下传……”仅用歌曲还不足以表达孙琳的情感，于是一部同名舞蹈也就应运而生，由兰州喀喇昆仑战友艺术团出演。舞蹈巧妙地将熬汤和拉面的全过程用舞蹈语言展现出来，在道具上采用了夸张的手法，把牛大碗和拉面搬上了舞台。还设计了一群青年男女，争相向老师傅学手艺的情节，寓意牛肉面代代相传。这个舞蹈在 2009 年 10 月举行的全国中老年才艺之星展演大赛中获舞蹈类金奖和创作奖。随后，又代表中国赴韩国首尔参加国际老人文化艺术节，获得铜奖。

面价格实行政府指导价，价格依旧保持 0.70 元。

也因为《牛肉面的故事》，马有布牛肉面身价大涨，汲取了马子禄优质优价的经验，马有布借此摆脱了政府定价的约束，大碗定价 1.00 元，直追马子禄的价格，成为江湖时代的另一位领军人物。

金鼎公司要扛大旗了

兰州市饮食公司一直坚信自己是马保子清汤牛肉面的唯一传承者，也是传统牛肉面工艺、情感和价值的唯一守护者。这个公司的龙头非“兰清阁”莫属。早在 1980 年代初期，那场伟大的社会变革也变革掉了那些刻板无趣的、格式化的食堂标牌，中央广场牛肉面食堂为自己取了个雅致而温馨的名号：兰清阁。与此同时，兰州市饮食公司的平凉路东口食堂改叫“鸿宾楼”，永昌路京味食堂改叫“清雅居”，马子禄为自己承包的一家城关区饮食公司的食堂取名“禄宇轩”。几年之后，马子禄转战南稍门，承包的又是一家区饮食公司的食堂，命之为“涌泉”。

兰清阁拥有当年最杰出的牛肉面工匠，这些人无一例外地站立在马杰三的华盖之下，多年来，他们所做的这碗面被冠以“马保子清汤牛肉面”的标识。事实上，在计划经济向市场经济过渡的年代，人们对“国字号”还有着忠贞不渝的信赖，兰清阁前后所拥有的师傅苏云龙、李学义、周福元、陕兴发、王尚文、马学明、马文斌几乎代表着牛肉面正规军团的中坚力量，即便是私营、个体牛肉面风起云涌的1980年代，人们的口味急遽多元化的1990年代，没有人试图挑战他们在行业中的地位。鼎盛时期的兰清阁，每天有两口大锅煮着两头牛，每天卖出的面达到十五六袋子。

1989年，甘肃省首次举办全省名优小吃大赛，兰清阁的牛肉面获得了“甘肃省名特小吃”称号。这是那次大赛的最高奖，同获这一殊荣的还有杜维成灰豆子和静宁烧鸡。马子禄牛肉面因为在调汤上稍逊一筹，屈列“甘肃省名优小吃”。清雅居也派出了代表参赛，只是铩羽而归。兰清阁当时派出的是自己的第二代面匠马学明和第三代面匠马文斌。马文斌至今还保存着当年的奖状，上书“马文斌同志制作的清汤牛肉面获得甘肃省名特小吃荣誉称号”。

这是兰州牛肉面获得的第一个省级荣誉。这一荣誉的迟迟到来，似乎与社会上正在涌动的牛肉面狂热不太合拍。牛肉面人有理由认为，与其说这次大赛给牛肉面授了个奖，不如说牛肉面给了这次大赛的权威性一个确认。

1991年，马文斌和主任周福元代表兰州牛肉面参加了在郑州举办的全国名优小吃大赛，获得了由国家商业部颁发的最高奖——金鼎奖。这次大赛的规格之高堪称空前，参赛队伍有800人之多。周福元和马文斌组成的这个团队是其中最小的。他们带去了皋兰产的和尚头面粉，这也是当时兰州市场的主打小麦面粉。穿过一道一道华丽的门，迎着众多的照相机和摄像机的镜头，两位甘肃来的面匠稍微有点紧张，他们听到了观众席上的窃窃私语："甘肃？甘肃在哪里？"第一次与全国的烹饪高手对阵，他俩的手有点抖。但他们的表演实在令人惊艳，一团面，在马文斌坚实的拳头和有力的臂膀的捶、揉、摔、打之下，变得柔顺而富有灵性。马文斌一共拉出了四种面型，其中毛细拉了 8 手，共 256 根，连起来长达 384 米，相当于 130 层楼的高度。

只用了 20 分钟，一碗地道的清汤牛肉面便送到了评委手中。

这次大赛共评出三个特等奖，兰州牛肉面是其中之一。那个年代，这样的大赛还没有太多的商业用心，主办者还有着良好的初衷和真诚的动机，人们相信获奖者实至名归。这次获奖也被认为是兰州牛肉面跻身中华名优小吃的里程碑。

至于这个奖是颁给兰州牛肉面的，还是颁给兰清阁的，抑或是颁给周福元、马文斌的，在行业内引发了微妙的反应。兰州市商业系统迅速意识到了这一荣誉的价值，他们将"金鼎奖"与兰州市饮食公司紧紧地捆绑在了一起。这一觉悟改变了系统内牛肉面生产的格局。

1992 年，出身于商业系统的一位副市长抛出了一个思路，依托兰清阁，重组鸿宾楼，进而打造一个兰州牛肉面的官方品牌。他找到了兰清阁的副主任马学明，希望由这位经验丰富又年富力强的牛肉面人改造鸿宾楼。鸿宾楼毗邻东方红广场，地理位置相当优越，长期主营炒菜，但与当时蒸蒸日上的兰州餐饮景象形成鲜明对比的是，这个体制的宠儿却面临关门。在马学明赴任之前，饮食公司立意将鸿宾楼转型成牛肉面馆，并聘请当时牛肉面界的风云人物马子禄负责培训和指导，但短短的几个月之后，这个体制僵化的国营食堂又一次面临关门。马学明拿着副市长的

“令箭”，重装了店铺结构，重构了生产体系，同时也带去了当时最为正统的清汤牛肉面的生产工艺，使鸿宾楼一跃成为正统牛肉面的又一个龙头。

马学明趁势推出了他在兰清阁试验失败的优质牛肉面套餐，一面一菜，售价 2 元。当兰州市场上牛肉面普遍涨到 1 元时，鸿宾楼的套餐售价 3.5 元。马学明的秘诀是面少汤多，肉要回锅，肉丁较大，萝卜要炸。他几乎严格遵循了马杰三时代的做法，煮肉的第一遍汤要全部倒掉，用清水把肉洗干净，然后加水再煮，以此保证汤清。回锅时，肉在砂锅里煮，同时再加一次调料，而且配方是独有的，也就是说，煮汤是煮汤的料，炖肉是炖肉的料，后者的功效是把味道提起来，避免肉有甜味。

这一次，他成功了。鸿宾楼的优质牛肉面迅速得到了市场的认可，并在很多年里作为省上和市里相关部门接待外宾的定点牛肉面馆，被兰州人视为高档牛肉面的代表。

1993 年，在那位副市长的主持下，兰州市饮食公司整合兰清阁、鸿宾楼等老牌牛肉面食堂，成立了“兰州金鼎牛肉面有限公司”。自此，“金鼎牛肉面”以其强大的国营背景扛起了传统牛肉面革故鼎新的大旗，并背负起了政府的厚望。

1 1933 年南关清真寺

2、3 1941 年兰州街头酿皮担

4 兰州南城门“万里金汤”

5 20 世纪 80 年代牛肉面食客吃相

1
2 | 3

1 王鸿庆绘画：
马保子热锅子面

2 1988 年吴维宏的
马保子牛肉面馆

3 1988 年常州
清香源牛肉面馆

第四章 走出兰州

在吐鲁番发现牛肉面

1976年10月，一个全民欢庆的月份，载歌载舞的游行队伍充斥在中国各个城市和乡村小镇的街道上，人们以发自内心的激情庆祝打倒“四人帮”的胜利，这一事件标志着十年“文革”的结束。在新疆吐鲁番的街道上，热情奔放的维吾尔族百姓的欢庆场面给一名兰州小男孩留下了深刻的印象。这个小男孩后来做到兰州鸿宾楼的经理，他叫张自强，父亲张少山是兰州市饮食公司下属永昌路食堂（后来的清雅居）的主任。那一年，张自强只有11岁，他跟着亲戚在吐鲁番的街道上观赏游行的盛况，其间，他惊讶地发现，这个城市居然有不少挂着“兰州牛肉面”牌子的饭馆，其密集程度超过了兰州。张自强的活动范围仅限于大河沿车站附近，在这小小的一块区域里，“兰州牛肉面”居然有七八家之多。张自强对自己的记忆非常坚信，因为他有生之年只去过一次新疆，而他对“兰州牛肉面”几个字如此敏感，就因为父亲是兰州有名的牛肉面匠。凭着我们对那个时代的认识，这些牛肉面馆应该属于国营或集体所有制，也不大可能是兰州人开的，但不能排除其中有兰州籍的职工，或者曾在兰州学艺的当地人。

张自强的这段记忆有其独特的价值，在找到其他的线索之前，这一证据告诉我们，最迟在 1976 年，“兰州牛肉面”已经作为一个独立的地方饮食品类走出了兰州，到达了兰州人意想不到的远方。无法考证那些牛肉面是不是保有马保子和马杰三创制的风味，也许在那个时代，牛肉清汤与面条的组合就足以构成人们对“兰州牛肉面”的全部想象，不管这种组合多么扭曲。张自强清楚地记得，“文革”期间，由于小麦粉的匮乏，一些食堂就卖过玉米面做的牛肉面，那种面条甚至来不及出锅就断了。

吴忠迎来了杨文华

南关人杨德禄清楚地记得，1980 年，他的父亲决定做牛肉面时，全家人惊讶而兴奋的反应。这是一个普通的南关回民家庭，父亲已经退休，母亲是一名蔬菜公司的营业员，6 个子女中杨德禄、杨德福孪生兄弟 1978 年插队返城后被安排在父亲所在的烟酒糖业公司上班。多子女而没有文化的家庭，都有一个共同的标记：贫穷。

杨德禄的父亲杨文华极有可能是第一个走出兰州到外地创业的牛肉面人，时间在1980年5月，地点在宁夏吴忠。这一年杨文华还不到50岁，但因伤退休已经好多年了。此前，他是兰州市烟酒糖业公司的一名营业员，曾被抽调到西北民院穿山隧道工地劳动，因为土方垮塌压坏了腰而提前退休。

赋闲在家的杨文华整天琢磨的是如何让这个拮据的家庭走出困顿，他也因此成为商品经济的先知先觉者。给他带来启发的是一个叫马三爷的老人，这个老人被认为是兰州城关区的第一个牛肉面个体户。1978年，改革开放还没开始，自由市场刚刚起步，在西关十字东北角邮电局旁边的一个小巷子里，马三爷在自家的平房门口搭了个帐篷开始了兰州最早的私营牛肉面摊子。在最初的一段时间，很少有人注意到这个摊子的存在，摊子的主人需要很长一段时间让这个春意萌动的城市接受他的出现，普通市民也需要一段时间来适应这种被认为已经死去多年的古旧事物重现生机。杨文华可能是最早注意到马三爷牛肉面摊子的人之一，他也是一次次心事重重地徘徊在七里河磨沟沿自由市场的人之一，但只有极少数的人从中感受到了时代的变化。

启示来得如此迅速而猛烈。这个在后代眼中智商很高脑子很活的中年人，决定来一次不可谓不巨大的冒险——做牛肉面。但他几乎一无所有，没有技术——在南关，这块养育过马保子和马杰三的社区，不会做牛肉面的男人的确不多，但杨文华确实是其中之一；没有资金——这是那个时代没有文化的底层市民的普遍境况，杨文华的情况显然要更糟一些。

但这两个问题在他头脑的灵活运行下很快就得到了解决。技术问题：他找到了华林山上一位回民老汉——40 年之后，已经没有人记得这位老汉的准确姓名了，杨家后代隐约记得他姓马——这是一位刚刚退休不久的国营食堂职工，是那个时代不可多得的专业牛肉面调汤师。两人关系很好，杨文华和马姓老汉一拍即合，后者被聘为面馆的调汤师；资金问题：他想到了 1958 年支宁后落户吴忠的三弟，这位兄弟当时在吴忠市粮食局工作。兄弟俩感情很好，杨文华投奔吴忠开牛肉面馆的决定得到了三弟的慷慨支持。

吴忠是银南地区的一座小城，濒临黄河，历史上富庶而安静。但在当时，其凋敝程度和西北其他小城并无二致，人口只有八九万，整个城市只有一条街道，两边排布着鳞次栉比的平房。为了节省成本，杨文华在兰州制作了长条桌和长条椅，托运到吴忠，同时带过去的还有成袋子的蓬灰。三弟帮忙租赁了一间铺面，位于原街心公园后门。这是一间四五十平方米的平房，再在门口搭个帐篷，营业面积就增加到了六七十平方米。比起兰州刚刚兴起的牛肉面摊子，这个店的规模已经大得奢侈。

杨文华决定让两个刚刚上班的儿子辞职，随他一道创业。再加上两个女儿，这个家有 5 口人慨然踏上了这条脱贫致富的道路。在个体经济犹抱琵琶半遮面的时代，杨文华的举动已经不止于一种尝试，更有一种豁出去的果敢。毕竟，两个儿子当时的月工资是 24 元，对于一个 8 口之家，虽显微薄，但也具有支柱性的作用。比起 10 年之后，青海化隆的牛肉面人有备而动、携家带口闯天下的史诗性壮举，杨文华的选择则具有很大的冒险性。

在做出决定前，杨文华好像并没有做过必要的调研，直到面馆开张了，他才知道这个离兰州仅300多公里的城市，竟然是塞上稻米之乡，人们的饮食结构以大米为主，间或以饸饹面和荞面疙瘩作为调剂，面食在这个城市的传统中从未成为主流。许多人并未听说过牛肉面，甚至对于面食的这一新型做法，不少人表现出了极大的好奇，围观的人络绎不绝，他们围在门口，像欣赏马戏表演一样议论着那揉面、摔面、拉面、下面的夸张动作，而愿意坐下来品尝的人寥寥无几。数十年之后，一位当地的文人为这家已经改名为“德福记”的牛肉面馆送来了一幅书法作品，上书“四十年前一窝丝，吴忠百姓看稀奇。如今满街拉面香，源头却是德福记。”并且题记“德福拉面开吴忠人吃拉面之先河，值得书写”云云。

好在当时铺面的租金只有几百块钱，一个小工的工资只不过16元，低廉的成本使杨文华撑过了艰难的两三年。吴忠人终于在这家面馆的坚持中认识了兰州牛肉面，进而喜欢上了这碗有着地道兰州味道的杨记牛肉面。当一天能卖五六袋面的时候，杨文华坚信自己开启了吴忠的牛肉面时代。

1984年，已经腰包盈实的杨文华将面馆搬到了民生街中段。这时候的老杨记在声望上已经占据了吴忠市私营餐饮业的高位，需要一次华丽的变身，新的面馆更符合它当时的身价。大概两年之后，吴忠有了第二家兰州牛肉面馆，名叫“老马记”，店名呼应了“老杨记”，为当地人所开，面匠是从兰州请来的。这家面馆的老板原是在老杨记牛肉面馆旁边卖酿皮子的，耳濡目染，他比其他人更早地体察到了吴忠人如何欣喜地迎接着一个新口味时代的到来。

1998年，杨文华功成身退，回兰州颐养天年。老杨记枝繁叶茂，需要分家，牛肉面馆作价卖给了长子杨德福，杨家其他兄妹各自分得了应得的份额，换算成现金，各奔前程。牛肉面馆更名为“老杨记德福牛肉面”，继续在吴忠发展。如今，它已经在吴忠新城区文华街上有了自己的三层铺面。这条新街宽阔亮丽，行人稀少，但“老杨记”里总是座无虚席。

杨德禄是1985年先行撤回兰州的，先后在安定门、南滨河路开过牛肉面馆，其中南滨河路老年活动中心对面的“德禄牛肉面”在1980年代末期一度相当有名，辉煌时期一天能卖十二三袋面，中午饭点时分，排队吃饭的人摆放的自行车能码一电线杆。但因为一直没有盘下一个稳定的铺面，杨德禄的牛肉面生涯可谓颠沛流离。他曾败走乌鲁木齐，2004年闯荡包头，才赢得了8年的稳定，在那个面食行业并不发达的城市，他的牛肉面连锁店一度达到6家。2012年，因为身体原因，他转掉了所有的店面，回到兰州，做了一名南关清真寺的乡老。

广州有个兰州办事处

广州可能是兰州人开办牛肉面馆最早的南方城市，时间应该在1980年代初，最迟在1985年。与杨文华在吴忠的情形不同，这家牛肉面馆的开办并没有太重的商业动机。相关的记忆来自原兰州市商贸部主任王建中，其时，王建中是兰州市委财贸办的工作人员，经常去广州出差，落脚点就是兰州市外贸部门设在广州的办事处。

当时的兰州，能在外地叫响的地方特产是黑瓜子和白兰瓜，这两样经受过高原烈日万般宠幸的地方特产，在改革开放初期的沿海城市很受欢迎。一些官员认为，兰州还盛产百合，品质无出其右，一直藏在深闺无人知，可以作为第三个特产品类推向发达的城市。这个办事处就承担了这一使命。王建中多次陪同市上领导前往广州指导工作，当时一位主管副市长可能出于对办事处人员生活的考虑，说："广州就一个云吞面，不如在我们办事处搞一个牛肉面馆。"

办事处正好在一楼有一间临街铺面，面积只有二三十平方米，冰箱都得放在外面。就这样，广州第一家兰州人主理的牛肉面馆开办了起来，除满足办事处人员的需求外，还对外经营。广州人不吃蒜苗，面馆便改蒜苗为韭黄，"一清二白三红四绿"在这儿变成了"一清二白三红四黄"，兰州人十分迷恋的那种能使味蕾舒展、胃液充盈的轻淡如丝的辛辣感没有了。这家牛肉面馆的经营出乎办事处人员的意料，在广州人欲拒还迎的时候，客居花城的北方人对其表现出了相当的热情。牛肉面在广州，大概就是这样从征服北方面食客的味蕾开始的。

长三角从常州出发

兰州牛肉面传到临夏的时间谁也搞不清楚。这两个相距仅仅150公里左右的城市在历史上唇齿相依，互动频繁，兰州的小西湖就是众多的临夏人社区叠加而成的一个人文内涵过度饱满的地区。所以，当牛肉面在兰州风头正劲的时候，临夏也出现了不少的牛肉面馆，王振的父亲在东门口开的一家卖凉面、牛肉面的小餐馆就是其中之一。王振的牛肉面生涯就是从这个小餐馆开始的。

1989 年 1 月，王振从临夏出发，远赴江苏常州，在常州清真寺所属的一间铺面开始卖兰州牛肉面。这是江苏省乃至整个长三角地区最早的牛肉面记录。

这一年，王振才 27 岁。此前，他曾闯荡改革开放的前沿城市广州，在那里给人打工，做过馒头。积累了小小的本金后，他开始投身于当时十分火热的布料生意，把广州的布料贩运到临夏，赚取了他的人生第一桶金。后来，他通过生意场上的朋友，获得了一条重要的信息：临夏州驻南京办事处下属的常州联络处有一间临街的房子，因为一些无解的合同纠纷，正欲转让第三方。已经走南闯北多年，商业嗅觉相当敏锐的王振很快与办事处商定，用 1 万元的转让费拿下了这间铺面。

王振用一个简单的道理说服了父亲：在临夏，他们是普通人家，虽然这个被称为西北旱码头的商贸重镇是西北商品经济最先发达起来的城市，但这个家庭因为经济条件的先天不足，生活依然拮据，如果不出去闯一下，也许永远没有出头之日。于是，王振带上了父亲和两个弟弟，怀揣梦想，奔赴常州。父亲有餐饮经验，两个弟弟是他创业的最佳搭档。已经成家单过的王振占一半股份，父亲携两个尚未成家的弟弟占另一半股份。

这个铺面其实是常州清真寺的门面房，面积五六十平方米，做个小吃店相当宽裕。里面卖牛肉面，门口卖烤羊肉。过于浓烈的西北风味与常州人的饮食口味相距甚远，所以，一开始的生意十分不好，一碗牛肉面定价 1.08 元加三两粮票，一天的营业额只有几百块钱，连基本的费用都出不来。和到东南沿海开面馆的所有牛肉面人一样，王振必须熬过一段痛苦的艰难期。同时，他们对调料配方进行调整，因为南方天气闷热，人们的口味偏于清淡，而兰州牛肉面调料中的草果和胡椒被视为大调料，南方人吃了容易喉咙发干。在顾客与调汤师的不断互动中，他们终于找到了一个适合常州口味的配方。

艰难的时期并没有持续很长，大概有半年时间。一个星期六的晚上，父亲向儿子们宣布了一个令全家人振奋的消息：今天卖得不错，收入 700 多元。这一天在王振的三弟王伟的印象中十分深刻，这意味着，1989 年夏天，王振的面馆在常州站住了脚，兰州牛肉面开启了在长三角的扩张。

扩张速度如此之快，似乎常州人多少年来一直在等待这一碗面的到来。接下来的两三年时间里，王振的生意节节攀高，兰州的牛肉面馆一天能卖 15 袋面就意味着登上了巅峰，而王振的常州清真寺总店一天能卖到 20 多袋面，两口锅同时下面。至 1993 年，仅在常州公园路上三四百米的范围内，王振的分店就有 5 家。这一年，在江苏省某机构搞的一次名优小吃评选中，兰州牛肉面赫然在列，以至于当时的常州民间流传着一种说法：乡下人逛常州，如果没有吃过一碗牛肉面，等于没到过常州。

常州牛肉面的盛况化身为各种各样的信息汇聚到兰州、临夏，王振的成功给了更多的人很好的启示。大概从 1991 年开始，长三角的杭州、上海、南京陆续迎来了来自兰州的牛肉面人。

1992 年，兰州人马积武——也就是 1978 年出任过兰州送变电公司牛肉面食堂经理的马积武——从他做牛肉面调料的弟弟处听到了对于常州的描述。他决定到常州一看。这一看，他便留在了常州，租下了一家粮店的铺面，舒放他多年来抹之不去的牛肉面情结。

这时候，常州的牛肉面已经不需要粮票了，一碗 1.7 元，比同时期的兰州高 0.6 元。常州人对牛肉面的热情使马积武几乎没有怎么预热就享受到了成功的喜悦，一天卖 4 袋子面，在常州习以为常——虽然远不能和王振相提并论——但在兰州只有极少数的面馆可以达到。

同做一碗兰州牛肉面，而且同在一条街上——马积武的面馆就在王振的一家分店对面——临夏人和兰州人在这个温文尔雅的城市表现得十分和气。王振的三弟王伟记得，马积武的面馆就在人民公园门口，门前有一棵被政府挂牌保护的古树，有一次面馆失火，殃及古树，他就带着自己的员工前去扑救。

这次事件之后，人民公园决定将铺面拆除，马积武在常州的 4 年牛肉面生涯也就此结束。

1993 年，王振统合他的众多牛肉面店，注册成立了常州清香源清真美食苑。随后的几年，他持续扩张，最多时有十多家分店 200 多名员工。这些员工大多来自他的老家，临夏县的韩集镇。这个镇的某三个村，据说就有三分之二的家庭把自己的一个或多个子女交给了王振。而在临夏县的另一个村子，尹集镇涧上村 624 家农户中，从事牛肉面行业的就有 500 多家。这些员工在清香源受到了良好的训练，成了经验丰富的调汤师和拉面师，其中一些有梦想有勇气的年轻人自然而然地走向自立门户，开办自己的牛肉面馆。时至今天，光临夏人在常州开办的牛面肉馆就有700多家，而在整个长三角，包括南京、上海、苏州、无锡等城市，临夏人开的牛肉面馆可能达四五千家。新的面馆需要吸纳更多的人就业，临夏州的各个乡村为之提供了源源不断的劳动力。

这是一次令人惊叹的劳动力大迁移。数以万计的临夏贫困山区的青年农民沿着牛肉面人规划好的路线走出临夏，走向沿海发达城市，这也构成了临夏人脱贫致富路上的一道壮丽图景。据临夏州政府发布的资料，截至2018年4月，临夏县籍群众在全国各地开办的牛肉面馆达6900多家，[①]临夏全州在外从事牛肉面行业的劳动力达2.7万人。不能不说，这场依托牛肉面产业产生的劳动力大迁移，其源头就是王振。

北京，“张云”来了

1992年，张建忠携带“张云牛肉面”品牌转战北京的时候，京城市民对牛肉面还相当陌生。

此时的北京大概只有不多几家牛肉面馆，其中一家位于南菜园的面馆让人印象深刻，因为它打的是兰州牛肉面的牌子，而且

① 这一数据同样来源于临夏县人民政府门户网站甘肃·临夏县网《临夏县概况》和2018年4月27日《民族日报》报道《一碗面撑起一个产业》。但在2019年5月25日的《民族日报》报道《临夏县牛肉拉面产业助力脱贫攻坚》中，这个数据为1000多家。这两个数据可能并非出于严格的统计，但牛肉面产业对于临夏的改变为社会广泛认可。

被公认为最有兰州味道。这家面馆是由一位至今还不知道名字的甘肃广河人开办的，据说当时生意还算红火。另一家就是如今居于行业鳌头的西部马华餐饮品牌的创始人马华开办的。这家面馆位于宣武区的北线阁，开办于1988年。马华来自甘肃会宁，是一位极具商业头脑又具有敏锐果敢品质的回民姑娘，属于当时京城典型的“外来妹”。此前，她在北京做牛羊肉批发生意，据说是为了解决辛苦劳累的司机们的吃饭问题，她顺势开了一家牛肉面馆。即使在北京这样的繁华之都，牛肉面依然是行业门槛较低的饮食。这可能只是个无心插柳的举动，没想到一转眼却绿树成荫，一个著名的餐饮品牌就此诞生。马华的调汤师和面匠都来自甘肃，这是马华和后来的媒体特别强调的，但没有迹象表明，最初的几年就已如此。1992年时，马华牛肉面还鲜为人知。

北京当时最流行的要属“加州牛肉面”了，这种据说诞生于美国华人社区的面食，其制作理念、用料和工艺十分的美国化，与后来被推举为“中华第一面”的兰州牛肉面分属于完全不同的饮食类型，因为头顶“美国加州”的光环，一度很受追捧。不知是不是受此启发，北京当时还有一种被称为“牛肉面”的本土面食，做法极其粗糙，清水里下一把机器面，再加一点牛肉丁。这种面食的命名者大概不知道，在遥远的兰州，中国“牛肉面”的命名者早在70多年前就已为之建立了一套复杂而严谨的配料和制作体系，凡是在此体系之外的做法，都会受到质疑。

张建忠就是带着这套体系奔赴北京的。

自从兰州市饮食公司武都路的门面易手马子禄之后，张云一度走投无路。1980年代末，商品经济的迅猛发展，带动了街头铺面的租金高企。10 年改革开放产生的财富效应也相应地抬高了牛肉面行业的门槛，虽然这种趋势才刚刚显现，但对张云来说，找一间合适的铺面已经不那么容易了。

经过一段时间的沉寂，张云在兰州西站找到了一间很小的铺面，只有 20 多平方米。但张云牛肉面的味道和品牌效应给了他足够的慰藉，这样一个小店每天也能卖五六袋子面，营业额可达 800 多元，这是在牛肉面的 0.65 元时代——在这个小店，他再也不能推行一元一碗的优质牛肉面了。他在兰州的辉煌时代已经没有机会复制了。

在西站卖面一年多之后，儿子张建忠决定转战北京。

机缘来自一个朋友提供的信息。这个朋友大学毕业后分配到兰州教育学院工作，后到北京师范大学进修。因为感觉到北师大清真食堂的饭菜不好，便提出用承包经营的方式开办一个食堂。这个想法得到了校方的积极回应，正好学校有 5 间闲置的铺面，但要价很高，租金一间一年 1.5 万元。据说，“加州牛肉面大王”有意接此铺面，却被 7.5 万元的租金吓退。张建忠并不了解当时的加州牛肉面有多火爆，但对南菜园的那家兰州牛肉面的生意还是有所了解，这个性情和父亲一样温厚的人选择了折中的方案。经过与校方的交涉，他拿下了其中 3 间铺面。

张建忠挂出的还是“张云牛肉面”的牌子，并且把当年《人民日报》和《甘肃日报》的报道剪报复印放大后张贴在店里。如此，也就宣示了他在北京这个城市的正统地位。最早光顾的是来自兰州的学子，他们中的一些人在孩提时代就对张云牛肉面的名气有所耳闻，而在千里之外的北京校园里，能吃到记忆中无可替代的地道兰州牛肉面，自是欣喜异常，奔走相告。大学校园是个相对封闭的环境，早已厌倦了食堂饭菜的学子们很快接受了这种制作工艺复杂而讲究的面食。大概不到半年的时间，50 平方米的牛肉面场地一天能卖 10 袋面以上，一袋面 180 碗，一天出面量 2000 碗左右。张建忠很后悔当初没有把 5 间铺面一起拿下，此时再去找校方协商，为时已晚，另两间已经租给了别人。

张建忠坚信，在随后的若干年里，北师大的张云牛肉面是北京知名度最高的牛肉面，也是生意最好的牛肉面。当时海淀区的高校间流行着一句话："北大有个未名湖，师大有个拉面馆。"邻校的学生跑到师大吃一碗兰州牛肉面，会成为一个值得反复炫耀的话题。

信息同样传到了社会上，有几个投资人先后来找张建忠，希望合作开店。但这位来自偏远的兰州、商业经历十分单薄的牛肉面人，对于那种与不了解的人合作经营的商业模式完全没有概念。何况在他的认知中，牛肉面并不是可以批量制作的饮食，一碗牛肉面从生炉子到熬灰，从煮肉熬汤到和面、揉面、下面、舀汤，每一个环节都是心智和经验的结晶，他无法想象在自己的眼睛和手感监控之外，还能制作出真正的牛肉面。

张建忠在商业投资上的保守可能遗传于父亲。这从父子二人在此前的历次转折中可以看得出来，新的商业伦理在不断考验着江湖时代所剩无几的牛肉面人。6 年之后，张建忠又轮回到了漂泊的路上，与北师大的合同期满，他选择了退出，转移到西直门。新的面馆延续了此前的火热，一天的流水可以达到 5000 多元，但好景不长，由于市政拆迁，一年之后，他被迫转到北师大后门的一条小巷子里，这里 80 多平方米的铺面，一天只卖 5 袋子面，与在师大校园里的情形已不可同日而语。

2000 年，张建忠再次漂泊进了北师大。新的世纪，北京成为新一代梦想家的乐园，“北漂”们不断改写着这个城市的创业史，牛肉面行业也被市场经济不动声色地重构，来自贫困山区的西北农民和驾驶资本马车的城市企业家以两种截然不同的方式争夺着京城人的胃口。来自甘肃张家川的新生代农民，已经在东南沿海成长得羽翼丰满的青海化隆人，凭着对牛肉面的一知半解和对味精、鸡精、调料的无限信任，悄无声息地潜进偏僻小巷，胡涂乱抹地描绘着牛肉面的新时代图景。北京本土的马兰拉面和来自新疆的苏氏牛肉面以其凌厉的商业模式，将牛肉面带进了资本时代，进而攻城略地，一路凯歌。而扛着传统的绿底白字“兰州牛肉面”旗子的张建忠们——那些试图打破“牛肉面一出兰州就变味”的神话并且确实把牛肉面带出兰州的兰州人——不得不以日益黯淡的心情忍受着繁荣留给自己的忧伤。

2011 年，张建忠感叹一句“时代不一样了”，撤下“张云牛肉面”的牌子，离开北京，回到兰州。他和他所代表的那个牛肉面时代谢幕了！

张家川到北京有多远

北京的牛肉面时代留给了新一代的西北农民，比如张家川人马德锋。

马德锋可能是第一个闯荡北京的张家川籍牛肉面人。他的牛肉面生涯起始于兰州，那时他还是一个一贫如洗的懵懂少年，如今他已身价过亿，住别墅开豪车，理所当然地成为那个陇东贫困县新一代青年农民的财富榜样。

马德锋出生在张家川县刘堡乡一个非常贫苦的村子，几乎没上过学，但他识字，学历停留在小学三年级——这一点非常值得留意，它有助于我们细致地理解中国改革开放中穷人的命运史——在一次次目睹了父亲和母亲为一元钱吵得不开可交的场景后，10 岁这年，他决定辍学，给父母挣钱。这样的选择并非荒唐，在 1980 年代初的西部农村，多数孩子的命运大抵如此。父母没有坚决反对，只是托关系把他安排到县城的一家烩面馆打工，最初的工资是每月 10 元。这是在 1985 年，农村的小饭馆里童工并不鲜见，他们大多从洗碗抹桌子干起，常常因睡眠不足而无精打采。而马德锋可能有所不同，这个男孩早已被艰苦的生活磨炼得精力旺盛，聪颖过人。经过三四年的勤学苦干，当他的胳膊肘高出锅台的时候，就开始掌勺，炒菜烩面样样拿手，面片也揪得很好，工资也逐步涨到了每月 120 元。饭馆是各路信息的集散地，也是各路人马的小舞台。14 岁时，他已经见多识广，决定到省城兰州去闯一闯，老板用 220 元的工资留他，被他断然拒绝了。

那时，有许多张家川人在兰州打工，在牛肉面馆的居多。马德锋进了焦家湾一家牛肉面馆，从和面开始学起，月薪 80 元。在这个面馆学习了一年多，这个血气方刚的少年认为自己学会了牛肉面的全套本领，和面，他的速度达到了令人称奇的 6 分钟一袋面；拉面，他做到了比别人更均匀更精细。然后他又学会了煮肉、兑汤，掌握了调料的配方。这时候，他遇到了一个从北京衣锦还乡的老乡，一身漂亮的衣服和趾高气扬的神气唤醒了这个15岁少年萌动的心，他决定只身闯京城。

1990年，马德锋把自己积攒的800多块钱的整数寄给了家乡的父亲，自己揣着几十块零钱坐火车来到了北京。

接下来就是一个有点类型化的流浪少年成长记。除了拉面，他一无所长，北京的餐馆老板们对拉面这种东西几乎一无所知，清真面馆也是寥寥可数，走半天都碰不上一家。他一家一家地向人推销自己的拉面技艺，但每次都被漠然置之。身上只剩十几块钱的时候，他就买馒头吃，当时北京的馒头一块钱8个，够他支撑一天。他在公园的草坪上睡过觉，在公厕的水龙头下喝过水，在山穷水尽之际，他在一家小饭馆找到了工作。

他的打工生涯持续了3年，换了很多家餐馆。最后的一家老板同意让他展示一下牛肉面。没有蓬灰，他经多方打听，找到了一家甘肃人开的牛肉面馆，从那儿买了10斤。他使尽了浑身解数，拉出了到北京的第一碗牛肉面，老板大为惊喜："这东西还真不错。"他说："成本很低。"老板说，那就上一点吧。餐馆里没有地方，老板让他在门外支了个摊子。马德锋在北京的牛肉面生涯就这样草草开始了。

这个故事的要素之一就是主人公的聪明和胆气。这个机会给了他启发，不久之后，他找到了另一家餐馆，承包了铺面外的地盘，自己花800元钱购置了厨具、餐具和所需物品，开启了一个人的创业生涯。这是个能说会道的孩子，他那接近关中方言的西北腔本身就有喜感，加上表情丰富，动作夸张，使得极具表演性的牛肉面制作流程更加的赏心悦目。

这样的历程大概持续了 3 年。算起来应该到了 1996 年，马德锋终于租得了一间属于自己的铺面，他称之为“一间小小的破铺面”，挂起了“马氏老汤拉面”的牌子。他认为“老汤”是个很好的词，代表着古老，也代表着浓厚。但北京人的口味没有西北人的那么重，他很早就发现了这一点，适时地调整了调料的浓度。后来，索性就叫“马氏拉面”—— 一个毫无个性毫无内涵的名字，但生意很火，火到他不得不 24 小时营业。

接下来的几年，他的生意不断地扩张。和临夏人王振在常州的模式大致相同，他的村里人被他一批批叫到北京，打工，学艺，开阔视野，培植梦想，又被一个个培养成拉面店老板。张家川人姓马的多，他乐意把“马氏拉面”的牌子送给他们，以至于今天，北京的“马氏拉面”不少于 150 家，大多是他的亲戚和家乡的小伙伴开的。

马德锋估计，光他所在的村子，和他一样资产过亿的家庭就有三四户。早在 2004 年，他掏 500 万元买了南五环的一栋别墅，现在市价过亿，他在张家川县城有两栋楼房和几排铺面，他的豪车换了好几部，现在开的是丰田霸道。他很乐意向冲他而来的同乡展示他的财富光环，开着豪车把他们从火车站接出，一路穿过繁华的街市，送到别墅安顿下来，然后带他们去参观他的两家每日流水均超过 3 万元的餐厅。之后还不忘自我批评一下：“我是不是太高调了？”

马德锋的致富效应在 2010 年前后达到了第一个峰值。大批的张家川人沿着这个路标奔向北京。每一个在牛肉面馆打工的人都怀揣着一个老板梦，许多年轻的新生代农民刚刚出徒就迫不及待地寻址开店，许多高学历的人学会了合伙人模式、连锁模式，扩张的速度令人惊叹。据一个非常粗糙的统计，在此后的十年左右的时间，北京的张家川牛肉面餐厅达到了 2500 家，其中，丝路伊兰、马尔萨、习连汇都是马德锋之后的第二代第三代牛肉面人创造的连锁品牌，它们的创始人已经成为张家川人心目中的新一代致富榜样。①

羊群效应在持续扩散，新的领头羊不断出现，有的人奔赴上海，有的人奔向武汉，这两个城市是继北京之后，张家川牛肉面人新的创业福地。这同样是一次规模可观的劳动力大转移，数以万计的青年农民走出乡村，来到繁华都市，他们的人生观和生活方式与现代商业社会迅速接轨。具体的例证来自大阳乡汪洋村 2015 年的一个统计，这个村的党支部书记李世忠向一家媒体介绍，汪洋村共有 230 户村民计 1153 人，在外从事牛肉面行业的有 492 人，占全体村民的 42.7%，其中餐馆老板 170 人，占总人数的 14.7%。汪洋村也许是个特例，但至少从侧面印证了下面这

① 关于张家川第一代牛肉面人，还有另一个版本。据新华网 2015 年 7 月 23 日题为《兰州拉面开到迪拜　张家川人卖面一年挣 8 亿》的报道：1988 年，张家川龙山镇坪王村二组村民马德胜到北京开饭馆被称为张家川在外经营清真餐饮业的“面一代”。马德胜起初的面馆规模不大，利钱也没有他做皮毛生意来得快，一年下来，挣个两三万元也算是正常。之后，木河乡坪王村、龙山镇四方村村民马生龙、马海云、马登宵等人就紧随其后在北京创业。张家川“面一代四大金刚”的故事慢慢开始在坊间传开。“面一代”开办的西北清真拉面馆，取得了很大成功，在他们的影响和带动下，越来越多的乡亲走上了从事清真餐饮服务业的发展道路。

个数字的可靠性：2016年上半年有媒体报道，张家川人在北京、上海、武汉等20多个省会城市和200多家大中城市开牛肉面馆超过了1.3万家[①]，而这个县的人口只有30多万，其中支撑牛肉面产业的回族人口约20万。

就在张家川劳动力大转移的高峰时期，位于陇东偏僻一隅的这个贫困县迎来了令人咋舌的"天价彩礼"时代，女孩子的学历被"明码标价"，本科女生的彩礼达到20多万元。据一些文化学者的分析，"天价彩礼"的主要推手就是牛肉面人。一些牛肉面人衣锦还乡，出手宽绰，推高了彩礼行情。同时，大量的青年外出开店，夫妻店被认为是最安全最节省的模式，投资婚姻和投资餐厅被非常扭曲地拧在了一起。"天价彩礼"现象引起了地方官员的忧虑，因婚致贫成为脱贫攻坚语境下一个令人头疼的问题。2018年，张家川县政府制定了《治理高价彩礼推动移风易俗实施方案》，成立了张家川县治理高价彩礼领导小组[②]，试图用政府之手遏制这种令人不安的"不正之风"。我们尚未找到政府对这个领导小组工作效果的评价，从一些自媒体的反应看，其效果还是有的，28万元彩礼似乎成了一个天花板。

"天价彩礼"现象只是牛肉面影响社会生活的一个典型例子，因为它引起了民众的广泛关注，才显得如此突出，而在更广大更深层的领域内的影响，尚没有专门的研究。但数以万计的张家川人因此改变了命运，是不争的事实。这个西北贫困山区的发展史

---

① 数据来源于张家川县新闻中心2016年6月20日报道《"张家川要发展，满世界开饭馆"入选天水外宣关键词》。

②《天水晚报》2018年8月29日报道《张家川对高价彩礼说"不"》。

因为牛肉面的叙事而多了浓墨重彩的一笔。

然而，不论张家川人还是临夏人，都不是这部可歌可泣的壮丽史诗的一号主角，真正的一号却是另外一个群体。

第五章　拉出来的面

一个叫韩录的化隆农民

1990年9月，34岁的青海化隆农民韩录怀揣7000元来到了厦门，开了一家西北拉面馆。韩录强调的是，他的面不是削面也不是切面更不是机器面，而是用西北人独特的面食工艺揉拉出来的。很快，他的追随者将这种与兰州牛肉面大同小异的面食命名为“牛肉拉面”，一些更加聪明的创业者为之贴上了“兰州”标签，进而将之命名为“兰州牛肉拉面”或“兰州拉面”。这一年堪称“兰州拉面”元年。

接下来的20多年里，携带着青藏高原饱满势能的化隆人涌向东南沿海的繁华都市，硬是让不喜面食的南方人接受了这种用强健的臂力揉制拉成的面食，一些地理知识匮乏的南方人由此知道了一个叫“兰州”的城市，以至于在前互联网时代，许多南方人对于兰州的印象停留在这样一个简单的表象上：戴白帽的男人，戴头巾的女人，店里窜出窜进的孩子，一碗无法描述其味的清汤牛肉拉面。

兰州的“兰州牛肉面”和东南沿海的“兰州牛肉拉面”以各自不同的路径叙述着一碗面的故事，描绘着兰州这个西北偏北城市的外在形象。饶有趣味的是，从1990年之后的20年时间里，是化隆人——而不是兰州人——占据着叙述的高位，化隆人的拉面馆遍地开花，甚至遍布偏远的南方小镇。化隆的创富效应涉及海东诸县，循化、民和、平安人也纷纷加入这一行列，“兰州牛肉拉面”成为一个不易分割的固定短语，流行在外地人的唇舌之间，而这个时期的兰州人依然固执地笃守一个信条：牛肉面一出兰州就变味。

聪明的化隆人并不在乎这碗“兰州牛肉拉面”是不是真的具有兰州味道，他们中的大部分人可能一辈子都没有品尝过真正的“兰州牛肉面”。为了迎合当地人的口味，他们在汤里加上一些兰州牛肉面人并不熟知的调料，使这碗面在不同的地区呈现出迥异的味道。

韩录就是以一碗白胡椒当归牛肉汤冲破了厦门人的味觉壁垒，跃入江湖的。

化隆县有海东地区的小唐古拉山之称，平均海拔2800多米，素有“八分山、一分河、一分川”描述，是海东唯一的国家级贫困县。巴燕镇的上下两个卧力尕村虽然算不上化隆最苦寒的山区，但即使在1984年全国粮食大丰收这样的盛年，大多数农民还是吃不饱饭。卧力尕村因为离县城较近，村民对正在变化的外部世界表现得更为敏锐，贩卖小商品和跑货运的人成为最早一批致富模范。

上卧力尕村人韩录的敏锐更是异与他人。这个生于1956年的农民和大多数化隆人一样，识字不多，但他在十几岁的时候就有了一台收音机。在一个没有图书和报纸的山区，收音机带来的信息足以使他成为那个地方那个时期最博学的农民。这也是一个靠贩卖小商品走到时代前列的青年农民。早在1984年之前，他就毫不气虚地开始向人灌输自己的灼见：社会变了！

1984年，基于这一判断，韩录沿着青海人熟悉的路线去了一趟西藏。河湟人有跑西藏的传统，这条路虽然艰难险阻，货物贸易的利润却相当可观，千百年来长盛不衰。在拉萨，他发现拉萨河滩、布达拉宫广场上扎着许多漂亮的帐房，当地人在其中做着各种各样的小生意。这一年，西藏政府决定将9月1日确定为自治区大庆，第二年，就是西藏二十周年大庆的年份。拉萨街头涌动的商业气氛似乎正在为大庆预热。韩录迅速捕捉到了这个信息，决定在拉萨开个面馆。于是，他回到了西宁，从一家牛肉面馆挖了一个面匠——那时，兰州牛肉面刚刚传到西宁，都是当地人所开，做法极其粗糙，味道相当难吃。西宁人更喜欢吃的是面片，但韩录觉得这种拉面有一种难以言说的魅力——带着老婆和弟弟，买了一些蓬灰，准备了一些器具，回到拉萨。

事情并没有想象的那么顺利。支一个帐房也就3800元钱，可他的愿望一次次受挫，这儿不让支，哪儿不让支。他不停地交涉，家人们持续地等待，在长达三个月的煎熬中，最先失去耐心的是他的面匠，毅然决然地弃他而去。好在与其相处的日子里，韩录没有浪费时间，他向面匠请教了拉面的基本技术，怎么熬灰，怎么过灰，怎么避免二包水。面匠走后，他不再执着于帐房，转而租下了一间30平方米的小铺面，开始实践那些听来的技术。

经过反复琢磨、练习，他终于成功地拉出了一碗像样的面条。至于煮肉、兑汤，当时的他还是两眼一抹黑。他想到了在临夏见过的一种卤面的做法，以豆腐为主要原料做成卤汁，这个并不难。于是，拉面加卤汁，这种在西北尤其是兰州流行已久的面食吃法被他无师自通地琢磨了出来。

韩录的面馆叫“迎客面馆”。对于长期浸淫于另一种口味传统的拉萨人来说，这个面馆所带来的味觉体验是新鲜而享受的，他们对其报以热情的回应。面馆开业伊始就大受追捧，他的拉面技艺也日益精进。

这个面馆做了不到两年，初尝挣钱喜悦的韩录心思又活跃起来。1986年，他关了面馆，揣着挣来的两万元回到了西宁。那时候，人们对有钱人最大胆的想象不过是一个光芒四射的名词：万元户。韩录就这样成为西宁城里最富有的人之一。他很宽绰地在远离城区的北山根买了个小二楼。这可能是化隆农民在西宁买房置产的开端。

韩录认为自己从小就是个爱倒腾的人，天资聪颖加上被收音机不断激活的心思，使他总是看着那山比这山高。在西宁城里，他贪婪地捕捉各种致富信息，并以最敏捷的姿势投身其中。先是发现西宁开始兴起小汽车了，他马上考了驾照，开始跑出租，但当时的西宁城实在太小，人口也不够多，开出租车看着风光却挣不上钱。后来又听说到海西挖金子的人都发了财，他便不假思索地跑到海西，在茫茫沙海里淘金子，干了两年，一无所获。回到西宁后，看到好多人从南方往西宁发小百货挣了钱，他毫不犹豫地沿着别人指示的路线赶往福建石狮。这一次，他带上了一个叫马贵福的同村小老乡。小伙子是他挖金子时的小伙伴，当时只有17岁。这个小伙子不同凡响的创业故事在此埋下了伏笔。

福建之行让他脑洞大开，人生的转折就此翩然到来。在厦门，他惊叹于这个设立不久的经济特区焕发出来的勃勃生机，她的每一个毛孔都流金溢彩，每一次呼吸都温软绵柔。“这个地方真好！”他一次次地对小伙伴说。很快地，他发现了一个非常现实的苦恼：这个城市没有清真饭馆。他找遍了大半个厦门城，真的，这个遍地黄金的城市居然没有一家清真饭馆。“如果在这里开个饭馆会怎样？”

这个问题在他回到西宁后有了答案。批发小商品没有赚到钱，加上此前一连串的失败，让他坚信开饭馆是唯一的出路。这时的他差不多一贫如洗，但他天生是个果敢的人。这一次，他做得很彻底，砸锅卖铁筹集资金，连家里的小凳子都低价处理掉了，只差没把他珍爱的小二楼也卖掉。全部的家当变卖了7000元。然后，带着老婆和两个女儿，还有他信赖的小伙伴马贵福及其媳妇去了厦门。两个女儿随即就读于厦门的一所铁路小学。

1990年9月，操着浓浓海东方言的一行人来到厦门，旋即被这个火热的城市吞没。他们好奇地打量着这个令人炫目的城市，小心翼翼地求证着自己的判断。厦门溽热的空气与西宁城那青藏高原灼热的空气完全不同，他们首先得学会忍受皮肤上抹之不去的黏稠感。这一年，韩录 34 岁，多年走南闯北的经验和敏捷的思维给了他应付各种复杂问题的能力。没有经过特别繁复的调研，他选择了火车站这个具有巨大包容性的地方，表面杂乱，内里生机盎然。而在离火车站不远的梧村，有许多石棉瓦盖起来的简易出租房，收纳了许多外来的打工者，包括来这里淘金的北方人。韩录就选择了这里。

安家、租铺面、置办全部的家当只花了 3000 多块钱。这一次他要推出的是西北拉面，面馆取名“易不拉面馆”。基于对兰州牛肉面的粗浅理解，加之自己多年来的精心打磨，他决定自己的拉面一定要有厦门特色，不仅用以对抗南方溽热的天气，还要适应南方人的口味习惯。这需要在面的揉制工艺和兑汤的调料上做出一定的改革。所有的问题似乎都没有花费太多的心思就迎刃而解。他揉面的技术非常独特，白天揉一种比较硬的面，晚上揉一种比较软的面，然后将两种面揉在一起。复杂的工序不仅解决了面团在蒸汽般的空气中的存放问题，而且拉起来比较柔韧，吃起来也比较筋道。青海的一位叫陈习新的学者为其取了个好听的名字，叫“阴阳面”。南方人不习惯牛肉汤，他就减少了肉汤的比例，调料的配方和比例他也没有专门研究，按照家常的做法，味精、生姜、花椒、胡椒凭感觉搭配，为了迎合福建人的口味，他放大了白胡椒的份额，刺激的辛辣味让食客们通体舒畅，有利于汗液的排出，很受厦门人欢迎。不久之后，在一位厦门当地人的建议下，他在汤里加了当归，又多了一份养生的成分。胡椒当归牛肉汤，这是韩录的首创。这汤对厦门人味蕾的征服，大概不亚于马保子当年用三四种调料征服兰州人的情形。

蓬灰来自西宁，牛肉来自厦门唯一的清真牛肉批发部。韩录负责拉面，妻子负责兑汤舀汤，马贵福和媳妇负责杂务。拉面馆一开业，首先吸引了来自北方的打工者，当天的营业额七八十块钱，很快地，当地人也闻风而来，营业额逐日攀升。一个月下来，3000 元的投资全部收回。“胡达啊，这好着哩！”韩录发自内心地感叹。

幸福来得如此之快，韩录的反应也是如此敏捷。半年之后，他在美仁新村果断地盘下了一个更大的店，挂起了“西北清真拉面馆”的牌子，这可能是“拉面”一词进入公众视野的伊始。这一次，他从西宁雇来了一个面匠，又从家乡叫来了几个亲戚帮忙。这位化隆拉面的“祖师爷”就这样开启了牛肉面的一个新时代。

“震亚牛肉面”是不是太霸气？

韩录把案板支到门外，借助流动的空气给身体散热。这位西北汉子身上穿着精短的 T 恤，胳膊上肌肉滚滚，揉面、顺筋、拉面，脸上热情洋溢，动作夸张、奔放而充满力量，常常引来路人驻足观看，久久不去。

1991 年 5 月的一天，观众中出现了一行印尼华人。这些人从来没见过拉面的情景，竟然如此富有美感，不断地竖起大拇指啧啧称赞。他们没想到在厦门居然碰上了西北穆斯林开的清真面馆，拉面的味道更是让他们不胜惊喜。这行人向韩录发出邀请，希望他到雅加达参加一个国际食品博览会的穆斯林食品节。我们已经知道，韩录是个心思极其活跃的人，对于新鲜事物充满好奇。他不假思索地接受了邀请。

厦门的外事管理部门对韩录的申请犹豫不决，大概是对这个外来农民工与这个城市的关系不好确定，直到印尼驻华大使馆出面协调，韩录才得以赴印尼参会。这是在当年 9 月。

他带上了小伙伴马贵福，这个 18 岁的小伙子已经成了他的得力助手。印象中雅加达华人不多，陪同他们的是当地华侨。博览会有 32 个国家和地区的代表参展，一边展览一边销售，韩录则是一边表演一边售卖，有点意外地收到了当地人的热情回应。美食节举办了一个面食比赛，评委会给这种集观赏性和美味于一身的中国拉面颁了个特别奖。

这个陌生的国度充满热情又异彩纷呈，强烈的好奇心促使他留了下来。在一位华人的带领下，他和马贵福来到了印尼第二大城市泗水，专门进行拉面表演。韩录后来多次给人讲起一个有趣的细节，印尼姑娘都是大眼睛，而韩录是个眼睛细小的中国壮汉，有一个姑娘看得激动，在自己的眼睛上比画着："China!China!" 一脸的灿烂让他印象深刻。后来，他访问一家大型商场时，得知一间铺面才 2500 美元，便盘下一间，开了个中国拉面馆。

但是，印尼人对他表演的热情和对拉面的反应完全是两回事。当真正开始营业的时候，他发现这种来自中国西北的面食在这个热带国家还是水土不服。面馆只做了 4 个月，他便打道回府，回到了他的福地厦门。他的两家面馆以更火爆的场景迎接着他。

1993 年，韩录成了卧力尕村最闪亮的明星，他的声名像旋风一样冲荡着化隆的破院陋舍。千百年来没有解决吃饭问题的农民看到了一条熠熠生辉的通衢大道在眼前展开，在大道的那一头，韩录神采飞扬地向他们招手。韩录的亲戚们纷纷投奔厦门，其中就有一个韩录的妻侄，沙连堡乡沙一村的少年马黑买，一个只有 13 岁的小男孩，他还不能打工，只能给亲戚看孩子。多年以后，当初的这个小男孩子成长为化隆耀眼的创业明星。

这时候的韩录已经开了三家店，可以帮助更多的亲戚实现致富梦。他最早的小伙伴马贵福已经成长起来了，并且积累了足够的资本和经验，开始展翅单飞。当马贵福选择了美湖路的一家铺面，开起了自己的第一家拉面店，意味着韩录创业模式的裂变效应开始释放。

越来越多的化隆人受到来自厦门的消息的鼓舞，亲戚串亲戚，朋友唤朋友，邻居帮邻居，从那些苦寒焦黄的山沟出发，走向厦门，就像他们当年义无反顾地走向海西，向荒原要金子的情形一样。与淘金客不同的是，这些人满心托靠的已经不是窄虚渺茫的运气，而是韩录已经提供的具有确定性的创业模式。他们对现实生活的认知，对个人能力的判断以及劳动致富的要素都已经被折叠在一个半径很小的盒子里，他们只需要依次触发设定好的机关。社会的复杂性和生活的不确定性已经不能困扰他们。

韩录定义的这个“拉面”包括两个品种：一是拉面与牛肉汤的组合，和兰州人的类似，叫牛肉面。二是拉面与炒菜的组合，也是西北的常见做法，叫干拌面——由此可知，化隆拉面从一开始就包含两个要件：牛肉面和干拌面。其核心是面，而兰州牛肉面的核心则是汤——同时，韩录把西北回民的油香（油饼）引到店里，一切两半，与凉拌牛肉组合，方便而实惠。

简单的品种和程式化的工艺降低了模仿的成本，使韩录模式具有很强的复制性。新来的化隆人只需要在前辈的店里实习几个月，就可以将其全盘复制到自己的店里。1993年之后的两三年间，厦门街头的西北拉面馆如雨后春笋般地冒了出来，很快达到了几十家，几乎全是韩录的同村人开的。

1996年，韩录又出国了，这次去的是菲律宾马尼拉。经过五六年的经营，西北拉面不仅在厦门赢得了尊重，其名声早已漂洋过海，在东南亚的华人圈也有不小的影响。韩录自然被传诵为这个行业的领袖。有一位菲律宾的华人投资商是韩录的常客，此人祖籍厦门，在马尼拉最大的商场开着一家餐厅，叫梅岭餐厅，听说韩录在印尼的经历后便邀请韩录到马尼拉合作开店，他的梅岭餐厅辟出一半场地做拉面，韩录以技术入股。内心持续鼓荡的激情加之天生就不安分的好奇心促使韩录欣然接受了这一邀请，带着自己的外甥飞向了马尼拉。这次合作非常愉快，征服了厦门人的西北拉面同样征服了菲律宾人，大概两个地方的饮食口味能够相互兼容。第二年，他又将妻侄马黑买带了过去，这个17岁的少年经过韩录的耳提面命，这时已经成长为一个合格的拉面匠了。

2000年，跟菲律宾投资方的合同到期，韩录带着妻侄马黑买回国，把儿子和外甥留在马尼拉开起了他们自己的店。这一年韩录44岁，他决定重新规划自己的后半生，回归平凡而宁静的生活。厦门的精彩和繁华留给女儿、女婿和后来的化隆人，他毅然回到了西宁。两年前，他已为这个规划做好了准备，花 158 万元在西宁城东区的繁华地段买了三层楼，一、二层是铺面，用来开店，三层是住宅，用来安家。

这时候的西宁，兰州牛肉面店已经随处可见，大多是兰州人的加盟店。韩录的牛肉面店在一派喧嚣中高调开张，取名“震亚牛肉面”——“震亚”是他对印尼和菲律宾华丽经历的纪念，不仅霸气，而且有据；“牛肉面”是对启发他成就他的兰州牛肉面的致敬。

直到今天，震亚牛肉面特出于同类的依然是它那一碗胡椒当归牛肉汤。

“兰州拉面”进行时

已经无法考证，是谁率先使用了“兰州拉面”的招牌。我们只知道，这位化隆人的灵机一动，改变了化隆人在市场经济时代的历史叙述，同时也形成了兰州牛肉面自 1980 年代的本土繁荣以来最重要的主题变奏。

某一天，当这块招牌悄然出现在公众视野中时，一时间应者如云，东南沿海各个城市的化隆人纷纷改换门头，将自己的拉面冠上了“兰州”的前缀。

这股风潮并不是从厦门兴起的。在厦门，韩录塑造的“西北拉面”已经占据了话语高地，谁也不希望自做聪明地另辟蹊径，从而提高推广成本。但是，更多的化隆人不是一窝蜂地涌向厦门，韩录给他们展开的是一幅更广阔的图景，它以厦门为起点，向南向北铺展到经济发达的沿海城市，长三角的上海、苏州、无锡，珠三角的广州、中山、东莞，大概在1996年前后，这些城市陆续迎来了衣着简朴、面膛红润、目光中激情洋溢的化隆拉面人。他们共同的特点是携家带口，牵朋引伴，把年迈的老人留在家里枯守几亩薄田，年轻的梦想者们跃身于海阔天空的繁华都市。在这些城市，厦门式“西北拉面”的影响变得式微，新入行的拉面人需要借助一切的可能性降低推广成本，兰州牛肉面作为亲缘关系最近的资源被巧妙地植入进去。

从此，牛肉面的版图被重新绘制，以兰州为中心、半径只有几百公里地域的是兰州牛肉面的江湖，东南沿海向中北部发达城市延展、遍布大半个中国的是兰州拉面的天下。

化隆人的快速扩张靠的是千百年来在河湟民间传承不绝的一种互助模式，它根植于深厚的民族文化土壤，是农业经济和小商品经济下人情社会的产物。在前市场经济时代，这种互助模式表现为两种形式：一种是代生意，一个条件不足或能力不济的人可以把钱交给一个可信赖的生意人，然后从他的生意中分成。与市场经济社会的资金入股不同的是，代生意更多的是强者对弱者的帮扶，是富人对穷人的救济，有一定的慈善色彩；一种是伙生意，两个或多个人凭着各自的资源和优势合伙经营某一项生意，用契约规范各自的权利和义务，契约需由多个证人签署，这与市场经济时代的合伙人制别无二致。到了拉面时代，原本粗糙松散的传统互助模式被不断更新。从厦门开始，这种模式最初表现为亲戚之间的传帮带，由前行者对后来者进行技术、资金、寻铺面、装修、招工各个方面的帮扶，使后者快速实现开店赚钱。第二阶段，大概从1998年前后开始，一些受过一定教育的年轻人闯入拉面行业，合作便由亲戚圈扩展到了朋友圈，几个意气相投的伙伴共同出资，合伙经营，成功之后迅速扩张，开设分店，大大地降低了投资风险和扩张成本。第三个阶段，大概在2003年之后，由于地方政府的介入，化隆拉面行业加速了内部秩序的重建，开始出现了专业分工，有人专门寻租铺面，有人负责装修，有人负责试营业，经营成熟之后转让出去。这种模式便由熟人圈子扩展到了陌生人圈子。

韩录的妻侄马黑买所在的沙连堡乡沙一村是一个典型的范本。1993年，马黑买追随韩录到厦门打工，2000年他在厦门开办了自己的第一家拉面馆。其后，在他的带动和帮扶下，光他的亲戚就有150多家在厦门开办了拉面馆。通过这些亲戚的串联，沙一村至沙六村共400多户人家，开拉面馆的就有340家。马黑买判断："除了老弱病残无法离家的，这个村95%的人在外从事拉面生意。"

互助模式产生了惊人的效应。化隆的淘金客、小商贩、泥瓦匠、搬运工、跑运输的纷纷转行，汇入拉面人的洪流，从青藏高原东缘冲向全国各个清真饭馆稀缺的城市。"兰州拉面"迅速成为全国知名度最高的面食，同时也是地域分布最广的面食。

化隆模式的财富效应

要仔细梳理化隆人在大半个中国的各个城市的发展史是非常困难的。从 1990 年代开始，这股自发的洪流从 2740 平方公里的山峁沟壑中源源不断地汇流到兰青铁路，转到陇海铁路后一路向东，一过郑州便分流到不同的交通线上，形成无数的支流，散布到几乎所有想象可以到达的城市。北至哈尔滨，南到海南岛，西边大概以京广线为界，东至大海边，这一片中国经济最发达的地区，自然成了化隆拉面分布密度最大的地域。

“站在工业文明入口处”（法国社会学家孟德拉斯之语）的化隆农民很快受到了现代城市秩序的考验。社会学家对“农民工进城”现象的论述同样适用于化隆人，虽然基于城市中心的视角未必公正，但大多数比较粗糙的概括基本指向一些大同小异的困境：户籍制度带来的子女入学问题；跨地区流动带来的计划生育问题，证照不全引发的城管矛盾；生活习惯引发的社区纠纷，地区间风俗差异带来的理念冲突；歧视与反歧视、排斥与反排斥带来的紧张，诸多模糊而又确实的问题，一股脑儿地呈现在这些刚刚走出大山的化隆人面前。基于自己的认知体系和行为能力，这些在本质上被定义为“农民工”的创业者几乎无力单独面对这样的困境。由于对城市规则的茫然无措，个体的乏力让他们变得格外敏感，于是，他们常常成群结伙，紧密的亲缘关系和老乡关系使他们在陌生城市总是以群体的形象存在，过于显著的服饰标志又加深了其形象的公众印象。随着进入城市愈深，与社会的张力也就愈大，他们受到的排斥也就愈加强烈。作为刻板的公众形象的一部分，这些人常常用过激的行为维护自己原本脆弱的权益是其中最为人乐道的。

而以化隆一些官员和学者的视角，他们的观察往往带有自责的色彩，诸如“我们的人文化素质低，法律意识淡薄”“有些人把乡村的习气带到了城市”等等，都是比较普遍的看法。在2003年之前，化隆县政府不断接到来自广东、江苏一些城管部门的函件或电话，在以官方的名义抱怨这些拉面人给城市管理带来的种种麻烦之余，委婉地请求化隆县政府能够帮助他们解决这些问题。

时任县长马吉孝对此做出的反应具有划时代的意义，在后来的化隆拉面人眼里这是一个里程碑式的官员。

2003年因此也成为化隆拉面发展史上的一个里程碑。

这一年，化隆县政府开创性地推出两项举措，一是向化隆拉面密集的城市派遣办事处，负责协调拉面店与当地政府的关系，为拉面从业人员在办理暂住证、子女上学、计划生育、处理经济纠纷诸方面提供帮助，同时以政府之手规范拉面人的经营行为，使失序的化隆拉面行业回归秩序。二是给外地创业的拉面人派发一本“打工护照”——以县政府的名义颁发《劳务输出证》。这个证件的设计独出心裁，充满了温情和良苦用心，扉页上是县长马吉孝撰写的前言，在以谦卑的语气介绍了化隆之后，恳请化隆人所在的地方政府，给这些来自国家级贫困县的人尽可能地提供帮助。后面是化隆县计生、公安、教育、民政、就业等部门的审核意见。这本“打工护照”在改善化隆人的劳动创业处境方面发挥了重要作用，据说，在江苏的一些城市，正常办理两证和经营手续需花费1300元，手持“护照”的化隆人只需交60元即可。

从2003年8月开始，化隆县政府先后分五批在全国65个城市设立了办事处，选派工作人员98名（后来，经过裁撤合并，保留了48个办事处62名工作人员）。这些办事处的工作人员多是县属机关、事业单位和各乡镇的干部，政府给他们的待遇是：工资由政府发放，活动经费由他们自己开拉面店赚取。①

马友仁是第一批赴任的办事处主任。这一批的第一个办事处设在厦门。马友仁去的是广州办事处，主要分管以肇庆为主的粤西几个城市。这是一位工作严谨细致、善于思考又善于沟通的官员，政策水平也很高。即使是这样一个官员，在上任伊始，还是受到了拉面人的集体排斥。后者公开的理由是：技术、资金、人员都是我们自己的，我们依靠自己的努力发展起来，与政府何干？事实上，这些习惯于用自己的方式应付问题的人对政府的插手缺乏信任。马友仁要做的是，先在肇庆富仁公园的繁华之地开起自己的拉面店，然后逐步融入他的服务对象们的“江湖”。

马友仁面对的局面非常复杂：很多拉面人没有书写能力，语言表达能力也不好，在与官方或社会机构打交道时无法提供书面材料；有些人遇到孩子上学问题，由于不懂国家政策，无法与学校沟通；有的人不会办理工商税务手续；有的人和房东发生纠纷，不知道如何化解；遇到城市拆迁，他们不知道如何维权，如何寻求补偿……马友仁教他们如何使用“打工护照”，以化隆县政府的名义给当地管理部门打报告，整体解决拉面人的生存发展问题。

---

① 以上关于化隆县政府的政策信息均来源于时任化隆县政府驻江苏无锡市办事处主任马友仁提供的资料，包括县政府及各个职能部门工作报告和红头文件。

2005年的“中山事件”让化隆拉面人记忆犹新。中山市不是马友仁的管辖范围，但他和大多数化隆人一样，对此事件的影响感同身受。这一年5月25日，中山市根据国务院《无照经营查处取缔办法》和广东省《查处无照经营行为条例》规定，在全市范围内开展查处取缔无证经营的专项活动，化隆人经营的拉面馆因大多数无照经营成为整治的重点。在当天及随后的几次行动中，中山市130多家拉面馆中有近百家因无证经营而被清理（另一个说法是，中山市有200多家拉面馆，有证照的只有20多家），估计经济损失近千万元。[①]

这次事件成为化隆人的一个痛点。化隆县政府因此加大了介入外出劳务人员经营管理的力度，先后多次派遣由多个部门的官员组成的工作组赴外地调研、协调，其效果也为后来的化隆人津津乐道。

马永忠是2005年被派往东莞的办事处主任，到任伊始就碰上了东莞市清理整治无证经营行动。此时，“中山事件”的阴影尚未散去，马永忠感觉到火烧眉毛，他要做的是迅速向东莞各部门打报告，提出折中方案，恳请当地政府柔性执法。2005年6月24日，东莞市政府的一个会议纪要记录了办事处工作的成果。文件显示，这个会议的主题是“研究我市穆斯林饮食店无证照经营整治问题”，其中第二条和第三条内容如下：

二、关于工作原则问题。会议要求，在开始穆斯林饮食店无证照经营整治工作中，要遵循“公平对待、合理引导、完善管理、

① 资料来源于2008年1月7日新华网报道《新华调查：小拉面写出大传奇》。

加强服务”的原则：(一)开始工作既要符合国家的法律法规和民族政策，也要结合实际情况适当变通处理，不能存在任何歧视行为，尊重他们的民俗习惯；(二)要加强与穆斯林饮食店从业人员的沟通，耐心宣传教育，合理引导、利用他们的内部组织架构，推动他们接受行业管理；(三)各部门要完善管理制度，改进办事程序，提高办事效率，避免因手续烦琐打击他们主动接受管理的积极性；(四)穆斯林饮食店办证工作中可允许由他们的代表代理，集体办证。要安排专人提供协助，跟踪服务。

三、关于具体措施问题。会议决定，各有关部门要研究适当降低穆斯林饮食店办证的门槛，给予一定的优惠措施。卫生条件方面，只要经营场所固定和从业人员身体健康状况符合规定，其他条件可适当放宽。其他如工商、税务、环保、城管、消防等方面的要求也要适当放宽，并减免一定的税费。近期要在莞城开展穆斯林饮食店办证的试点工作，具体由市民宗局牵头，会莞城区办事处及有关部门，通过与穆斯林饮食店从业人员代表具体沟通联系的方式，集中办证。试点工作结束后，总结经验教训，形成实施意见，召开一次全市性会议，推广由镇区牵头负责、集中办证的做法，具体由市民宗局负责。

东莞的经验具有一定的示范效应。在办事处和工作组的协调下，到2006年，广州、深圳、苏州等城市的城管部门也推出了类似的柔性措施，适当放宽了办证条件，推动拉面店的持证经营。从此，化隆拉面店的无证经营时代渐隐渐去。

化隆模式是一个不断完善的服务体系，其内涵在2007年以后越发丰富。其中最引人瞩目的一项就是县财政贴息贷款，鼓励有梦想的困难家庭走出去开办拉面店。2007 年当年，共发放贴息小额贷款 1023 万元，帮助 334 家农户实现了开店梦。从 2007 年到 2012 年，为 2300 多户家庭提供“拉面经济”担保贷款 1 亿多元。2012 年，政府与农业银行达成战略合作伙伴，小额贷款金额提高到 5 万元以上 50 万元以下。2014 年，随着国家相关扶贫配套资金的增多，县政府又推出了五户联保（同村的 5 户拉面经营者共同申请贷款，互为担保，如果 1 户还不上贷款，由其他 4 户代为偿还）和十户联保模式，五户联保的贷款金额为 10 万元以上 15 万元以下，十户联保的贷款金额可以达到 50 万元以上 300 万元以下，不论是新开店面还是扩大生产，都可以申请，政府贴息 3 年。①

据《农民日报》2018 年 11 月 14 日的报道：“化隆拉面店遍布全国 271 个大中型城市，数量达到 1.5 万家，全县从事拉面行业的人数近 11 万，超过总人口的 1/3，占劳动力的 60%。”

拉面新生代小像

化隆拉面的公众形象并不总是这么刻板，特别是当一代拉面精英涌现出来的时候，化隆的拉面经济、拉面扶贫作为一种现象级的范本被官方话语和媒体反复叙述。

2004 年，化隆县政府在国家工商管理总局注册了“化隆牛肉

① 数据来源于马友仁提供的《化隆县拉面经济发展情况汇报资料》（2014 年 4 月 28 日）。

拉面"的品牌。此举意图非常明显，就是建立独立于兰州牛肉面之外的化隆地方名吃品牌，确立化隆人在这个领域的独立地位。为此提出了统一店名牌匾、统一装修风格、统一店员服饰、统一品牌简介的所谓"四统一"工程，并制作了"化隆牛肉拉面授权书"，意图将各地的化隆拉面馆召集到一个统一的体系内。但此举的效果有点出乎意料，一直到十年之后的2014年，被统一的拉面店不过千家，相对于此时1.2万家拉面馆的官方数据，可谓应者寥寥。可以想象，90%以上的化隆人还是更加信赖他们用心血铸就的"兰州牛肉拉面"品牌。

即便这样，化隆官方对于自己命名的这个牛肉拉面品牌的塑造和推广还是不遗余力。2007年，"化隆牛肉拉面"以独立的品牌参展全国劳务品牌展示交流大会，被中国就业促进会评选为"优秀劳务品牌"。2010年，"化隆牛肉拉面"作为独立品牌入驻上海世博会中华美食街和世博村清真餐饮区，化隆方面委托群科镇则塘村村民马学军创办的拉面企业——上海市伊清斋清真餐饮有限责任公司代表经营。会后，经上海市烹饪协会考评，"化隆牛肉拉面、牛肉干拌面、特色葱油拌面、青海酿皮"评定为"服务世博名特菜点"。同一年，"化隆牛肉拉面"参加中国（宁夏）国际贸易洽谈会暨中阿经济论坛回族传统名小吃评比，获得金奖。

对于那些从一碗拉面起家后又走向多元化经营的商业精英们来说，不论是"化隆牛肉拉面"还是"兰州牛肉拉面"，都是要被突破的窠臼。从个体拉面店的小老板到大型餐饮企业甚至餐饮全产业链供应商的总裁，精英们的一次次转身都被视为传奇，激励着更多的人为梦想而奋斗，同时也刷新着拉面经济的内涵。

马贵福

2016年，韩录当年的小伙伴马贵福被国务院农民工工作领导小组评选为“全国优秀农民工”（化隆县政府驻广州办事处同时被评为“全国农民工工作先进集体”），使他成为化隆拉面界最耀眼的明星。

当年和韩录分家之后，他在厦门美湖路的第一家西北拉面店，26年来一直在那儿没有挪窝。2003年，马贵福在厦门的第8家连锁店开张。2008年，他的拉面店从众多竞标者中脱颖而出，成功入驻北京首都机场T3航站楼，这是清真餐饮首次进入机场。2010年，他的清真餐厅入驻上海虹桥机场。2015年，成都双流机场也迎来了马贵福的清真餐厅。这被认为是化隆在拉面道路上走得最好的姿势。

早在2010年，在化隆县鼓励外地拉面人回乡创业的政策支持下，马贵福与海东市都市绿洲生态开发有限公司合作投资8000多万元，在群科新区建成了集旅游、休闲、度假、餐饮和农业观光为一体的黄河绿洲生态园。这是化隆拉面人回馈乡梓的最引人注目的案例。①

马黑买

那位13岁跟随韩录走向厦门的小男孩，2015年的时候已经成为西宁海尼尔牛肉面的6位合伙人之一。当年刚到厦门的时候，因为年龄太小，他只能给韩录的挑担（连襟的意思）冶哈克看孩子，一年之后才有机会跑堂、洗碗，逐渐成长为一个经验丰

---

① 部分资料来源于人民网2016年5月10日报道《“全国优秀农民工”评选　海东化隆马贵福榜上有名》。

富的拉面人。1997 年在韩录的提携下，他到菲律宾和姑夫一道经历了最浪漫最有趣的拉面生活。经过三年的历练和积累，这个当年因为吃不饱饭而辍学打工的男孩，已经有了足够的资本，回国第一件事就是回家结婚，然后带着新婚的妻子和家人，以及村里的 17 个尕娃重回厦门，在前埔南区开起了自己的第一家拉面店——南翔牛肉面。几年之后，他的店增加到了 4 家，年收入 100 万元以上。

2014 年，海东市市长张晓容到南方调研化隆拉面，马黑买响应回乡创业的号召回到青海，与 5 个拉面小伙伴联合成立了化隆华泰餐饮开发有限公司。2015 年 8 月，公司旗下的“海尼尔牛肉面”在西宁青藏夏日饭店开业，并很快成为韩录的震亚牛肉面之后西宁最受追捧的牛肉面。在 2015 中国 (青海) 国际清真食品及用品展览会上，海尼尔牛肉面创造了 8 小时卖出 1100 碗的纪录。马黑买主打韩录研发的“阴阳面”牛肉面，这让“厦门制造”在西宁城里成了一个嚼劲十足的话题。2017 年，海尼尔牛肉面马来西亚吉隆坡店开业。2018 年，海尼尔在西宁的第二家店在西宁大厦开业。如今，经过众股东的品牌整合，海尼尔牛肉面在厦门、杭州、烟台等地的连锁店有 20 多家。

“用心做好一碗面”。马黑买的成功之道给了许多小店经营的拉面人无限的想象。

韩　东

青海中发源餐饮有限公司董事长韩东，一个靠拉面起家，凭着高超的资本运营能力成长起来的“全国优秀农民企业家”，其影响力早已超出了拉面行业。

韩东是化隆县扎巴镇拉让滩村人。韩录在拉萨开面馆的时候，韩东在拉萨推销自己从南方贩运来的运动鞋。韩录到厦门开拉面店的时候，韩东也紧随其后来到厦门。据韩东事业成功之后对媒体的说法，他的拉面技术没有经受住厦门溽热天气的考验，也被那些在地板上奔走的南方小虫子折磨得够呛，仅仅半年便落败而走。

1992 年，韩东转战深圳，这一次他是有备而来，选址罗湖区春风路 6 号开起了深圳第一家西北拉面馆。这一次，他收获了意想不到的成功。从 1992 年至 1995 年，他的拉面馆在深圳扩张到了 6 家。1994 年，他注册成立了深圳中发源餐饮有限公司，由拉面馆走上了中餐业。随后几年，他的以西北拉面为主的中发源餐饮公司大举扩张，一路开到了广州、长沙、上海、珠海、北京等 10 多个城市，门店 50 多家。

1996 年，韩东以 120 万元的地价拿下了西宁核心地带的地块，又投资 4000 万元建起了集餐饮、住宿、休闲、娱乐为一体的四星级旅游度假饭店。西宁中发源饭店于 2002 年开张，成为当时西宁市的地标性建筑。

2017 年，青海中发源融资 25 亿元，在紧临中发源饭店的核心区域竞拍获得 150 亩土地，建设了一个集青海民俗文化、非物质文化遗产展示及传承、餐饮、购物、娱乐、休闲、教育于一体的民族团结示范园，先后两期工程占地共计 13 万平方米。[①]

---

①资料来源于《中国工商》2018年7月12日报道《韩东：从一个拉面馆做到10亿产业》。

韩启明

1999 年，韩启明到杭州的时候，杭州已经有 4 家化隆拉面馆，都是他村子上的人开的。

韩启明是巴燕镇下胡拉村人，离韩录的卧力尕村很近。他对化隆拉面的了解是从本村人开始的。这个村最早的一批拉面人是跟着韩录去厦门的，后来有人去了武汉，有人去了杭州。韩启明行动晚，是因为有别的生意。这一年去杭州前，他先做足了功课，其中一项就是在苏州扎扎实实地学习了几个月，在老乡的店里边打工边实习。然后，同小伙伴们一行 10 人去了杭州。

10 个人一下子开了 10 个店。他们彼此合作，相互依存，一起找店，统一采购，统一装修。店开起来了，一开始都是 24 小时营业，他们每天工作 20 个小时。早上晨礼前骑着自行车到 13 公里外的批发市场去买菜。晨礼完了爬到店里的阁楼上小睡 4 个小时，又开始一天的忙碌。这样的劳动强度，第一年下来，韩启明挣了七八万元，一个化隆农民 10 年也挣不上这么多钱。5 年下来，他们一行每个人都有几十万元，好一点的有上百万元。每个人都买了车，买了房，有的人还买了铺面。

韩启明和他的小伙伴能走到一起，有一个重要原因是这几个人普遍都是高中毕业，有一定的学习能力，都有拒绝平庸的愿望。他们一边创业，一边学习，参加各种培训课，到知名企业学习经验。他的小伙伴马真每年的听课费用不下 20 万元。当韩启明开到第 7 个店的时候，小伙伴们一致认为这种低级的分店式经营需要改变了。2009 年，他和小伙伴马真等人合伙成立了杭州河湟风清真餐饮服务有限公司，注册了“伊滋味”化隆拉面品牌，成立了中央配送中心，这是化隆拉面第一次真正意义上的连锁模式。

2014 年，又是海东市长张晓容的南方调研的机缘，韩启明决定回乡创业。他的思路是：化隆的农民基本都出去开店了，剩下很多土地，还有 60% 的荒地，下胡拉村有 1000 亩土地，后面还有 7000 多亩的草山，他可以流转过来搞生态牧场，打造拉面经济的上游产业。这个方案得到了政府的支持，当年 11 月，完成了首批土地的流转。2015 年 4 月 30 日，韩启明的马阴山现代生态牧场开工建设，2016 年基础设施基本建成，总投资 2200 万元。现已完成流转土地 22400 亩，每年种植全膜马铃薯 1000 多亩，饲草玉米 1000 亩，饲草燕麦 5000 多亩，牧场主体面积达 140 亩，分为 6 个羊棚和 6 个牛棚。

至此，韩启明已经初步完成了从种植饲草、养殖、屠宰、配送、加工到销售的清真牛羊肉全产业链供应体系。按他的规划，整个生态牧场建成，需要投资 7000 万元。他将自己的这次投资称为化隆拉面人的“二次革命”。

第六章 “夹生”的标准化

调料的狂欢

兰州人对1990年代的牛肉面的记忆是清晰而模糊的，没有什么重大事件加深过记忆的刻痕，就像盛夏在不易觉察中到来，仿佛是突然之间，街头出现了众多的牛肉面馆，小到三四十平方米，大到七八十平方米，它们正在或即将占据每一条街巷，那种来自牛肉清汤的香味——而不是浓烈的调料味——让这座城市沉浸在微醺之中。你不得不承认，如果忽视了这些牛肉面馆的存在，你就是忽略了这座城市最深层的意义。

还是要感谢伟大的时代。1993年，一只叫市场经济的无形之手开始左右人们的生活，仿佛从天空中洒下富氧的花雨，亘古不变的逐利欲望被重新唤醒，人们对生活的想象被轻柔地打开，即使最卑微的灵魂也长出了飞翔的翅膀。

这一年，兰州在前一年举办了首届中国丝绸之路节之后，又举办了“兰交会”，在此期间，一个《建设兰州商贸中心的总体方案》被正式摆上有关部门的案头。第二年，兰州被国务院五部委联合批准为全国第一个商贸中心试点城市。除了从媒体的新闻报道中感受这座城市正在发生的变化之外，市民切身感受到的是，位于五里铺的东部综合批发市场人流如潮，价格低廉、花样齐全，款式新潮的服装、面料迅速地汇集于此，又被迅速地分发向西北各地。一个普通的拱星墩人可能在很短的时间内学会了全国各地的多种方言，就连最拗口的东南方言，也在那些从未出过远门的拱星墩“包租婆”口中被自由切换。在市中心，一个叫工贸商场的大型商业综合体让兰州人与时尚迅速接轨，与其不远的一个叫民百大楼的国营商场，因为一个简单的承包制使之成为刺激人们无限想象的商业传奇。五里铺和铁路局两个商圈的快速形成，就像打开了琳琅满目的橱窗，一个城市的繁荣扑面而来。

这一年，位于小西湖的中部批发市场建成运营，调料商们搬离了窝窝市场，来到这个宽大气派的新市场。市场濒临黄河，河面上蒸腾的水汽和市场里浓烈的调料味搅和在一起，飘荡在空气中，用鼻子就可以识别它的地点。这是调料商张全进驻的第三个市场。从小沟头到窝窝市场，再到中部市场，调料市场的每一次搬迁，背后的推力主要来自牛肉面所释放的激情。

麻辣烫的影响也正在显现，而且愈演愈烈。兰州人普遍相信，这种来自四川盆地闷热气候的做法简单的小吃，对兰州人味蕾的征服比全国其他城市来得要更猛烈一些。许多似是而非的传说认为，西北人酷爱麻辣和烈酒，兰州，一个温柔而多情的城市为这种说法贡献了一个直接证据。麻辣烫的入行门槛要比牛肉面低很多，它甚至不需要场地、设备和特别的培训，更不需要文化的渲染和口碑的传颂，许多低端创业者趋之若鹜。那种暴烈的痛感简直就是舌头的狂欢，在刺激着食客味蕾的同时，也降低了味觉神经的敏感度。于是，在 20 世纪的最后 10 年，至少在兰州这座城市，一场调料浓度和烈度的竞赛也在悄悄地上演——对舌尖的争夺显得如此简单暴力。

这场竞赛毫无悬念地波及了牛肉面。其实，调料竞赛在麻辣烫到来之前就已经如春风细雨般地进行着，若非痴情的粉丝，并不容易分辨出张云、马子禄与兰清阁在汤色上的差异。事实上，兰清阁系更多地强调马保子清汤牛肉面的传承，讲究汤清如水，而张云、马子禄、磨沟沿则很早就在调料的多样性上做了尝试，与兰清阁的“嫡传”风味保持了距离。

新的年代，牛肉面迎来了一个去魅的过程。“只要人们想知道，他任何时候都能够知道”（马克斯·韦伯）。一些没有从业经验的创业者完全无视牛肉制作工序的复杂性和调料配方的神秘性，以一种近乎鲁莽的姿态加入正在兴起的牛肉面潮流。与许多人的想象相反，由鲁莽带来的失败并不多，人们对牛肉面的味觉期望并没有想象的那么严苛，旺盛的需求给了新生的牛肉面人足够的安慰。这时候，牛肉面的另一个优点显现出了它强大的普适性，那就是：便捷。当把便捷视为第一需求，食客对味道的追求便退居其次。便捷节省了时间成本，提高了人的自由度，何况它是如此的实惠，连善于精打细算的主妇们也开始削减在厨房的时间，她们乐见自己的丈夫或孩子提着家里的饭盒或搪瓷缸到街上端几碗牛肉面回来。

仿佛只是一回头的时间，牛肉面由改善生活的奢侈品变成了老少咸宜的消费品。

张全不得不耐心地关照越来越多的门外汉。他见到的千奇百怪的配方也越来越多，而且这些配方也在不断地变化，从中可以看出不断钝化的味蕾发出的呼喊。这些新入行的牛肉面人大部分只有一个小店，每天的调料用量很少。对一个调料商来说，张全的生意也越来越琐碎，这让他心生厌烦。为了简化买卖的程序，他开始整合自己掌握的配方，并从客户的要求中提取这场调料浓度和烈度竞赛的数据化信息，推出了自己的牛肉面配方调料。这就是后来的“百味全调料”的雏形。

送变电公司清真食堂原经理马积武的弟弟马承先在这个时期进入到调料行业，恰好与一场正在发生的牛肉面大众化过程正面相遇。他最初的作坊在家里，几年之后才有了新华巷的一间铺面。对调料商来说，选料是一门学问，马承先选用市场上最好的品种，比如花椒，他只用陇南的，这种椒自带香味，不像陕西椒那么涩，也不像山东椒那么柔和。成熟的面馆都有自己的配方，新兴的面馆普遍乐于用调料商的配方调料。调料商无形中被赋予一项义务，就是给面馆尝汤，并准确地道出其配方的缺陷，提出调整方案。就是在这样的互动中，马承先亲历了 1990 年代牛肉面调料从传统的 4 种到十几种的变化，在此期间，仅味精的使用量由一袋面 8 两发展到了 2.5 斤。

马承先后来将铺子交给了外甥，应在硅谷工作的儿子的要求到美国生活。调料生意在外甥的经营下日新月异，现在的年销售额已经达到了 3000 万元。

这是一个调料在舌尖上舞蹈的年代。

牛肉面的技术门槛大大地降低。投资者不再苦苦寻访牛肉面调汤师，也不需要经过漫长的训练，只要找到合适的面匠，拿着张全、马承先的配方调料，就可以快速地开起一家牛肉面馆。就这样，怀着对牛肉面商业价值的崇信，许多人开始走出马保子传统的阴影，去寻找属于自己的光亮。

兰州牛肉面由匠人时代悄然无声地转向老板时代。

绵绵不绝的民生

化隆人韩录初到厦门的时候，他的拉面一碗售价 4 元，拌面一盘 5 元。即使考虑到当时经济特区的生产成本和物价水平，这样的价格也是令人艳羡的。而同一时期的兰州，牛肉面三两大碗的定价是 0.60 元，即使有价格特许的马子禄优质牛肉面，一碗售价也不过 1 元。1992 年 3 月 6 日，《国务院关于提高粮食统销价格的决定》发布，规定从 4 月 1 日起，在前一年粮食定购价格调整后的基础上，按购销同价的原则，三种粮食（面粉、大米、玉米）中等质量标准品的统销价格，全国平均每 500 克提高 0.11 元。其他粮食品种的统销价格也按购销同价的原则相应提高。这一文件发布后，兰州市政府迅速反应，将牛肉面三两大碗的价格由

0.60元调整为0.67元。这一年7月1日，兰州牛肉面实行政府指导价，三两大碗的价格调整为0.90元。随后的5年时间里，牛肉面价格先后做过两次调整，分别涨到1元，1.50元。在这一过程中，政府始终牢牢地掌握着价格控制权，牛肉面馆的毛利率被压缩在有限的范围内。

投资者的微利牢牢粘住了食客的舌头，也将一部分主妇的一部分时间从厨房里解放出来，对那些习惯于精打细算的家庭财政官来说，他们早已算好了牛肉面馆与家庭厨房之间的投入回报率。兰州人对牛肉面的认同感，很大程度上建立在它的实惠之上，美味和快捷是引发这种需求的另外两个要素。从一种传统小吃上升为民生的重要支撑，市民对牛肉面价格的关切上升为政府意志。政府对牛肉面的价格干预是兰州特有的现象。

1995年，根据国家计划委员会经国务院批准颁布的《制止牟取暴利的暂行规定》，甘肃省政府颁行《甘肃省制止牟取暴利的实施办法》，随后，兰州市政府颁行《兰州市制止牟取暴利的实施细则》，其中附件二具体规定，饮食业划分五个等级，并规定了不同等级的毛利率和加价率控制水平。1997年，国家颁行《中华人民共和国价格法》，使兰州市的相关规定受到了学术界的质疑。同年，市政府最后一次出台牛肉面价格，规定每碗1.70元。但政府之手一直悬在空中，2007年引发全国性舆论大战的“兰州牛肉面涨价风波”就是一次政府的有形之手与市场的无形之手的掰腕。这次“风波”中，兰州市民及其在媒体的代言人坚定地站在政府一边，兰州牛肉面价格作为民生价格无形中被再次确认下来。

在兰州牛肉面经历的一场来势迅猛的大众化、普及化的过程中，化隆人的拉面却如雨后春笋般地出现在繁荣发达、遍地黄金的一线城市。许多人一直疑惑不解，同样是贴着“兰州”标签的牛肉面，为什么是化隆人而不是兰州人将其开遍全国，并且为之塑造了一个统一且稳定的公众形象？为什么兰州牛肉面人对手中掌握的这项技术的可能性远没有化隆人那样的想象力？

“兰州的牛肉面价格太低，利润太薄。”苏氏牛肉面的创始人苏恩泉若干年后以此回答了苏氏为什么避开兰州而布局全国的提问。[①] 低利润大大限制了投资者的再生产能力，同时也把兰州牛肉面圈养在兰州主城区这个小小的区域内。化隆人韩录在 3 年之内连开 3 个店，8 年之后可以掏 158 万元在西宁繁华地段购置三层楼房。被称为深圳拉面第一人的韩东，从 1992 年到 1995 年，短短 3 年时间，开了 6 家拉面馆。对兰州牛肉面人来说，这几乎是不可想象的。很快地，兰州人用一套自成体系的话语系统与化隆牛肉面实施了切割。“牛肉面一出兰州就变味”是那个时期流传很广的一个神话，这种对来势迅猛的“兰州拉面”的轻蔑，潜藏着兰州人苍凉的无奈。同时，一种对黄河水和牛肉面天然关系的迷信也开始大行其道，这几乎成了兰州人应对化隆人凌厉攻势的集体臆想。在前互联网时代，这种臆想在茶余饭后的笑谈中得以弥散开去。

化隆人的想象力完全是在贫瘠的土地上生长起来的。1993 年开始的市场经济体制建设释放了底层人的经济活力，也打开了人

---

①《西部商报》2010年3月23日，《风投运作牛大碗上市　兰州牛肉面恐改姓新疆苏氏》报道引用苏恩泉的原话：“政府限价令之后，兰州的牛肉面根本不赚钱，而苏氏牛肉面一碗最低 6 元、最高卖到 12 元。”

们对未来世界的美好想象，市场为勇敢的人准备了日益丰富的商业机会和创富资源。兰州人的机会和资源就在本地，在自己触手可及的地方，或者自己家的楼下，或者自己的社交圈可以覆盖之处。作为当时西北最发达的省会城市之一，兰州已经为自己的子民准备了足够丰富的就业和创业条件，何况这个以对多元文化的包容性而著称的城市，其社会生态是如此地让人贪恋。但化隆人就没有这样的先天条件，稀缺的耕地和寒苦的自然条件给了他们走出去的天然动力。他们的机会在外地，在那些清真饮食的荒芜之地，偶然的机缘，他们发现了东南沿海的发达城市，那些城市又以非常友好的方式接纳了他们。于是，这些“拓荒者”便开始用自己的荒凉之手书写一部激情四射的创业史。

兰州牛肉面的民生属性和化隆拉面的商品属性，将两种牛肉面的叙事引向了完全不同的路径，在市场经济体制建设的背景下，这两条路径分别代表着不同的价值取向，一种是醇厚的传统，一种是粗糙而驳杂的现代。

当熙熙攘攘的时光之驹奔驰而过，只剩下一些定格的影像不断修正着 1990 年代的牛肉面记忆。在所有的记忆中，“马路道牙子”有着抵抗时光雕刻的功能，被符号化为温馨的画面。这与一个叫“亚洲蹲（Asian Squat）”的名词息息相关。据说，这个名词是西方的一位记者发明的，它专指一种蹲姿：双脚完全着地，臀部贴近脚踝而双膝分开。执迷于这个名词的人相信，由于习惯与身材比例方面的原因，欧洲人很难做到的这个蹲姿，亚洲人却能轻易做到，因此被命名为“亚洲蹲”。后来的论证戳破了这个带有种族意味的神话，但它的象征意味依然得到了广泛的认可。据说，在屁股没有支撑物的情况下，这种姿势是最理想的进食姿势和排便姿势。在牛肉面快速普及的时代，几乎所有的面馆都桌椅不足，无法满足蜂拥而来的食客的需要，亚洲蹲便成为兰州男人最经典最流行的进食姿势。不论是在马路道牙子上，还是在面馆门前的台阶上，甚至树坑边、电线杆下，这种姿势几乎成为牛肉面的标配。有意思的是，这种蹲资不分贵贱，不分身份，西装革履者和衣衫褴褛者都被拉到同一个平台上，甚至连进食的节奏和发出的声音都惊人的相似。

这种堪称经典却很刻板的景象背后隐藏着一股强大的动能。在1990年代，由市场经济所主导的社会喧嚣中，这种景象制造了一种弥漫于大街小巷的宁静，令人愉悦，震人耳目，又是如此地催人奋进。一切似乎在意料之中，又像在意料之外，牛肉面代表的一种来自底层的力量，向上拔起，荡涤着社会变革中的浮躁之气。

新华社甘肃分社社长冯诚发表于2019年8月的一首诗作《吃一碗兰州牛肉面》被许多新媒体平台竞相转发，其中有怀恋马路道牙子的诗句，表现如今优雅体面的坐姿后面是“和过往的记忆打架”的奇妙心理，兰州男人壮行天涯的气度中就有一种马路道牙子塑造的豪情：

现在兰州城少有人
蹲在门口过瘾解馋
可就算室雅人稠
我也是大口地吸滚烫地咽

和过往的记忆打架
谁在乎所谓的优雅体面
——娘啊
吃完了这碗面
儿又去闯——江——南

金鼎的回归

1997 年，兰州金鼎牛肉面有限公司给政府和社会呈上了一组漂亮的经营数据，但这并不能阻止它在第二年被果断地解散重组。

这家公司在 1993 年成立之时就被寄予厚望，做出一碗具有标杆意义的传统优质牛肉面是这种期望之一。那时候，化隆人的“兰州拉面”的挑战还未到来，但国营兰州市饮食公司面临的市场挑战直逼眼前。凭借着雄厚的人才资源和马杰三留下的品牌效应，金鼎公司旗下的兰清阁和鸿宾楼牛肉面的确成为当时高端牛肉面的代表，与门前一排“亚洲蹲”的面馆保持了距离。但这显然不是一家国有企业的唯一目标，发挥国合商业（国有商业、供销合作社商业）在商业领域的主力军作用是那个时代的主流话语，金鼎公司又被选定为国合商业在牛肉面领域发挥主导作用的主要案例，连锁经营被视为发挥这种作用的主要模式。1996 年，兰州市政府制定了《关于发展连锁商业若干问题的规定》，各主管部门会同相关连锁企业纷纷制定了《连锁章程》，“金鼎牛肉面集团公司为保障兰州风味牛肉面的质量和荣誉，专门制定了牛肉面的操作规则，坚持四个第一（质量第一，技术第一，效益第一，顾客第一），并随时派员到各分店和加盟店进行监督检查，这为连锁经营的发展奠定了良好基础。”[①] 来自兰州市商委的数据显示，截至 1997 年，金鼎公司连锁经营的分店数量达 32 个，资金总额 808 万元，年销售额 2608 万元，从业人员 504 人。来自同一份资料的数据说，自从 1993 年开办第一家店以来，截至 1997 年，金鼎公司在兰州市的连锁店发展到 12 家，分店和加盟店发展到 260 多个，在 13 个省、市、自治区开办直营店和加盟店 32 个，在加拿大多伦多也有 1 个加盟店。这是一组看起来十分漂亮的数据，但同一份资料同时显示，为扶持金鼎牛肉面的发展，1997 年国家扶持资金 400 万元，与此同时，兰州市的财政、金融、工商、税务、房管、体改等部门都从自己的业务范围内给予了积极的支持。具体支持几何，没有确切的资料说明。

现实可能要比这些数据显示的表面繁荣枯瘦得多。标准化的操作规程和随时派员督察的管理方式并没有产生足够的约束力，那些加盟店很快就失去了控制。金鼎公司最有名的面匠马文斌对此分析认为："加盟店在买卖好的时候还认真做，不好的时候偷工减料，我们发现后就全部取缔了。牛肉面搞全国性的松散加盟是往坏里做，管理跟不上，自己砸自己的锅。”貌合神离的加盟关系很快就变成了各行其是，事实上脱离为一个个独立经营的实体。市场经济建设初期，几乎所有心怀野心的商业

---

①《兰州商学院学报》1998 年第 1 期，任先行、陈晓辉、范建玲著《抓住机遇，深化改革，加速连锁经营发展——兰州市连锁经营侧记》。

企业都受制于理念贫乏、模式陈旧，金鼎公司没有也不可能建立起一条可以满足现代经营需要的食材供应链和有效的品牌管理体系，漂亮的数据不一定对应着喜人的业绩。到了 1998 年，大部分加盟关系已经名存实亡，公司事实上只对自己的几个直营店有一定的约束力。

促使兰州市政府改弦更张的另一个例子耐人寻味。金鼎公司为打造一家具有标杆意义的高档次牛肉面餐厅，将位于小沟头的四川酒家改造成汇丰餐厅，装修豪华，陈设精致，并将其选定为承担政府接待任务的重点餐厅。餐厅的定位是荟萃兰州特色名吃，提供高档中餐服务，牛肉面自然是主打品种。因为这是一家汉餐厅，公司便派当时最有名的汉民师傅李学义主理牛肉面。李学义据说是马杰三的亲传弟子，曾在中街子马保子牛肉面馆打过工，公私合营后被安排到兰州市饮食公司。因为和马杰三的这层关系，有人认为，按照古老的师徒传承路线，李学义是兰州市饮食公司系统唯一的马杰三亲传弟子。李学义不负厚望，精工细作，的确做出了一碗相当不错的牛肉面，但让人一时不得其解的是，这碗面并没有叫响兰州，汇丰餐厅也受到拖累，没办多久便黯然关张。

于是，一位主管副市长找到时任市政府食堂经理的马利民，说：“看来牛肉面还得由你们回民来做。”并动员马利民主持改制金鼎公司，成立金鼎清真牛肉面集团公司。一家国企的改制背景并非这么简单，事实上它是国家政策和地方政府一系列配套细则综合作用下的解决方案。早在 1996 年，兰州市政府转发市体改委《关于进一步放开搞活国有小型企业的若干意见》和《关于组建和发展企业集团的若干规定》，1997年颁布《兰州市关于加快国有企业股份合作制改革的实施意见》，1998年又颁布《兰州市关于推进国有企业公司制改革和组建企业集团的实施意见》。这些文件只是那几年兰州市密集发布的多份文件中的一部分，由此掀起了一股汹涌澎湃的国企改制潮。

1998年，由马利民领衔的金鼎牛肉面(清真)有限公司成立，兰州市饮食公司所属清真餐厅除了伊清斋因为提前改制而脱离出去，其余包括清雅居、兰清阁、鸿宾楼共13家归至金鼎公司。在此基础上，2001年，金鼎公司改组为兰州金鼎饮食管理有限公司，旗下拥有金鼎牛肉面公司、金鼎涮羊肉公司、金鼎羊肉泡馍公司、金鼎清真大菜公司。

金鼎公司的改制一直被认为是兰州市属国企改制的成功范例，也被认为是兰州牛肉面产业化道路上的一个重要事件，同时也被看作是政府在这一领域有所作为的最生动的例子。人们对国字号牛肉面在市场经济条件下的疑虑因此而暂时打消。在接下来的许多年中，金鼎牛肉面事实上整合了民间对牛肉面的各种混乱的解说，逐渐形成具有官方色彩的主流叙述。今天，当我们打开公司的黄页，可以看到以下的宣传内容：

在我公司的示范和引导下，兰州市牛肉面的整体档次、规模和水平上了一个新台阶，为兰州牛肉拉面发展走向新的里程碑做出了卓越贡献，树立了典范，起到了良好的带动作用。同时我公司将牛肉面的传统制作工艺与现代经营理念相结合，不断提升牛肉面文化内涵，以高品质、高质量创新发展，打造品牌，研制出了高档滋补牛肉面，形成了一套风味独特的牛肉面系列，开创兰州市牛肉拉面新的品牌形象，为兰州牛肉拉面的开发与创新提供了新的道路，使兰州牛肉拉面步入了新时代，成为兰州牛肉拉面行业的龙头样板企业。金鼎兰州牛肉拉面，在一定意义上代表了兰州的形象。

先来一个标准化

与此同时，牛肉面标准化的课题被重新提上议程。

这个议题自 20 世纪 80 年代以来就被反复提及，如果说在当时，这是计划经济思维的惯性使然，那到了现在，它可能更多反映的是市场经济时代一种创新焦虑。

其时，马兰拉面在东部省市攻城略地式的扩张方兴未艾，苏氏牛肉面在新疆创造的连锁模式正在打开兰州人的想象。尤其是后者从偏远的边疆挺进北京的消息更是让人无法平静。这两家品牌的成功无不被简单地概括为标准化。在此之外，又有加州牛肉面、麦当劳、肯德基模式被商界精英们奉为圭臬，言必称麦当劳、肯德基成为那个时代快餐界最具感染力的时尚。1999 年被中国烹饪协会推举为“中式三大快餐”试点推广品种之一（另两个是北京全聚德烤鸭和天津狗不理包子，兰州牛肉面因此也被称为“中华第一面”）的兰州牛肉面，似乎正遭受着与其地位很不相称的憋屈。而对即将到来的新世纪的瑰丽想象和对骨感现实的普遍怀疑，又给一种集体性的焦虑火上添薪。

“马兰拉面不是兰州牛肉面。”这样的说法有一定的缓释作用，但可能只对了一半。事实上，马兰拉面脱胎于兰州牛肉面，又出离兰州牛肉面。根据众多媒体的报道，我们大概知道，蓝星公司的老总任建新是牛肉面的忠实拥趸，1993 年 7 月，他在公司所在地兰州西固区开办了一家以企业名字命名的牛肉面馆，叫“蓝星拉面馆”。当时大部分的西固人对这家面馆并无太深的印象，大概在兰州，要做一碗受人追捧的牛肉面并不容易。到了 1995 年，蓝星公司决定涉足牛肉面连锁经营。按照后来的说法，他们以西北荒原上生命力极强的马兰花为之命名，以甘肃蓝星化学清洗有限公司为主体投资成立了“兰州马兰拉面快餐连锁有限责任公司”。第二年，蓝星公司总部迁往北京，随后，公司又在北京成立了“马兰拉面快餐连锁有限责任公司”，这家公司事实上成了马兰拉面的公司总部。

财大气粗又有创业野心的马兰拉面一开始就不走寻常路，他们在宣传中称，公司利用兰州本地和北京的专家组成研发团队，在牛肉面的汤料调配和制作工艺上推陈出新——这种说法一直没有得到详细资料的印证，靠着民间匠人的禀赋和难以言说的悟性做出的牛肉面，如何转化为数理性的专业模型，是一个让人疑窦丛生的问题——公司又以雄厚的人才资源建立起了强大的管理团队和营销团队。专业化的集中配送体系和标准化的产品管理体系作为连锁经营的首要条件，在一开始就受到了格外的重视。内部资料显示，这家公司借鉴麦当劳的 QSCV 经营理念（Q：质量；S：服务；C：卫生；V：价值）定义马兰模式，并将麦当劳作为榜样，在1997年就推出一项所谓的“马兰拉面万家连锁工程”，计划用10年的时间在国内外推出1万家马兰拉面特许加盟店。虽然，马兰拉面后来没有豪迈地走到它的第10个年头，但在1999年，北京的一家信息公司调查认定，马兰拉面的知名度仅次于麦当劳和肯德基，排名第三。在20世纪末的兰州，马兰拉面模式正作为一个商业传奇被竞相传颂。

苏氏牛肉面同样脱胎于兰州牛肉面，但它很快就完成了去兰州化。甘肃武威人苏恩泉早年在新疆当兵，复员后留在乌鲁木齐打拼。有报道证实，他曾专门到兰州学习牛肉面制作技术，回到乌鲁木齐后选择在北京路的甘肃大厦楼下开办了第一家兰州牛肉面馆，取名为“苏氏牛肉面”。这是在1990年，兰州的牛肉面馆除了兰清阁、马子禄，绝大多数还在小作坊中安身立命。1993年，苏恩泉创立了乌鲁木齐苏氏企业发展有限公司，开始了企业化经营。在远离兰州的城市，苏氏牛肉面的发展似乎和化隆精英们同步，到了1998年2月，苏恩泉成立了乌鲁木齐市苏氏快餐管理有限公司，并分别设立南疆、北疆分公司，直营店达到了7家。与此同时，苏氏企业完成了管理模式的标准化、生产工艺流程标准化、人才储备及优质肉牛养殖基地建设。1999年1月，北京分公司成立，苏氏牛肉面开始了以北京为中心的华北地区的拓展。随后的20年中，苏氏一路扩张，它在全国的分公司达到了17个，直营业连锁店达到了136家，成为全国最有影响的牛肉面品牌。①

对标准化的迷信毋庸置疑地主宰了那个时代快餐业精英们的

---

① 苏氏牛肉面的部分资料来源于《中国经济周刊》2008年第30期报道《“兰州牛肉面”奥运商机为何被“新疆苏氏”夺走》。

意识。在世纪末的躁动中，一项兰州牛肉面的标准化建设工程也在悄无声息地酝酿中，马利民的金鼎公司承担了制订标准的任务。

“我们的技术一直是口口相传，没有数据化，感觉很吃亏。”金鼎公司的牛肉面大师马文斌是标准化的主要倡导者。1994 年，他曾代表兰州牛肉面参加了由国家民委、国内贸易部、劳动部、中国烹饪协会联合主办的“全国首届清真烹饪技术竞赛”。这次大赛在沈阳举行，报道称“这次（以清真烹饪为主题的）大赛在中华民族史上是首次，也是新中国成立以来的第一次，是一次民族团结的盛会，是清真烹饪技术的大交流。”来自全国十多个省区市的代表队参赛，兰州牛肉面只获得了个银奖。马文斌认为，没有数据化的技术呈现是兰州牛肉面屈居二等的主因。

这次的标准化要解决的似乎只是一个数据化的问题。由于牛肉面是地方小吃，不能制订国家标准，只能发布地方标准。2000 年，由兰州市质量技术监督局和兰州市第二商业局共同提出并负责起草的《兰州牛肉拉面甘肃省地方标准》由甘肃省质量技术监督局发布，于当年 7 月 10 日实施。

《标准》的前言中说：“本标准中的理化指标是根据该食品长期以来的生产工艺、配方及实际抽样检验结果所确定的，卫生指标严格执行国家有关现行标准的规定。”

《标准》就适用范围指出：“本标准规定了兰州牛肉拉面的分类、技术要求、试验方式、检验规则。本标准适用以精制小麦粉、带骨牛肉、蔬菜、食盐、食用植物油、食醋、味精、香辛调味料、拉面剂为原料，经熬煮、勾兑牛肉汤，和、揉、饧、拉、抻、煮面、装碗、调汤及佐料而成的兰州牛肉拉面。”

《标准》对于品种的分类是："按面条形状分为大宽、宽面、毛细、细面、二细、韭叶、荞麦棱兰州牛肉拉面。按牛肉汤中的蛋白质含量、脂肪含量及每碗面中加入的熟牛肉净含量不同分为优质兰州牛肉拉面和普通兰州牛肉拉面。"

而对于规格，《标准》提出："按每碗中熟面条净含量分为大碗兰州牛肉拉面（不得少于275克）和小碗兰州牛肉拉面（不得少于175克）两种规格。"

除了理化指标外，感官要求作为技术要求的内容被"标准化"："外形：面条呈各品种的特有形状，条形完整，萝卜呈薄片状，牛肉呈片状或丁状，蒜苗、芫荽呈丁状，大小基本均匀一致，无肉眼可见外来杂质；色泽：面条呈白色或汪黄色，一清（汤清），二白（萝卜白），三红（油炸辣椒红），四绿（蒜苗、芫荽绿）；口感：面条软硬适度、筋道柔滑，萝卜不夹生。嗅有香味，品尝时具有兰州牛肉拉面的特有风味。汤辛而鲜，麻而不闭气，辣而不烈，蒜苗、芫荽味道浓厚。"

这个据说用了两年时间起草出来的《标准》并不为业界看好，在其出台之日也是被束之高阁之时。单从面形来看，《标准》颁布不久，就出现了比大宽更宽的军带，介于细面和二细之间的三细，荞麦棱之外还出现了二柱子等；就熟牛肉的含量，大部分的消费者并不关心，他们更关心那一碗汤的味道；而对于用大量的形容词规定的感官要求，事实上并不具备检验的操作性。而《标准》要求的理化指标，对于牛肉面人来说，更像是一些让人摸不着头脑的数字，与倾心做一碗好面以维持生存的技艺之间似乎没什么密切的关联。

有政府官员坦陈，除了对国有牛肉面企业有一定的约束力，对于民营面馆，这个《标准》等同于一纸空文。所谓国有牛肉面企业也就是金鼎集团，这个标准的数据就来自金鼎的实测。金鼎建立了自己的配送中心，力求在集团内部数量极其有限的店内实现数据的统一。即使这样，也没有人承认兰清阁和鸿宾楼的牛肉面味道一样。对于占市场九成以上的个体和民营面馆，来自金鼎的数据可能具有权威性，却不具有指导性，更不可能被复制。

标准化遭遇的难题到今天依然让一些人心里像猫抓。没有标准化，牛肉面就不可能“麦当劳化”，麦当劳神话般的资本运作模式便失去了模仿性。对于政府来说，过不了标准化这一关，牛肉面产业化的路子便指向一片渺茫。

有一种声音一直存在于民间：兰州牛肉面到底能不能标准化？标准化了的牛肉面还是不是传统牛肉面？现代社会更需要成千上万家异彩纷呈、各具特色的牛肉面小馆，还是更需要若干家闪耀着资本光环的大型牛肉面企业？

再来一个标准化

上述最后一个问题突然之间就变成了迫在眉睫的逼问。

2003 年 6 月 11 日，甘肃省质量技术监督局发布《兰州牛肉拉面馆（店）分等定级标准》，于 7 月 1 日开始实施。这个标准由兰州市商贸委、兰州市质监局、兰州市饭店与餐饮协会起草。因为可能对兰州牛肉面的生态产生致命性的影响，这个《标准》在发布之初，就受到了媒体和学界的关注。其中最引人关注的是，它所参照的是酒家酒店分等定级的国家相关标准（GB/T13391–2000）。《标准》显然是针对遍布大街小巷在数量上占绝对优势的牛肉面馆所谓“脏、乱、挤”“不上档次”的窘迫问题制订的，其挤压小型面馆的生存空间、为大型高档面馆腾出发展空间的意图明显。按照一种线性思维下的简单逻辑，相关部门认为这样就可以“促进兰州牛肉拉面行业整体水平的提高，推动兰州牛肉拉面的产业化发展”。

《标准》规定了兰州牛肉拉面馆（店）分等定级的总则、卫生要求、等级划分的依据和评定方式、等级划分要求，依据兰州牛肉拉面馆（店）的物质因素、管理因素、技术因素、服务因素、安全卫生和环保因素，将牛肉拉面馆（店）划分为特级、一级、二级、三级四个等级，从建筑与设备设施基本条件，环保和安全卫生条件，前厅、餐厅、厨房、公共区域的设备设施条件，应提供的服务以及服务质量等多方面作了详尽的要求。《标准》对营业面积的要求最受关注，四个级别对应最小面积分别是 400 平方米、150 平方米、100 平方米、80 平方米，厨房和附属用房面积不少于营业面积的 20% ~ 30%，能容纳同时就餐人数不少于 30 人。

对于大部分牛肉面从业者来说，他们最关心的是开办面馆的门槛，也就是对最低等级三级面馆的要求。对此，《标准》的规定要点是：

建筑与设备设施基本条件：营业面积 80 平方米，厨房面积不少于营业面积的 20%；有符合仓储条件的原材料库房；餐厅与厨房之间有隔离的设施。

餐厅：有同时容纳 30 人就餐的餐厅；有配套的桌椅、用具、餐具；能提供适宜温度的就餐环境；供应的品种有特色或具有传统风味；营业结束时间不早于 14 点。

厨房：厨房地面采用防滑材料，墙面满铺瓷砖，顶部进行了防污染处理；有专用消毒设备；灶具用具以不锈钢材料为主；有良好的通风排烟设施；有中级面点师顶岗操作。

服务质量要求：有专职服务人员；各岗位的从业人员必须持有国家劳动保障部门核发的本职业（工种）相应等级的职业资格证书。

这个门槛将市面上正在营业的七成以上牛肉面馆阻挡在外。按照兰州市商贸委发布的数据，2003 年，兰州市区牛肉面馆（店）的数量是 789 家，其中经营面积达到 80 平方米的只有 182 家，仅占总数的 23%。在不达标的面馆中有 439 户的经营面积不到 60 平方米，占总数的 56%。这就意味着，仅仅从经营面积这一个指标就可以给 77% 的牛肉面馆贴上“不合格”标签。

在《标准》生效的同时，兰州市商贸委等 9 部门在兰州展开了检查。据称，对检查中发现达不到最低准入门槛的牛肉面馆，将予以劝告转行的处理；对拒不转行的，工商行政管理部门将不予办理年检手续。“这将使兰州众多无名牛肉面馆面临关门的处境。”一家媒体对此深表忧虑，“不少消费者则认为，对一碗牛肉拉面的优劣，最有发言权的是消费者，他们根据各自的消费水平和习惯选择就餐面馆，决定着经营者的成败。《标准》的出台初衷虽好，却无异于拔苗助长，还管了政府不该管也管不好的事，本质上是计划经济的做法。”①

兰州当地最有影响力的报纸《兰州晨报》的报道可能代表了当时社会舆论的主流：

皋兰路上的一家牛肉面馆营业面积不足20平方米，根据《兰州牛肉拉面馆（店）分等定级》显然不入级。一听说记者要采访标准对该店的影响，王老板便表现出一种不屑的神色。她说，该标准太不切合实际了。现在掰着指头算，能达到标准规定最低营业面积的牛肉面馆能有几家，绝大部分牛肉面馆的营业面积都在80平方米以下。如果有关部门真的要按标准给牛肉面馆分等定级，受损的牛肉面馆也实在太多了，真正受益的无非是几个大面馆，这与有关部门保护、壮大牛肉面产业的初衷可以说是背道而驰。再说小面馆要生存必然要增加各种投资来达标，所增费用只能靠涨价来解决。

位于安定门的伊安牛肉面馆的老板对记者说，众所周知，现在兰州市民最注重的还是牛肉面的饮食卫生、品味、质量、数量和价格，而不是店大店小的问题。大店的产品数量、质量、卫生条件不见得就比小店好，只要能让顾客认可、放心即可。有关部门应该把重点放在卫生、质量、服务等软件监管、指导、服务上，那种通过一些硬件指标的考核给兰州牛肉拉面馆分等定级的做法值得商榷。

在同一篇报道中，记者对消费者的采访也显示出普通市民与

①《工人日报》2003年7月30日，记者毛浓曦《兰州牛肉面："市场准入"争议声急》。

政府管理部门的分歧：

在伊安牛肉面馆就餐的消费者认为，兰州牛肉拉面是一种大众化的中式快餐，很多人都喜欢在早晨或中午吃一碗价格2元的牛肉面，这已经成为兰州人日常生活中的一部分。如果硬给牛肉面馆分等定级，势必会导致很多小面馆关门，以后，兰州人一出门就能吃上牛肉面的日子会越来越少。此外，因为分等定级的缘故，以后，人们吃牛肉面就得多支出1.5元，对于现在还有很多在领取低保的兰州当地人来说太奢侈了，况且，大部分小面馆关门后，绝大部分的人吃早点只能改吃油条、稀饭、豆浆了，这些流动摊点的卫生状况更让人担忧。因此，给牛肉面馆分等定级并不明智。①

相关的争议也蔓延到学术界，即使是一些认为兰州牛肉面经营理念和经营方式落后、主张政府之手主动介入市场行为的学者，也对这个标准的出台不看好。西北师范大学经济管理学教授刘敏对《经济参考报》说："强制一家证照齐全的拉面企业停业，会非常困难。解决兰州拉面档次低的最好方法，是由工商、卫生、质检部门联合提高拉面企业的准入门槛，让那些具有资金实力的企业来做拉面。同时，将拉面行业的服务和卫生进行分级，凡是达不到服务等级标准的，一律给予停业整顿。"刘教授所谓的"分级"显然只是针对工商、卫生、质检方面，他没有将"档

① 以上两段引文皆出自《兰州晨报》2003年7月4日，记者张继培《兰州牛肉面馆分等定级各界反应不一》。

次”与经营面积等硬件设施捆绑在一起。“制约兰州拉面发展的根本问题是经营理念和经营方式的落后，解决这些问题还需由政府部门对拉面企业的经营者加强引导和培训，帮助他们建立起新的经营理念，引入新的发展方式。这次出台的《标准》只是规定了表面的东西，并不能解决制约兰州拉面发展的深层次问题。”①

在《标准》实施了不到一个月之后，也就是相关部门的检查整顿还在进行之中时，兰州市商贸委的态度出现了柔和。商贸委餐饮服务处刘克刚处长对媒体表态：“这次分级虽然对经营面积和就餐环境、卫生条件等各方面都进行了明确规定，但因为考虑到就业等各种问题，并不会强制执行，而是由各拉面企业自愿报名参评。从长远来看，此次《标准》的出台必然会促进兰州拉面的发展，但就眼下来说，兰州众多的拉面企业对此完全可以不予理会。”②

当时的管理部门和媒体在谈论这个标准的时候，都忽略了一个非常重要的常识：这个标准并不是一个强制性标准。和2000年的《兰州牛肉拉面》（甘肃省地方标准DB62/T685-2000）标准一样，这个《兰州牛肉拉面馆（店）分等定级》（甘肃省地方标准DB62/T1031-2003）标准代号中的“T”已经标明，它只是一个推荐性标准。依据1988年实施的《中华人民共和国标准化法》第七条：“国家标准、行业标准分为强制性标准和推荐性标准。保障人体健康，人身、财产安全的标准和法律、行政法规规定强制执行的标准是强制标准，其他标准是推荐性标准。省、自治

①《经济参考报》2003年7月29日，记者马维坤、江训波《七亿元拉面商机拿住不容易》。

② 同上。

区、直辖市标准化行政主管部门制定的工业产品的安全、卫生要求的地方标准，在本行政区域内是强制性标准。”第十四条规定：“推荐性标准，国家鼓励企业自愿采用。”

即使这样，兰州市9部门的检查整顿还是持续了一年时间。2004年，兰州牛肉拉面馆（店）等级评审委员会进行了首批分等定级，只有金鼎牛肉面连锁有限公司鸿宾楼餐饮部和马子禄牛肉面有限公司大众巷店获评特级店，另外有16家被评为一级店，10家被评为二级店。之后，三级店的评审工作迟迟未动，分等定级工作不了了之。

牛肉面标准化的话题并没有就此打住。进入21世纪以来的十多年间，市场经济社会不断出现的新理念持续刷新着人们的认知，同时也不断凝聚着新的共识，不论是急于求成的政府，还是急功近利的商家，逐渐学会了对无形之手的敬畏。兰州牛肉面行业也逐渐学会了向市场问路的思维，形成了丰富多元而各具特色的发展模式。

第七章　不变与万变

牛大碗的变革

在朋友眼中，韩国军是一个直觉特别发达的人，遇到事儿，他先凭着直觉作出判断，然后才会慢慢寻找理由。1999 年，在没有充分论证的情况下，韩国军在红山根的美高皮鞋厂院子里租了一间厂房，办起了一家餐具消毒厂。这一年，兰州的牛肉面馆开始出现了“消毒碗”，由一个薄薄的塑料袋包着，里面装了一张餐巾纸。这些碗被货运小卡车运来，整箱子搬到牛肉面馆，食客只需要多掏 0.20 元就可以选用这种被称为“健康碗”“放心碗”的牛大碗。

韩国军的国智餐具消毒厂规模不大，不到 1000 平方米的小厂房，拥有一条半自动化的生产线。餐具的清洗、消毒都在生产线上自动完成，一名工人负责给每一个碗里放一张餐巾纸，另一名负责从匀速滑过的输送带上挑出破损的碗，其他的工人则负责包装、输送、搬运。

这场悄无声息的变革为清洗设施不够完善的小型面馆带来了福利，使之逐渐走出了一桶水洗到底的卫生窘境。兰州人逐渐习惯了这两毛钱买来的放心，而在此前，消毒柜之类的设备尚未普及，餐具清洁的最后一道工序就是在水龙头下冲洗一番。一些注重卫生的食客通常是端着自家的碗盆到牛肉面馆用餐。

一个新的行业随之兴起。市场在这场变革中发挥了应有的作用，餐具消毒企业如雨后春笋般地涌现了出来。5 年之后，兰州市已经建成了 16 家餐具消毒公司 30 多条生产线，每天可提供大约 20 万套消毒餐具。消毒餐具品种也发展到碗、碟、套餐餐具、消毒筷等。

当时，兰州市区的牛肉面馆达到了 1200 家，每天使用碗盘 50 万只以上[①]。

2004 年，韩国军的国智公司宣称投资 5000 万元，在兰州七里河区马滩建成了占地 50 亩、厂房面积 2 万平方米的餐具集中消毒基地。这个基地最引人注目的是国智公司与上海美尔耐密胺制品有限公司合资从德国麦克清洗公司引进的成套餐具消毒生产线，每小时可清洗消毒餐具 2 万件，效率是国内最好生产线的 2.5

---

① 这一数据来源于当时的官方宣传，被各大媒体一致采用。但这一数据可能并非来自专业的调查。2019 年，甘肃陇材云公司基于商业需要，曾做过一次扫街式的调查，结果表明，兰州市城关、七里河、安宁三区的牛肉面馆仅有 600 多家，加上未经调查的西固区，兰州城区牛肉面馆预计有 700 多家。

倍，人工也由国内生产线的每条80人降为20人。投入运营后，这套生产线很快通过IS-9001国际认证，国智公司也成为兰州第一家通过此项认证的餐具消毒企业。

国智公司每天50万件的生产能力极大地推动了消毒餐具的全面普及，兰州的餐具消毒行业毫无悬念地走到了全国的前列。国智公司的这套生产线也随之爆红全国。据说，在最红火的时期，公司每周要接待三四拨参观取经者，除了省区市政府相关系统的访问者，全国行业内的各种机构也纷至沓来，国智公司不堪其扰，却也乐在其中。一个叫“兰州经验”的说法也在行业内不胫而走，与此相伴的另一个说法是“全国看兰州，兰州看国智”。后一个说法确信是国家卫生部的一位官员在考察访问后的总结会上说的。这位官员还说，“兰州经验”值得在全国推广。因为这个总结会，国智公司受邀参与了餐具消毒行业国家卫生标准的起草工作。

由兰州日报社联合多个部门举办的“2006魅力兰州经济年度奖”给韩国军授了一个“人物奖”，颁奖辞写道：“三百六十行，行行出状元。就在人们高度关注健康与安全的今天，一位撒拉族青年用他的聪明才智和对生活的热爱，走出了一条不同寻常的、属于自己的人生道路，他就是兰州国智民贸有限公司董事长韩国军。一分耕耘、一分收获，韩国军和他的国智集团经过多年的辛勤努力，在餐具消毒市场上大展拳脚，在餐具洗涤业内形成了‘全国看兰州，兰州看国智’的局面，开创了我国餐具洗涤业的新纪元。”

韩国军是青海化隆人，少年时期来到兰州求学，成年后只身到广州、深圳闯荡。1990年代末中期，当他回到兰州时，牛肉面已经完全整合了兰州人的饮食习惯，成为这个城市新的图腾。而他的化隆老乡们，正在中国最发达的城市里收获着这一碗面带来的物质喜悦。“在兰州的化隆人”这个身份听起来淡如轻风，但无形之中加重了韩国军的牛肉面情结，在寻找商机的时候，他与牛肉面就这样不期而遇。

韩国军的野心不止于洗碗。早在引进德国生产线之初，国智公司就与上海美尔耐公司签订合同，为兰州牛肉面换碗。这就是两年之后进入市场的“二代牛大碗”。所谓二代，是针对市场上流行了几十年的那种粗笨厚重、比热容极低的陶瓷碗而言的。

2006年8月28日，韩国军特意挑选的日子，50万件“二代牛大碗”投放市场。按照当时各大媒体的新闻通稿，这种迎合了新时代消费需求的牛肉面碗采用了新型的密胺材料，整体为圆身状，蕴涵中华文化“天圆地方”之意。碗外观上的回形纹象征滚滚东去的黄河，又代表了兰州牛肉拉面。兰州水车、白塔山公园、五泉山、黄河母亲、中山铁桥、羊皮筏子六幅图画表现了最具兰州特色的人文景观，诠释了牛大碗的地域特色和文化特征，象征一个城市的“名片”，反映了兰州悠久的历史文化。贯穿六个景观的是最具有兰州特色的百合花，具有“百事合意”的含义，是中华民族团结和睦的象征。

兰州市牛肉拉面协会是这次换碗工作的主要推动者，会长马利民第一时间接受媒体采访时说：“兰州牛肉面作为兰州的一张金字招牌，此次面向社会征集设计方案最终选择了一些最能代表兰州的独特景观；在材质上，采用了密胺材料，它具有无毒、无味等优点，不仅质地光滑、美观大方，且耐热性强，端碗时不会烫手，饭菜不会很快变凉，不易破损。”马利民同时向媒体承诺，“换碗不会导致牛肉面涨价。”①

据说，此前的老粗碗成本不过 2 元，而“二代牛大碗”的成本为 16 元。社会对此疑虑重重，这 16 元的成本将转嫁到谁的头上？事实上，这样的忧虑缺乏经济学常识，餐具的所有权属于国智公司，牛肉面馆和消费者只不过是使用者，国智公司的收益来自清洗费，其基础是公司对市场的绝对占有率。这种资本时代的盈利模式，对当时的许多兰州人来说还很陌生。

市民的担忧来自半年前牛肉面涨价的余悸。那次涨价发生在 2006 年 2 月的春节期间，西固区的部分牛肉面馆私下约定，以原材料涨价为由，将大碗牛肉面价格从 2.20 元（含消毒碗费用）涨到了 2.50 元，虽然政府出面喊停，但兰州牛肉面的价格还是羞羞答答地迈进了 2.50 元时代。兰州市民记忆犹新的是，4 年前的 2002 年春节，还是这些西固区的牛肉面馆集体约定，把大碗牛肉面价格从 1.70 元抬升到 2.00 元。2003 年，兰州市政府以行政手段推广消毒碗，大碗牛肉面的价格事实上成了 2.20 元。

“二代牛大碗”非常平静地投入兰州市场，并未引起担忧中的牛肉面涨价。或者说当年春节期间开始的那次涨价行动还在延续之中，所有的牛肉面馆完成这次涨价，得等到第二年的春节期间。国智公司做了一次漂亮的营销活动，虽然其产品未完全垄断市场，但在模仿效应的推动下，一个精致牛大碗的时代不动声色地到来了，那种延续数十年的粗瓷厚碗逐渐淡出了牛肉面市场。只有马

①《西部商报》2006 年 8 月 21 日，实习记者杨万明。

子禄选择了特立独行，10 年之后，它还在使用印有自己标记的粗瓷碗，这被视作这家老字号牛肉面馆企业文化的符号之一。

2007 年 9 月 28 日，中国·兰州首届牛肉拉面节在兰州开幕，这是继 2000 年由中国烹饪协会、甘肃省商务厅、兰州市政府联合举办“首届金鼎杯全国兰州牛肉面技术比赛”后的又一次牛肉面展示会。开幕当天，由国智公司策划并制作的“天下第一牛大碗”大型雕塑在东方红广场亮相。这个巨型“二代牛大碗”直径 2.99 米、高 1.66 米、重 1166 公斤。韩国军有意将其解释为代表兰州城市文化的一个新符号，但后来它并没有达到预期中的知名度，大概是因为一只碗所传达的内涵稍显单薄。这个雕塑后来几易其位，最后坐落在张掖路步行街上，成为这条繁华街道的一个点缀。

最后一次，限价风波

2007 年 6 月 16 日，又是西固区的牛肉面馆，又是私下结盟，相约涨价。发动者还将一纸打印好的涨价通告贴到其他牛肉面馆的门上：“由于粮、油、肉等物价的不断上涨，我们也是抱着让广大顾客吃到正宗可口的牛肉面的心态，从今日起牛肉面调价，望广大顾客谅解。”价格普涨 0.50 元，大碗从 2.50 元涨到了 3.00 元，小碗从 2.30 元涨到了 2.80 元。这与兰州市牛肉面完成上一波涨价距离不到半年。

一个星期之后，6 月 23 日、24 日，周末双休日，安宁、城关的部分面馆也跟风涨价。选择这样的日子，面馆老板们有着自己的算计，此时政府部门没有上班，等到星期一上班时，木已成舟。25 日，当地一家媒体首先报道了涨价事实，文中不无夸张地表达了一些市民的忧虑："牛肉面已经让人吃不起了！"政府部门的反应之快果然不出所料。26 日，兰州市物价局联合工商等四部门发布了一纸紧急限价令：将兰州市的拉面馆（店）根据经营环境、技术力量、服务水平和饭菜质量等，划分为特级、一级、二级、普通级四个级别，并分别限制了每个级别的最高售价。其中，普通级大碗不得超过 2.50 元，小碗不超过 2.30 元；二级可在普通级的基础上加价 8 %；特级、一级由经营企业按当地饮食业关于毛利率和加价率的规定自行确定。

这是在 2001 年 12 月宣布"政府对牛肉面的价格取消控制，实行市场调节价"之后，兰州市政府相关部门对牛肉面价格力度最大的一次干预。

兰州市物价局对媒体进一步解释说："经过调查取证后，我们认为，此次波及全市的牛肉面涨价行为已经涉嫌串通涨价，违反了《中华人民共和国价格法》第十四条第一款：'相互串通，操纵市场价格，损害其他经营者或者消费者的合法权益'。"

习惯于草草出台限价令的政府诸部门远远没有想到，此举立即引起两种截然不同的社会反应，兰州当地的媒体迅速表达了普通市民的叫好声，一些省外媒体和学术界对其表示强烈的质疑。两种观点经过互联网的放大，迅速掀起了一场全国性的"舆论大战"。支持者多附和兰州五部门的说法，牛肉面价格关乎民生，政府不得不管；批评者多从法理角度出发，认为政府干预价格行为违反了市场经济规律。

7月7日，国家发改委一位官员在一档电视栏目中表态说：“即使牛肉面经营者确实存在串通涨价行为，政府部门用行政手段去干预本应当由市场调节的商品价格的做法，也不符合市场经济发展规律，略欠妥当。”口气稍嫌温和，但立场是斩钉截铁。

7月11日，兰州市物价局等部门召开新闻通报会，对国家发改委的说法给予回应：“是由于（国家发改委）不了解牛肉面对兰州市民的重要性所致。”

通报会进一步解释说：“限价令的依据是2007年4月2日下发的《甘肃省人民政府办公厅关于进一步加强民生价格监管工作的通知》，这个通知要求价格主管部门把解决群众最关心、最直接、最现实的价格利益问题作为工作的重点，摆上重要议事日程，进一步加大民生价格监管工作力度。而牛肉面在兰州就是民生的缩影，是具有浓厚地域色彩的市民日常生活必需品，其价格在兰州是具有独特地域特性的公共民生价格。在兰州，牛肉面价格就是民生价格，绝不亚于水、电、气、暖和公交票价。如果再不干预牛肉面价格，就会有更多面馆跟风涨价，牛肉面市场就乱了，兰州的很多食品也会跟风走，不管不行了。”

这次通报会非但没有止息这场舆论风波，反而火上浇油，激发了更多媒体加入争论的热情，包括新华社、人民日报、中央电视台、中国青年报、工人日报、中国经济时报等国家级媒体迅速发出态度鲜明的质疑：

“政府竟然细微到直接去干预拉面的价格，这是典型的向计划经济的回归。”中国社科院经济研究所研究员汪利娜接受媒体采访时说。

中央党校研究室赵杰博士在央视中国法制报道节目中评价说："人为的限价，你只能限制餐馆的价目牌上的价，而牛肉面碗里的那个价，它可以通过少一点肉、少一点面、少一种佐料这种办法，实现他的涨价愿望。所以政府对这种行业的限价，初衷似乎是值得鼓励的，但是效果实际上是无效的。"

在"限价令"发布后的短短20天时间里，7月15日，《工人日报》记者通过网络搜索，发现各类媒体登载的有关报道及评论已多达2200多篇，其中约80%以上对此次限价提出了或轻或重的质疑。这家报纸引用当地有关人士的说法："限价风波的背后实际上存在着一种利益博弈。不能单纯评价物价部门对牛肉面限价的对与错，而要联系物价部门与整个市场物价水平进行衡量。如果说，牛肉面价格涉及民生，那么，交通水电煤气等等价格是不是与民生关系更大？从去年至今，兰州市的水电煤气和公交票价都在涨价，特别是房价涨幅达20%，更是远远超过了百姓的承受能力，个别部门的行政性收费项目也在不断增加。对此，物价部门为什么不发限价令、限制令？牛肉面都是个体经营，价格完全可以由市场调节，物价部门不顾阻力强行干预，令人费解。"

"限价只是表象，要害在于分级，为今后的行政收费铺路。政府有关部门通过给牛肉面馆评定等级，颁发证书，然后再年检，可以设计多道收费环节。"这家报纸的同一篇报道如是说。

"如果限价带来牛肉面产业不能升级，牛肉面馆长期停留在脏、乱、差的状况，从根本上讲，这不是关注民生。"兰州大学管理学院院长包国宪教授向《中国青年报》表示，等级的形成应该是市场机制形成的结果，而不应该是政府的预期。“如果牛肉面价格长期徘徊在低价位，长期粗放经营，必然影响牛肉面产业的发展。”包国宪同时认为，兰州市物价局已经越出了政府履行职能的边界。他建议，公共政策制定出台，要建立在充分的调查研究基础之上，要界定哪些是政府可为的，哪些是不可为的。

舆论在 7 月 19 日以后趋于平静，媒体的话也说完了，发布限价令的兰州市物价局等部门用沉默清扫了“战场”。对于这次涨价风波的结果，早在 7 月 17 日，《甘肃日报》的一篇评论《牛肉面“限价”仅具抚慰作用》早有预见：“纵观这几年的牛肉面涨价风波，可以看出这样一条规律：每一次，物价部门都说是牛肉面行业‘串通涨价’违反了价格法，但最后我们也没见到对这种行为的处罚；每一次价格干预，到最后都成了对牛肉面前一次涨价行为的‘正名’和认可。今年也不例外。”①

在一片喧闹之后，兰州牛肉面还是阔步走向了 3.00 元时代。兰州市政府部门最后一次干预牛肉面价格的行为，无疾而终。

百折不挠的商标情结

这场舆论风波极大地提升了兰州牛肉面的公众知晓度，互联

①2007 年兰州牛肉面限价令风波的内容综合自《人民日报》《工人日报》《中国青年报》《兰州晨报》《兰州晚报》《甘肃日报》、新华社、中央电视台等多家媒体的相关报道和评论。

网的放大效应使得相关话题的热度空前炙热，几乎每一篇报道和评论都会引来广泛的讨论，兰州人对牛肉面的情感在这一场公众的舆论盛宴中被不断地确定、升华、固化，无形中也成为21世纪初最令人感动的公共情感之一。“兰州人的早晨是从一碗牛肉面开始的”“兰州人每天要消费50万碗牛肉面”成为表述这种情感最有力的话语。

关于兰州牛肉面文化和传统的话题也受到了公众的热捧，可惜的是，由于没有严肃的知识分子参与，类似的话题只流于道听途说和一本正经的臆造，牛肉面的历史也成为一个任人随意打扮的小姑娘，她的籍贯甚至被移址到河南，被寄养在怀庆府清化镇一个叫陈维精的男人家里。这个故事不止让人一哂，其背后隐藏的是商业对于文化的侵蚀。兰州地方史志专家邓明感叹道：“兰州牛肉面的历史本来一清二白。进入20世纪90年代，随着互联网的逐步普及，网民的调侃，以及商业目的，兰州牛肉面的历史被人为搞乱了。”这段话在互联网上流传很广，想必传之有据。

相对于文化表述上的话语混乱，兰州人对于商业话语权的丢失更为敏感，也显得非常焦躁，对手就是在大半个中国无处不在的青海拉面人。其时，兰州拥有“兰州牛肉面”的名片，这个固定词组的黏合度已经到了牢不可破的地步，但“兰州牛肉拉面”和“兰州拉面”两张显然更具影响力的名片却不在兰州人手中，青海人以其前无古人的巨大推动力将这碗面推向全国乃至全球的同时，也牢牢地把定了其庞大的商业资源。兰州牛肉面要想走向全国，一迈开步子必将走进这两大山寨名片的阴影。2007年的这场限价风波中，媒体和评论对于“兰州牛肉面”和“兰州牛肉拉面”的混用让普通的兰州市民感到说不清道不明的失落，却给了官方和新生代牛肉面人将两张名片合二为一的信心。

早在几年之前，一场去“牛肉面”化——也可以理解为去传统化——的话语革新就已悄然进行，我们不排除其中的动机之一就是借青海人打造成形的船只出海。一些新生代牛肉面人手持“兰州牛肉拉面”的名片抢占全国市场，以至于在兰州这个诞生并养育了牛肉面的城市，形成了“牛肉面”和“牛肉拉面”两套话语体系。官方站在了新话语的一边，2000 年颁布的《兰州牛肉拉面甘肃省地方标准》，2003 年颁布的《兰州牛肉拉面馆（店）分等定级标准》，2007 年举办的首届“中国兰州牛肉拉面节”都是对“牛肉面”变“拉面”的一次次确认。

这场限价风波之后，2007 年 9 月，在兰州市商贸委的主导和推动下，兰州市商业联合会作为申报主体，向国家商标局提起了“兰州牛肉拉面”商标注册申请，这一事件可视为兰州人争夺“兰州牛肉拉面”名片官方行动的再一次启动。上一次是在 2006 年 5 月 26 日，兰州市商贸委以兰州拉面行业协会的名义向国家商标局提出分别在第 30 类、第 43 类两个商品和服务类别上申请注册 4 件“兰州牛肉拉面”“兰州拉面”集体商标，在审查中，被以不具备集体商标注册条件为由驳回。这次以新的机构提交的商标以图案为主体，图案由一轮火红的太阳、一个绿色的剪影配以简洁明快的线条为主要内容，下面是“兰州牛肉拉面”字样。设计说明强调：绿色剪影表现一人正在用力拉面，手臂中间的线条恰是他手中上下抖动的面条。整个商标的外观轮廓又酷似健硕的牛头，象征着牛肉拉面中不可或缺的重要元素——牛肉。

在这个商标进入漫长的评审程序期间，一起以个人名义发起、历时 10 年之久的牛肉面商标争议案有了结果，但没有媒体注意到这件事，或者说除了当事人，没有人关心这个令人沮丧的结果。这就是“马兰”商标异议案。

2008 年 6 月 18 日，国家工商总局商标评审委员会同时下达了两份裁定书，兰州人马建中、马兰夫妇正式失去了自己精心培育了 29 年的牛肉面品牌“马兰”，该商标被裁定为“马兰拉面快餐连锁有限责任公司”所有，后者正是当时红遍全国的“马兰拉面”的所属企业。裁定的理由归结为一句话：后者注册在先。

马兰夫妇的餐馆开办于 1979 年下半年，先以羊肉面片起家，后以牛肉面突起，1984 年兰州首届桃花节期间，由于姜昆等娱乐明星的造访而声名鹊起。虽然工商局为其核发的营业执照为“兰州市七里河区马兰餐馆”，但“马兰牛肉面”作为一个民间口传的品牌，不仅在小西湖地区尽人皆知，在整个兰州市也有很高的知名度。1998 年，当马兰夫妇准备将“马兰”作为企业商标申请注册时，发现这一商标早在 1995 年就被“中国蓝星化学清洗总公司快餐分公司”申请注册，并于 1997 年 4 月 21 日获准注册。后来随着蓝星下属这家企业名称变更，“马兰”商标当时已经转让给了“兰州马兰拉面快餐连锁有限责任公司”。1999 年 9 月 14 日，马兰夫妇委托中国商标专利事务所向国家商标总局商标评审委员会请求撤销第 989412 号“马兰”和第 1292462 号“malan 及图”商标注册异议申请。

9 年之后下达的两份裁定书，其核心要义有三：一是马兰夫妇称其拥有“马兰”企业名称在先权利，争议商标属于抢注行为。

裁定机构认为，“马兰”为多年生植物名，并非独创性词汇，马兰餐馆只是兰州小西湖地区的个体餐馆，而马兰拉面是具有全国知名度的连锁企业，二者在其所在的市场，不会造成消费者的混淆，因此裁定争议商标的注册不构成现行《中华人民共和国商标法》（以下简称《商标法》）第三十一条关于侵犯他人在先商号权的相关要件。二是马兰夫妇认为争议商标侵犯了马兰餐馆创始人马兰的姓名权。裁定机构认为，因为马兰仅为普通公民，其个人的姓名知名度无法证实，争议商标并未侵犯马兰个人的姓名权。三是马兰夫妇称被申请人（马兰拉面）违反了诚实信用原则，进行不当注册。裁定机构认为“马兰餐馆”在消费者中有一定影响的证据不足，“马兰”又是独创性较差的词汇，争议商标并未以不正当手段抢注他人在先使用并有一定影响的商标。因此裁定，申请撤销理由不成立。

这是一起极其普通的商标异议案，它的结果也不出人意料。在这份裁定下达后的2008年8月28日，国家商标局核准了马兰夫妇在第43类“饭店；餐厅；餐馆；自助餐馆；快餐馆；流动食品供应；茶馆”等服务项目上申请的第4463127号“金城小西湖马兰”注册商标。①

2010年3月28日，经过3年的审核，以兰州商业联合会为申报主体提起的“兰州牛肉拉面”商标被国家商标局准予注册，商标专用权期限从2010年3月28日至2020年3月27日。

这是一个很普通的商标，兰州市政府相关部门和机构之所以

---

①“马兰”商标异议案的相关内容见《中华商标》2010年第2期《兰州拉面产业的发展和面临的制约——“马兰”商标异议案引发的思考》，作者李阳。

倾尽心血、不遗余力，有一种观点认为这是保护“兰州牛肉拉面”无形资产的一种必由之路，它将为政府主导兰州牛肉拉面品牌化、产业化、规模化发展提供抓手。

但这个商标的使用并不顺利，接下来的事情可谓一波三折。2016 年 10 月 10 日，一个与兰州牛肉面貌似毫无瓜葛的人冒了出来，河北沧州市个人王某某就“兰州牛肉拉面”商标提出异议。其理由是，该商标作为普通商标却含有县级以上行政区划的地名名称，违反了《商标法》相关规定，此外该商标缺乏相应的显著性，不应获得核准注册，因此向商标评审委员会提出无效宣告请求，请求将争议商标予以无效宣告。

王某某所指相关规定，即《商标法》第一章第十条：“县级以上行政区划的地名或者公众知晓的外国地名，不得作为商标。”兰州商业联合会反驳称，争议商标中的“兰州”一词在牛肉拉面中具有独特的文化内涵，并非单纯地名，请求商评委维持争议商标注册。

商评委经审理后认定，争议商标虽包含有“兰州”名称，但整体具有与“兰州”地名相区别的其他含义，该商标并没有违背《商标法》相关规定。但同时，对争议商标整体缺乏显著性，不易被相关公众作为商标识别，构成《商标法》规定的“缺乏显著性标志不得核准为注册商标”的诉求，2017 年 11 月 30 日，国家商标总局商标评审委员会作出裁定：“兰州牛肉拉面商标整体缺乏显著性，不易被相关公众作为商标识别，因此对兰州牛肉拉面商标予以无效宣告。当事人如不服从本次裁定，可以自收到本裁定书之日起三十日内向北京知识产权法院起诉。”

收到裁定书后，兰州商业联合会在法定期限内向北京知识产权法院提起诉讼：争议商标系图文组合商标，整体具有强显著性，被诉裁定忽略图形部分而言整体，属于认定事实错误；争议商标的文字组成部分“兰州牛肉拉面”亦具有商标可识别性。请求撤销被诉裁定。并提交了“兰州市第一批非物质文化遗产保护名录”等一系列补充材料。这些材料强调，早在2000年，兰州市政府和甘肃省商务厅联合中烹协组织了“首届中国兰州牛肉拉面技术大赛”，随后制定出相关的行业标准，省质监局于2000年、2003年先后颁布了《兰州牛肉拉面甘肃地方标准》和《兰州牛肉拉面馆（店）分等定级地方标准》，成立了兰州牛肉拉面行业协会。2007年4月16日，兰州市政府将“兰州清汤牛肉面制作技艺”列入“兰州市第一批非物质文化遗产保护名录”。2010年兰州又被中国烹饪协会认定为“中国牛肉拉面之乡”。2012年兰州牛肉拉面被国家人社部职业技能鉴定中心列为国家专项职业能力鉴定项目之一。2013年兰州牛肉拉面入选“中国十大面条”。

法院审理认为，争议商标由汉字“兰州牛肉拉面”、拼音字母以及图形组成，兰州牛肉拉面是甘肃兰州的风味小吃，单独考虑商标的文字与拼音部分确实缺乏显著性，但争议商标的图形部分占据了争议商标的大部分内容，其图形具有独特设计，使用在争议商标所指定使用的服务上具有显著性。且商标经过长期、广泛的宣传，其整体显著性被进一步加强。此外，在商标申请过程中，兰州商业联合会表示放弃对争议商标文字、拼音部分的专用权。因此，争议商标整体上具有显著性，可以作为商标注册。

据北京知识产权法院〔（2018）京73行初911号〕行政判决

书，法院判决撤销国家工商行政管理总局商标评审委员会于2017年11月30日作出的关于“兰州牛肉拉面 Lanzhou Niurou Lamian 及图”商标无效宣告请求裁定，并要求国家工商行政管理总局商标评委会于判决生效后针对王某某就“兰州牛肉拉面 Lanzhou Niurou Lamian 及图”商标所提起的无效宣告请求重新作出裁定。如不服本判决，各方当事人可于判决书送达起十五日内，上诉于北京市高级人民法院。

商标评审委员会和王某某均不服原审判决，遂向北京市高级人民法院提起上诉。北京高院于2018年10月30日受理了该案。经审理，于2019年1月24日作出判决：驳回上诉，维持原判。本判决为终审判决。这意味着一波三折的“兰州牛肉拉面”商标诉讼终于尘埃落定。[①]

但是对于这个商标的持有者兰州商业联合会来说，据此来整合、开发兰州牛肉面的市场资源，与数以万计的青海拉面人在“兰州牛肉拉面”的旗帜下争夺市场，用一句网络流行语概括，就是“理想很丰满，现实很骨感”。

争或不争？这是个问题

东方宫的异军突起，无论从哪个层面观察，都可以看出兰州系牛肉拉面走向全国的坚定决心。兰州市政府迟至2012年才迈出

① 相关内容来自《兰州日报》《兰州晨报》等媒体。

最重要的一步，大概是政府的意愿和民间资本的意向迟迟达不成同步。这次的情形显然有很大的不同，政府的意志，企业的营销实力，加之青海拉面人培育起来的成熟市场，都恰到好处地契合为一体，让东方宫占有了独特的后发优势。并不算新颖的扩张模式凭借着强大的人气积累，聚合了大量的资本，其能量如此凌厉，以至于全国的牛肉拉面市场眼看着要迎来一场重新洗牌的风暴。

东方宫清真餐饮集团有限公司是兰州最具代表性的清真餐饮企业之一，靠着在高档中餐界的打拼，成就了一番令人称羡的产业。2009 年，在兰州商业联合会申请的“兰州牛肉拉面”商标尚未核准的情况下，政府相关部门已经开始着手布局兰州牛肉拉面以品牌化路子挺进全国的工作。东方宫成为首家被选中的企业，政府部门希望通过商标授权的方式鼓励东方宫把兰州牛肉面打出去，从青海拉面人占有的市场资源中切割出一块属于兰州人的份额。

东方宫接受了这一使命，并就在兰州打造一家“兰州牛肉拉面”的形象店与政府部门达成了一致。据说当时的协约内容比较丰富，东方宫接受这一使命看重的是这一授权背后的政府资源。但接下来的运行似乎偏离了最初的设计，“兰州牛肉拉面”的商标进入了争议阶段，东方宫似乎并没有完全实现政府部门的意图，至少将位于黄河北的餐饮楼打造成一个兰州牛肉面博物馆或文化馆的意图没有执行。但东方宫进军牛肉面市场的脚步并没有因此而停下来。

于是，一个名为“中国兰州牛肉拉面”的东方宫品牌适时产生，其标志由政府授权的“红太阳 + 绿牛头”商标配以手书“中国兰州牛肉拉面”字样。这套形象识别作品后来经过完善，获得了国家版权局的登记，作品类别显示为“美术作品”，包含“东方宫中国兰州牛肉拉面”和“中国兰州牛肉拉面”两套文字和黄底红字与黑底黄字三套设计，字体为甘肃省原副省长穆永吉手书。

2010年，东方宫的这个品牌横空出世，首家店就开在黄河北的东方宫餐饮楼一楼。在品牌云集的兰州，东方宫牛肉面甫一面世，就以其浓郁的口味受到了黄河北居民的热捧，它在兰州市中心中山路的东方宫总店一楼的分店同样得到了口味挑剔的兰州市民的认可。

东方宫的餐馆经营能力在接下来的几年里得到了验证。经过三年时间的运作，2013年10月，东方宫的首家加盟店在北京西直门开业，这位名为蓝正道的加盟商据说是兰州老乡，与东方宫经理马俊是家族世交。对于吃惯了化隆人和张家川人“兰州牛肉拉面”的北京人来说，这家有着正宗兰州口味的拉面店很快修正了他们对兰州牛肉拉面的印象。东方宫可谓旗开得胜。

加盟制是东方宫实现快速扩张的法宝。多年以前，对加盟制期待良多的金鼎集团从北京铩羽而归，原因可能如他们自己所言，清真餐饮的食材管理是一个难解的课题。东方宫突破了这一桎梏，构建了一套以技术服务和人员培训为主要内容的加盟模式。据说在北京，早期的加盟费是每店30万元，后期还有所增长。

随后的短短两年时间，东方宫的加盟店以令人咋舌的速度出现在一线城市的繁华街区。截至2015年8月，仅北京的加盟店就有116家。而在全国，这个数字达到了400多家，几乎集中在寸土寸金的一线城市。

东方宫模式在商业上的成功为其赢得了响亮的知名度和巨大的扩张空间，也为它的继续扩张制造了巨大的压力。压力来自青海拉面人的集体抵制。

青海拉面人用25年的时间把兰州牛肉拉面推向全国的同时，也逐步建立起了一套避免恶性竞争的业内自律机制，俗称“行规”，其核心内容就是所谓的“500米红线”（也有300米、400米的说法，大概不同地区有不同的标准），即在一家店的500米范围内不得开第二家店。当成千上万的山区农民涌向同一座城市时，这个自律机制通过亲戚和老乡关系发挥着作用，进而建立一种共济共赢的商业秩序。这个一开始由少数行业领袖协商建立的民间机制，因为行之有效而被迅速推广到各大城市的青海拉面行业，使那些家庭作坊式的弱小个体得以生存。维护这一机制运作的通常是各地的拉面协会——一种未必经过注册的松散的自立机构。

当那些弱小的大多数突然遭到了强大资本的挤压，这一自律机制就转换为一种救济机制。

2015年初，东方宫在苏州的两家直营店分别选址苏州新区狮子山路58号和苏州工业园区苏绣路158号。3月11日，正在装修的狮子山路店遭到了青海拉面人的围攻、打砸。据媒体报道，店面招牌、门头和室内装修均被砸毁。同一天，东方宫位于工业园区苏绣路的分店也受到了同一批人的威胁，青海拉面人扬言：如果继续装修，就派人砸店。网络传言，参与这次打砸和威胁行动的有百余人，这一人数可能有所夸大，根据《中国经济周刊》的相关报道，东方宫总经理马俊证实，有10人参与打砸，造成东方宫直接经济损失10余万元，有7人被警方拘留，另外3人被移交检察机关。

2015 年 7 月 9 日，深圳腾讯大厦楼下，东方宫的一家分店遭到了青海化隆拉面人的围堵。据说，接下来的一个月时间里，这家店对面两家青海拉面馆纠集人员天天堵门，导致东方宫的这家加盟店无法正常营业。最后协商的结果是，东方宫店为两家受到影响的青海拉面馆分别支付了 75 万元、40 万元的赔偿。

在厦门，东方宫万达店因为距离一家青海人的“西北拉面”店仅几十米，同样遭到青海拉面人的 4 次围堵，导致 4 次被迫停工。最终经过双方讨价还价，东方宫加盟店的老板向对方写下了 3 万元的“欠条”。

东方宫总经理马俊对南方周末记者说，青海人的规则是 300 米内不许开第二家。他跟青海当地拉面协会会长协商，对方说：“这十几年青海人在这个城市不容易，是我们打开牛肉面市场，你们来摘我们的桃子不行，必须离远点，近了就收拾你。”①

当然，大部分青海拉面人的抵制是无形且无力的，这样的直接冲突只是少数极端的个案，但因为媒体的放大效应，一时间被描述为“青拉”与“兰拉”之争。《中国经济周刊》的调查报道《开拉面店成高危行业：东方宫多地加盟店遭青海同行闹事》被一些网站转载时把标题改为“一碗面引发的‘战争’”“一碗面引发的‘争斗’”，似乎从舆论上坐实了这场“战争”。

屡屡发生的过激行为让东方宫特别头疼，马俊向多家媒体表达了自己的愤慨：“一些本来有意的投资商对可能发生的抵制表示出担心和顾虑，东方宫的开店速度明显放缓。”马俊同时以企业的

① 引自《南方周末》2015 年 8 月 6 日报道《“兰州拉面”凭什么走向全国》。

名义通过人大、政协等渠道向甘肃省和兰州市两级政府发出了求助。时任兰州市商务局副局长王绍荣在这一年的晚些时候向媒体证实，兰州市政府高度重视东方宫反映的拉面风波，已责成食药、工商、公安等相关部门会商，妥善处理此事。这位官员同时表示："扶持兰州本土拉面走出兰州甚至走向世界，是政府意志。"

东方宫和兰州人显然拥有更多的媒体资源，占据着话语的制高点和主导权，一个秩序混乱、法制观念淡漠的青海拉面人形象被再一次重构出来。媒体帮助完成了这样的重构。在这一系列的风波中，并非所有的主流媒体都选边站队，青海人的忧虑也被一定程度上表达了出来。有媒体引用青海省拉面服务中心董事长马青云的表态说：目前全国有 10 万家左右（这个数据有待核实）的兰州拉面馆，经营者来自青海、甘肃、新疆、宁夏等地。将近 30 年来，大家已经形成了"行规"，就是在一家拉面馆数百米内不开第二家。但是，这两年东方宫作为一个"搅局者"突然出现在市场上，给市场带来了混乱。在马青云看来，这个"行规"已经延续了将近 30 年，全国的 10 万家拉面店中，9 万多家都是小规模式的，不能因为一个东方宫把这些全都毁掉，"不是说我们害怕他们来击垮我们这种小规模的拉面店，就怕他破了这个规矩以后，中国这个市场有限，那全国 10 万家拉面店就全乱了。"①

兰州市政府对这场风波的介入结果并没有对外发布，公众无从知晓。青海方面也没有就此发表过官方评论。当政府的手臂慢慢收缩，回归他本来的位置，争或不争？怎么争？这个问题就完

① 相关内容来自《中国经济周刊》2015 年 8 月 17 日报道《开拉面店成高危行业：东方宫多地加盟店遭青海同行闹事》。

全留给市场和时间了。

2015 年就这样过去了。被媒体炒作的“青拉”“兰拉”之争也很快淡出了人们的记忆。东方宫扩张的步伐在那一年之后变得温和了许多，兰州牛肉拉面走向全国的身段似乎变得越来越低调。青海以官方的名义，加快了此前已经开始的拉面去“兰州”化运动，首先加速换牌行动，竖起“青海拉面”的牌子，进而延伸到重述牛肉拉面的历史，那碗从喇家遗址中出土的 4000 年前的面条又被拿来说事。与此同时，在全国许多城市，东方宫黄底红字手书“中国兰州牛肉拉面”标志的仿制标牌也越来越多。4 年之后的 2019 年 3 月 17 日，天津市西青区张家窝镇瑞欣家园，当我走进一家挂着东方宫标准标牌的“中国兰州牛肉拉面”店时，吃到的的确是一碗地道的青海拉面。年轻的老板说 ：“我是化隆人。”

牛肉面简史

1915 年

兰州南滩街人马保子在兰州传统凉面的基础上创制了热锅子面，沿街叫卖。有一种观点这是牛肉面的前身，因此有人也将这一年视为牛肉面元年。

1919 年

马保子在兰州东门外东城壕开了一家面馆，坐店经营，并对热锅子面进行了彻底的革新，将这种由他首创的新型面食吃法命名为清汤牛肉面。

1925 年

马保子开始淡出面馆生意，马杰三完成了对清汤牛肉面制作工艺的提升改造。这是对牛肉面的第二次定义。

1946 年

马保子牛肉面店回到南关中街子。在马杰三的精心经营下，清汤牛肉面成为兰州名吃。

国民党元老、民国政府监察院院长于右任赴新疆途中借道兰州，慕名品尝了马保子牛肉面，并挥毫点赞，在坊间留下一段佳话。

1955 年

马保子去世。马保子牛肉面的全部遗产由马杰三继承。

1956 年

1 月，兰州公私合营全面展开。马保子牛肉面的资产、工艺、配方等成为全民资产。马杰三成为兰州市饮食服务公司的一名职工。清汤牛肉面开始在市区两级饮食公司下属食堂推广。

1959 年

9 月，位于北京的民族文化宫建成开馆，牛肉面作为兰州回族名吃入驻其间，马杰三的弟子马尚文受命调往民族文化宫工作，主持兰州牛肉面的烹饪和展示。一年后，马尚文因病回兰，当年去世。

1961 年

马杰三从兰州西固食堂被调到城关区兰州市饮食公司下属酒泉路清真二部食堂。但这个食堂当时并不做牛肉面。

1962 年

短暂的自由市场开放期间，马杰三的长子马成祥、弟子马园和朋友马子禄在大众巷市场自营牛肉面。这是公私合营后首次出现的个体牛肉面。

1963 年

马杰三从清真二部调往兰州市饮食公司张掖路下属清真一部门市部，即中央广场食堂。自此，中央广场食堂以牛肉面立店，坊间将这个食堂称为马保子牛肉面食堂。

1964 年

17 岁的马学明被招工到中央广场食堂，成为马杰三的助手。马学明后来被定为兰州牛肉面第三代非遗传承人。

1966 年

“文革”开始，马杰三又被戴上了“资本家”的帽子，被剥夺了舀汤的资格，成为食堂的拾碗工。

1974 年

马杰三在上班期间突发疾病，被送到医院，当日去世。

1975 年

马文斌被招工到中央广场食堂，很快成为骨干匠人。马文斌后来被定为兰州牛肉面第四代非遗传承人。

1976 年

兰州七里河区华林坪街道以三产办的名义开办了 8 家小型牛肉面馆（摊），磨沟沿帐篷牛肉面是其中之一。这一年开始，兰州市区两级饮食公司下属门市部扩大牛肉面经营，主营或兼营牛肉面的达到至少 12 家。

1978 年

兰州的自由市场悄然开放，在小西湖黄河滩、雷坛河黄河滩、兰州西站等城市边缘地带自发形成了多个小型自由市场，个体牛肉面摊子开始出现。柏树巷人马明真是第一个在小西湖河滩卖牛肉面的个体户。随后，西关马三爷牛肉面也悄然出现在西关十字东北角的一个小巷子里。

1979 年

4 月，国务院批转了国家工商行政管理局的报告，该报告允许有正式户口的闲散劳动力从事个体劳动。官方统计，这一年，甘肃省的个体工商户达到 3000 多户。

下半年，位于小西湖自由市场附近的马兰餐馆开业。初期只卖面片，80 年代中期成为小西湖地区最火爆的牛肉面馆。

1980 年

无业人士马子禄承包了兰州港附近一街道办蔬菜门市部开始牛肉面创业。

5 月，兰州南关人杨文华率领子女开赴宁夏吴忠，开办“杨记面馆”，牛肉面开始走出兰州。

9月，张云承包了兰州城关区饮食公司濒临倒闭的桥南牛肉面食堂，成为兰州承包集体食堂第一人。由于在牛肉面工艺上的革新，桥南牛肉面迅速走红，食堂扭亏转盈。

1981年

6月20日，《人民日报》转发《甘肃日报》报道，《经常赔钱的兰州桥南牛肉面馆赚了钱 / 承包经营 一包就灵 / 国家、集体、个人三得利，又方便了群众》，张云成为那个时代承包经营的典范人物。

朝阳村人马福祥在草场街设摊卖面。这是黄河北最早的个体牛肉面，“苍鹰牛肉面”的前身一炮走红。

这一年夏天，南关人马得礼的牛肉面馆在五泉山下开张。“伊穆斋牛肉面”一开即火，后来几易其址，店主几度变更，是兰州经营时间最久的牛肉面馆之一，经营持续近40年。

1983年

马有才、马有布兄弟先后开馆卖面。大哥马有才后来退出江湖，“马有布牛肉面”逐渐成了兰州最有名的牛肉面品牌之一，经营至今，影响不减。

1984年

张云对桥南牛肉面的承包权被剥夺。经与马保子一位后人协商，张云挂起了“马保子牛肉面”的招牌，在永昌路口黄河滩涂上支起了帐篷卖面。

1985 年

张云承包了兰州市饮食公司武都路上海小吃店，“张云牛肉面”易址市中心。

兰州市政府驻广州办事处开办了一家小型牛肉面馆，广州人开始吃到牛肉面。

1987 年

马杰三的孙子马千柳受单位省建七公司委派，承包公司在和政路的一间小卖部，和父亲马成祥共同经营“老马家牛肉面”。当时正值商品价格持续上涨，毫无积累的“老马家牛肉面”维持了三年便黯然退场。

马杰三的外甥、马保子牛肉面家族第四代传人吴维宏承包了兰山宾馆食堂，一楼主营牛肉面，并打出“马保子牛肉面”的招牌，此品牌后获注册。

1988 年

商品价格大幅上涨，牛肉面价格一直维持 0.35 元 / 碗。兰州市饮食公司下属兰清阁尝试推出优质牛肉面套餐，一面一菜售价 2.00 元，受到市场冷遇。

受兰清阁启发，张云推出优质牛肉面，一碗售价 1.00 元，市场反应良好。当年 6 月，张云因租房合同到期，武都路店面易手，变成“马子禄牛肉面”。兰州最具影响力的个体牛肉面品牌由此诞生。

甘肃会宁籍打工妹马华在北京开了一家饭馆，开始尝试做牛肉面。

1989 年

甘肃临夏人王振率家人开赴常州，开办了长三角第一家兰州牛肉面馆，三年之后扩张到 5 家，临夏人的外向型牛肉面经济由此开始。

甘肃省首次举办全省名优小吃大赛，兰清阁牛肉面获“甘肃省名特小吃”称号。马子禄牛肉面获“甘肃省名优小吃”。

1990 年

青海化隆人韩录和小伙伴马贵福在厦门开办了一家“西北拉面”馆，成功创富。韩录的追随者们将这种融合了兰州牛肉面与当地口味的面食命名为“兰州拉面”或“兰州牛肉拉面”，青海系牛肉面由此开始走遍全国。

甘肃武威人苏恩泉的第一家牛肉面馆在乌鲁木齐北京路开张。“苏氏牛肉面”的传奇由此开始。

1991 年

兰清阁主任周福元和职工马文斌代表兰州牛肉面参加在郑州举办的全国名优小吃大赛，获得了由国家商业部颁发的最高奖——金鼎奖。

9 月，韩录和小伙伴马贵福受邀参加印尼雅加达国际食品博览会，获得该会穆斯林食品节的特别奖。随后受一位华商邀请赴该国第二大城市泗水开店，中国牛肉拉面的第一个海外店以失败告终，4 个月后关张。

这一年开始，长三角的杭州、上海、南京陆续迎来了来自临夏的牛肉面人，王振的创富效应开始在家乡显现。

1992 年

6 集电视连续剧《牛肉面的故事》投拍。马有布在永昌路的二层新店被选为内景拍摄地。“马有布牛肉面”品牌由此走红。这部电视剧当年底在央视播出，其主题歌首次喊出“天下第一面”。

兰州市饮食公司重组鸿宾楼，兰清阁副主任马学明受命调往负责。鸿宾楼随即成为兰清阁之外的又一个正统牛肉面的国字号品牌。

这一年，张云的儿子张建忠携带“张云牛肉面”品牌来到北京，在北师大开办牛肉面馆，兰州牛肉面开始受到北京人认可。

化隆人韩东在深圳的第一家拉面店开业。

1993 年

利用兰清阁牛肉面获“金鼎奖”的荣誉，兰州市饮食公司整合兰清阁、鸿宾楼等老牌牛肉面食堂，成立了“兰州金鼎牛肉面有限公司”。这是兰州第一个国营牛肉面企业。

常州的王振统合他的众多牛肉面店，注册成立了常州清香源清真美食苑，最多时有十多家分店 200 多名员工，临夏的亲友们开始享受王振的红利。

韩录、马贵福、韩东的创富效应开始在化隆显现，第一批追随者奔赴厦门、深圳等城市，化隆的拉面经济由此孕育。

韩录的小伙伴马贵福开始单独创业，在厦门独立开店。

1995 年

以甘肃蓝星化学清洗有限公司为主体投资成立了“兰州马兰拉面快餐连锁有限责任公司”。第二年，蓝星公司总部迁往北京，随后，公司又在北京成立了“马兰拉面快餐连锁有限责任公司”。后来风靡全国的“马兰拉面”连锁模式被称为商界传奇。

1996 年

韩录受一位华商邀请赴菲律宾马尼拉合作开店。中国牛肉拉面征服了马尼拉食客。韩录成功立足菲律宾。

这一年前后，化隆人开始大规模地投身拉面创业，“拉面经济”开始改写化隆的经济发展史。

21 岁的甘肃张家川人马德锋经过 6 年北漂，终于在北京租下了一间小小的铺面，卖“马氏老汤拉面”，他的家乡亲戚们开始闻风而来，由此开启了张家川的拉面经济时代。

1998 年

韩录花 158 万元在西宁城东区的繁华地段买下了三层楼。拉面创富一代化隆人从此开始陆续在省会城市买房置产。

兰州金鼎牛肉面有限公司改制为兰州金鼎牛肉面（清真）有

限公司，兰州市饮食公司所属清真餐厅包括清雅居、兰清阁、鸿宾楼共 13 家归至金鼎公司。金鼎自此成为兰州牛肉面的旗帜性企业。

1999 年

化隆籍兰州人韩国军在兰州美高皮鞋厂租下了一间厂房，办起了一家餐具消毒厂。这一年，兰州的牛肉面馆开始出现了“消毒碗”。

化隆人韩启明、马真等结伙转投拉面行业，新生代知识型拉面人群体开始形成，拉面馆的企业化转型开始出现。

9 月 14 日，全国首例牛肉面注册商标争议案起动。兰州“马兰餐馆”老板马兰夫妇委托中国商标专利事务所向国家商标总局商标评审委员会请求撤销第 989412 号“马兰”和第 1292462 号“malan 及图”商标注册异议申请。此二商标当时为北京马兰拉面快餐连锁有限责任公司持有。

兰州牛肉面被中国烹饪协会推举为“中式三大快餐”试点推广品种之一（另两个是北京全聚德烤鸭和天津狗不理包子），兰州牛肉面因此也被称为“中华第一面”。

2000 年

由于合同到期，韩录回国，马尼拉的生意由亲戚继承。韩录回到西宁，继续拉面经营，他为面馆取名“震亚牛肉面”；同年，13 岁就追随韩录赴厦门打工的马黑买开始独立开店，第二代化隆拉面人开始崛起。

关于牛肉面的第一个地方标准《兰州牛肉拉面甘肃省地方标准》由甘肃省质量技术监督局发布，并于当年7月10日实施。执法部门的检查监督并没有让这个推荐性地方标准发挥想象中的作用。

由中国烹饪协会、甘肃省商务厅、兰州市政府联合举办的“首届金鼎杯全国兰州牛肉面技术比赛”在兰州举行。

2001年

金鼎公司改组为兰州金鼎饮食管理有限公司，旗下拥有金鼎牛肉面公司、金鼎涮羊肉公司、金鼎羊肉泡馍公司、金鼎清真大菜公司。

12月，兰州市政府宣布“政府对牛肉面的价格取消控制，实行市场调节价”。兰州牛肉面告别被政府长期控制价格的时代。但“市场调节价”的阴影依然笼罩。

2003年

6月11日，甘肃省质量技术监督局发布《兰州牛肉拉面馆（店）分等定级标准》，于7月1日开始实施。这个标准因为对牛肉面馆营业面积、设备设施、服务水平等方面过于苛刻的规定，受到了业界普遍质疑，分等定级工作半途而废。

化隆县政府开始向拉面馆密集的城市设立办事处，负责协调拉面人与当地政府部门的关系。派发“打工护照”，以政府的名义帮助拉面人处理各类事务。这样的办事处先后分五批设立，最高时在全国65个城市设立办事处，并选派工作人员98名。

马贵福在厦门的第 8 家连锁店开业。

2004 年

化隆县政府在国家工商总局注册了“化隆牛肉拉面”品牌，政策性推动“四统一”工程。化隆拉面开始了去“兰州”化运动，但应者寥寥。

2005 年

广东中山市政府开展查处取缔无证经营的专项活动，化隆人经营的拉面馆因大多数无照经营成为整治的重点。全市 130 多家拉面馆中有近百家因无证经营而被清理。“中山事件”在其他城市也有上演，在各地办事处的协调下，化隆拉面馆由此走出杂乱成长的阶段。

2007 年

4 月 16 日，兰州市政府公布的兰州市第一批非物质文化遗产保护名录，兰州清汤牛肉面制作技艺被列为民俗类非物质文化遗产。

6 月 16 日，兰州西固区的部分牛肉面馆相约涨价，普涨 0.50 元，大碗从 2.50 元涨到了 3.00 元，小碗从 2.30 元涨到了 2.80 元。26 日，兰州市物价局联合工商等四部门发布紧急限价令。此举引发全国性的舆论质疑。此次舆论风波被称为“牛肉面限价风波”。

化隆县政府开始陆续推出促进拉面经济新政，通过发放贴息贷款、担保贷款等形式，化隆的拉面经济迅速发展；同年，“化隆牛肉拉面”以独立的品牌参展全国劳务品牌展示交流大会，被中国就业促进会评选为“优秀劳务品牌”。

9 月，在兰州市商贸委的主导下，兰州市商业联合会作为申报主体，向国家商标局提起了“兰州牛肉拉面”商标注册申请，这一事件可视为兰州人与化隆人争夺“兰州牛肉拉面”名片官方行动的开始。

9 月 28 日，中国·兰州首届牛肉拉面节开幕，国智公司策划并制作的“天下第一牛大碗”大型雕塑在东方红广场亮相。这个巨型“二代牛大碗”直径 2.99 米、高 1.66 米、重 1166 公斤，成为兰州牛肉面的一个标志性符号。

2008 年

6 月，甘肃省政府公布第二批甘肃省非物质文化遗产名录，兰州清汤牛肉面制作技艺被列为民俗类非物质文化遗产。

6 月 18 日，国家工商总局商标评审委员会同时下达了两份裁定书，兰州人马建中、马兰夫妇关于“马兰”商标的两份异议申请被驳回。

2010 年

3 月 28 日，经过 3 年的审核，以兰州商业联合会为申报主体提起的“兰州牛肉拉面”商标被国家商标局准予注册，商标专用权期限从 2010 年 3 月 28 日至 2020 年 3 月 27 日。

此前此后的几年间，首批追随马德锋的张家川人相继独立开店，吸引大批家乡亲友走出家门。张家川的第一次牛肉面创业高峰到来。

兰州东方宫“中国兰州牛肉拉面”品牌问世。作为兰州市政府牛肉面走出去战略的一项工程，东方宫被赋予很多期待。

2013 年

10 月，东方宫“中国兰州牛肉拉面”的首家加盟店在北京西直门开业。东方宫牛肉拉面的疯狂扩张自此拉开帷幕。

中国饭店协会联合浙江省商务厅在杭州举办的首届中国面条文化节上，金鼎公司面师马文斌当之无愧地获得了“中国面条大师”称号，兰州牛肉面摘得了“中国十大面条”桂冠。

2014 年

青海海东市政府推出新政，鼓励外地拉面人回乡创业，马黑买、韩启明、马真等先后在海东市投资拉面相关产业，拉面人反哺乡梓的潮流形成。

2015 年

东方宫在北京的加盟店达到 116 家。在全国，这个数字达到了 400 多家，几乎全集中在寸土寸金的一线城市。

3 月 11 日，东方宫在苏州的两家正在装修的直营店遭到了青海拉面人的围攻、打砸。7 月 9 日，深圳腾讯大厦楼下，东方宫的一家分店遭到了青海化隆拉面人的围堵。青海拉面人“500 米内不得开第二家店”的行规遭到挑战，一个叫作“‘青拉’和‘兰拉'之争"的说法开始被媒体炒作。

2016年

7月，68岁的原兰清阁面师马学明获颁"兰州市非物质文化遗产（清汤牛肉面的制作技艺）传承人"证书，成为官方确认的兰州牛肉面第三代传人。马文斌为第四代传人。

有统计表明，张家川人在北京、上海、武汉等20多个省会和200多家大中城市开牛肉面馆超过了1.3万家。

10月10日，一个与兰州牛肉面貌似毫无瓜葛的河北沧州人王某某以"兰州牛肉拉面"商标含有县级以上行政区划的地名名称为理由，向国家商标评审委员会提出请求：将争议商标予以无效宣告。

2017年

3月31日，青海省政府办公厅转发省人力资源社会保障厅、省教育厅、省财政厅、省农牧厅、省商务厅、省金融办、省工商局《关于进一步推动青海拉面经济发展促进就业创业的实施意见》，该《意见》自4月1日实施，发展拉面经济上升为省政府意志。

11月30日，国家商标总局商标评审委员会作出裁定："兰州牛肉拉面商标整体缺乏显著性，不易被相关公众作为商标识别，因此对兰州牛肉拉面商标予以无效宣告。"收到裁定书后，兰州商业联合会向北京知识产权法院提起诉讼。请求撤销国家商标评审委的裁定。

2018 年

北京知识产权法院下达行政判决书，判决撤销国家工商行政管理总局商标评审委员会于 2017 年 11 月 30 日作出的关于“兰州牛肉拉面 Lanzhou Niurou Lamian 及图”商标无效宣告请求裁定。商标评审委员会和王某某均不服原审判决，遂向北京市高级人民法院提起上诉。

临夏县政府发布官方数据，临夏人在全国各地开办的牛肉面馆达 6900 多家，临夏全州在外从事牛肉面行业的劳动力达 2.7 万人。

在西安经营 19 年之后，马保子家族第四代牛肉面传人吴维宏携带着“马保子牛肉面”的牌子回到兰州，在雁滩开始他在兰州的二度创业。

10 月 25 日，甘肃省政府办公厅发布《甘肃省人民政府办公厅关于促进兰州牛肉拉面产业发展的意见》，促进牛肉拉面产业上升为省政府意志。

官方通报，至年底，青海省在全国各地及境外地区开办的拉面店总数增至 32262 家，从业人员达到 18.99 万人。青海拉面店较为集中的前 5 个地区分别是广东省、浙江省、上海市、山东省、天津市。

2019 年

1 月 24 日，北京高院对兰州市商业联合会“兰州牛肉拉面”商标争议案作出最后判决：驳回上诉，维持原判。本判决为终审判决。这场旷日持久的“兰州牛肉拉面”商标诉讼终于尘埃落定。

1月24日，兰州市出台《兰州牛肉拉面提升发展质量行动实施方案》，支持兰州牛肉拉面品牌企业走出兰州，对总部设在兰州，使用“兰州牛肉拉面”商标，在兰外开设直营连锁店100家以上或开设直营和加盟连锁店总数在500家以上的牛肉拉面企业，一次性奖励100万元。

后 记

这个故事结束于 2015 年。

这一年被认为是马保子创制热锅子面百年——准确地说，刚刚过去的 2019 年才是真正的牛肉面百年——兰州牛肉拉面协会和一些与牛肉面靠得上边的团体举行了几场牛肉面百年庆祝活动。这些活动大多不温不火，更多的欢声喜语在互联网上流行，许多道听途说、似是而非的传说被传诵成固定的版木，被一些懒惰的写作者和媒体记者煞有介事地引用。

这一年年底的一天，在和几个朋友的交谈中，受到了鼓励，我决定为牛肉面做传。多年的新闻从业经验告诉我，这是个非常值得做的选题。历史通常会发生两次，第一次是真的发生，第二次是被叙述。在被不断地叙述中，牛肉面历史的本来面目应该是越来越清晰，而不是相反。

于是，这个以调查报道的基本规范为原则的叙述就这样产生了。

这个故事最动人的部分在前面三分之二的章节，也就是新世纪之前的历史。时间的距离让故事的轮廓变得清晰，内涵因此而更加丰盈，人物的形象因此而血肉饱满。“情景构成了意义的源泉”，这是一个并不特别流行的写作观念，多年来，我将其奉为圭臬，在为情景寻找细节方面不遗余力。我确信带领读者走入的并不是一个个虚构的情景，这得益于对上百人的采访，和对上百万字资料的检阅。这个过程极其艰难，调查采访的时间之长，大大出乎我的预料。许多历史的现场早已被岁月掩埋，许多事件的亲历者要么作古要么四散无踪。更要命的是，关于早期的资料，哪怕是片言只语也不可能得到，伪资料倒是随手可得。我查阅了几乎所有与牛肉面有关的资料，它们分散在图书馆、旧书摊、私人的收藏中。还要感谢互联网，给我提供了很多线索，让我按图索骥，从纷乱的字句中发现时间、地点、人名和一些事件的关联方式。即使那些荒诞不经的信息，也让我体察到了牛肉面所塑造的世道人心，让我在整个采写的过程中保持了冷静和理智。

但这不是重点，重点是为我贡献了记忆和线索的人物，他们加起来超过了百位，其中有前政府官员、行业领袖、餐馆老板，有学者、媒体人、民间文化耆老，有隐世的老街坊、老邻居及其他们的后人，还有躺在病床上口齿含糊的老人。为了让叙述看起来不那么杂乱，他们中的大部分人都没有在文本中出现。他们分布在全国各地，有的人甚至移居海外，他们的贡献可能只是片言只语，甚至可能仅仅是一个动词，但都是如此珍贵，让我为如何正确地使用那些词语而绞尽脑汁。

任何人的记忆都可能出错，而且还会有不易觉察的虚构，而且还很模糊——大部分的公开报道或成书的信息都由这样的记忆构成——陀思妥耶夫斯基在《罪与罚》中引用过一句英国谚语："一百个兔子永远也凑不成一匹马，一百个疑点永远也构不成一个证据。"我必须从多个人的交叉叙述中拼接真实的碎片，这个过程比写一篇虚构的文本要熬人得多，为了一个词语整夜无眠是经常的事，强迫症的毛病助我完成了这样的拼接。

毫无疑问，这个拼图还不够完美，有些拟定的采访对象4年之后还是没有找到，他们就在这个世界的某个角落，即使在通讯如此发达的今天，他们还是成功地把自己屏蔽于"六人定律"（指两个陌生人之间可以通过六个人来建立联系，也叫六人法则）之外。另外，时间和空间的距离一定会限制我的认知，我希望自己站得更远一点，无奈自己往往置身于事件中间。特别是21世纪以来整个牛肉面行业的喧嚣和躁动，市场主导的冲突与整合，资本驱动的秩序重构和道义重述，都需要时间去仔细打量。

也许有人会问："怎么会是这样一个文本？"这样的问题一定不会让我恐慌。我的回答是："是的，它只能是这样一个文本！"

最后，再次感谢所有的帮助者，那些提供资料、提供线索、贡献记忆、贡献思想的人。要是列举，这个名单实在太长，而且难免挂一漏万，让我心怀愧疚。在你们面前，我将一直保持谦卑的姿态。

作 者